€ 1,50

RECLAM-BIBLIOTHEK

Eddie und Nolan sitzen fast jeden Abend im *Star Cinema* – das Kino ist in den frühen sechziger Jahren die einzige Attraktion in Stapelton, Massachusetts. Die Tage der beiden Kleinstadtjungen ziehen ruhig dahin. Aber als Nolan zum ersten Mal den Schauspieler George Earl Gadson auf der Leinwand sieht, ist es um ihn geschehen: Ab diesem Tag zählt für ihn nur noch sein heißgeliebtes Idol.
Während Nolan in eine immer absonderliche Traumwelt abgleitet, dreht George Earl Gadson einen neuen Film, in dem er den amerikanischen Präsidenten spielt, der auf der Fahrt durch die Straßen im offenen Wagen erschossen wird. Als der Film in den Kinos anläuft, fallen in Dallas die tödlichen Schüsse auf John F. Kennedy ... Nolan bricht gemeinsam mit Eddie auf, um die Wahrheit über sein Idol herauszufinden ...
Stapelton, Massachusetts ist ein fesselnder, anrührender Roman über eine ungewöhnliche Leidenschaft und die Suche nach dem Glück, eine *Éducation sentimentale à l'americaine.*

Christian Sova, geb. 1970 in Wien, studierte Publizistik, lebt als freier Autor und Public-Relations-Berater in Wien. *Stapelton, Massachusetts* ist sein erster Roman.

Christian Sova

Stapelton, Massachusetts

Roman

RECLAM VERLAG LEIPZIG

ISBN 3-379-01678-0

Reclam-Bibliothek Band 1678
1. Auflage, 1999
Reihengestaltung: Hans Peter Willberg
Umschlaggestaltung: Kay Krause und Alexander Fleischmann, Leipzig, unter Verwendung des Fotos »Proton Ave., Gull Lake, Saskatchewan« von Stephen Shore, Tivoli, NY, USA
Gesetzt aus Meridien
Satz: Peter Conrad, Brandis
Druck und Bindung: Ebner Ulm
Printed in Germany

Das Herz meines Freundes liebt aus Bewunderung,
stärker als jedes andere Herz jemals geliebt hat.

Auch für Dich, Tom

1

Ich soll Ihnen etwas über Stapelton, Massachusetts, erzählen? Nun, es gibt nicht viel, was ich Ihnen erzählen könnte. Unser kleiner Ort liegt an der Ostküste der Vereinigten Staaten, damit sind wir also das erste Stück Land, das der Atlantische Ozean in dieser Ecke der Welt anspuckt. Ich habe den Ozean nie als bedrohlich empfunden, aber es soll hier bei uns Menschen geben, die sich vor dem Wasser fürchten. Stapelton, Massachusetts, ist etwa zwei Meilen lang und eine dreiviertel Meile breit. Wenn man vom Wasser aus ins Landesinnere geht, steht man nach einer dreiviertel Meile im Wald.

Schön, denken Sie wahrscheinlich. Aber ich erwähne das nur deshalb, damit keine Urlaubsstimmung aufkommt, Stapelton ist kein Badeort. Wir haben nichts mit Cape Cod oder Martha's Vineyard zu tun, wir sind ein durchschnittlicher amerikanischer Ort an der atlantischen Küste.

Wenn Sie jemals auf einer Reise nach Stapelton, Massachusetts, kommen, dann sticht Ihnen zunächst, angenommen, Sie kommen aus nördlicher Richtung, Millers Tankstelle ins Auge. Alfred Miller ist ein entzückender alter Herr, der Ihnen jeden Wunsch von den Lippen ablesen wird, vorausgesetzt, Sie haben genügend Zeit. Nach der Tankstelle macht die Straße eine kleine Rechtskurve und gibt Ihnen so den Blick auf das Zentrum frei. Linker Hand türmt sich vor Ihnen die beeindruckende Kulisse von etwa fünfundzwanzig Häusern auf, die angeblich alle um die Jahrhundertwende entstanden sind. Nicht, daß Sie etwa denken, ich spreche hier von typischen neuenglischen Gebäuden mit viel weißem Holz und grünem

Rasen. Stapelton war einmal ein Fischerdorf, und diese Vergangenheit hat ihre Spuren hinterlassen.
Die rechte Seite der Straße sieht genauso aus wie die linke, so wird es nur aufmerksamen Beobachtern auffallen, daß die rechte Häuserfront von einer Straße durchbrochen wird, die leicht bergauf ins Landesinnere führt. Am Ende dieser Straße, nach ungefähr einer dreiviertel Meile und damit knapp vor dem Wald, steht die Kirche, eine kleine Kapelle, die von einem kleinen Friedhof flankiert wird. Weit ins Innere des Friedhofs reichen bereits die mächtigen Äste der Bäume und spenden in den heißen Sommern wohltuenden Schatten. Wenn die Bäume blühen, hat man hier oben manchmal den Eindruck, als ob der Wald den Friedhof zu verschlingen drohte. Oft wünsche ich mir auch, daß der Wald eines Tages Füße bekommt und hinunter in den Ort läuft und ganz Stapelton mit sich nimmt.
Kleinstadtkoller, denken Sie vielleicht, aber ich muß Ihnen an dieser Stelle entgegenhalten, daß es sich in Stapelton ganz gut leben läßt. Deshalb werde ich Ihnen noch ein bißchen mehr über meine Heimat und ihre Menschen erzählen, damit Sie sich selbst ein Bild machen können.
Wenn man den Friedhof verläßt und wieder hinunter zur Main Street geht, kann man übrigens das Meer ganz gut sehen. Stapelton hat keinen Strand. Wir haben eine Felsenküste, und einige Meilen nördlich gibt es eine Bucht mit einem kleinen Hafen. Zum Baden muß man schon einige Kilometer nach Norden oder Süden fahren. Mein Ort ist also ein altes Fischerdorf ohne echten Zugang zum Meer. Irgendwie seltsam, oder?
Das Ende der Church Street ist gleichzeitig das Herz von Stapelton, Massachusetts. Dort wohne ich mit meiner Mutter in einem der halbverfallenen Fischerhäuser. Wir wohnen im ersten Stock und leben von dem kleinen Gemischtwarenladen im Erdgeschoß. Im letzten Jahr hat fünf Meilen weiter nördlich ein großer Supermarkt seine Pforten geöffnet, die einzige Konkurrenz im Umkreis von sieben Meilen. Obwohl es dort gar keinen Ort gibt, ist der

riesige Parkplatz des Supermarktes immer voll besetzt. Das Leben ist seither nicht einfacher geworden, aber irgendwie hält sich meine Mutter schon über Wasser. Auf der anderen Seite der Straße verkauft Marty Longerman, schon seit meine Mutter denken kann, Angelruten, Köder und sonstiges Angelzubehör. Wie er davon leben kann, ist den meisten Einwohnern von Stapelton ein Rätsel. Was diesen entlegenen Winkel von Massachusetts aber wirklich zum Mittelpunkt unseres kleinen Universums macht, ist der pompöse, wenn auch schon leicht verfallene einzige Ziegelbau unseres Ortes, das Stapelton Star Cinema.

1937 hatte der damals einunddreißigjährige Walter Tompkins, ein Sohn britischer Einwanderer aus Blackpool, die Idee, ein Lichtspieltheater in unserem Ort zu errichten. Tompkins' Familie hatte sich ursprünglich zunächst in Kalifornien in der Nähe von Los Angeles angesiedelt, und Walter Tompkins wurde dort schon in frühen Jahren vom Filmfieber erfaßt. Das ging so weit, daß er sich krampfhaft einbildete, Stummfilmschauspieler werden zu müssen. Aber er wurde bei sämtlichen Castings abgelehnt, vor allem wegen seiner Körpergröße, er war nur ein Meter sechzig groß und hatte außerdem eine Knollennase. Walter Tompkins gab aber nicht auf und widmete sich auf eine andere Art seiner Leidenschaft. Schließlich fand er eine Anstellung in einem Kino in Los Angeles, durfte dort Filmrollen schleppen und manchmal sogar einlegen und blieb in seiner Traumwelt. Der Tod hätte ihn wahrscheinlich beim Tragen eines Dreistundenfilmes ereilt, wäre er an jenem verhängnisvollen Abend nicht vor seiner Vorführkammer gegen Elisabeth Ingram gerannt, die sich aufgrund ihrer starken Kurzsichtigkeit auf dem Weg zur Damentoilette verirrt hatte und im Halbdunkel umhertapste. Aus diesem Zusammenstoß wurde eine Ehe, und diese Ehe führte die Tompkins' nach Stapelton, denn Elisabeth besaß hier von ihren längst verstorbenen Eltern ein Grundstück direkt an der Main Street. Unter großem Protest der Ortsbevölkerung wurde das altehrwür-

dige Häuschen der Tompkins dem Erdboden gleichgemacht und mußte dem Stapelton Star Cinema weichen.
Anfänglich blieb der große Run auf das Kino aus. Erst der Ausbruch des Zweiten Weltkriegs bestätigte die alte Erfahrung, daß oft nur mit dem Leid anderer Menschen das große Geld zu machen ist. Die Leute aus der Umgebung stürmten Tompkins' Kino, um die neuesten Neuigkeiten aus Europa und Asien zu erfahren, schließlich ging es um das Leben ihrer Söhne und den Kampf um Gerechtigkeit. Walter Tompkins schwamm in Geld, und nachdem der Krieg vorbei war und sein Erfolgsrezept auch danach Profit abwarf, waren er und seine Frau so euphorisch, daß Elisabeth im Juli 1946 ihrem Sohn Nolan das Leben in dieser besseren Welt schenkte.
Nolan blieb ein Einzelkind, und er war ein Wunschkind. Und Nolan war ganz der Vater, vor allem, was das Aussehen betraf.
Ich kam fünf Wochen nach Nolan zur Welt. Meine Eltern, Ruth und Viktor Samson, hatten beschlossen, mir keine Geschwister folgen zu lassen. So wuchs auch ich alleine auf und spielte meist auf einer der großen Wiesen rund um die Kirche. Es gibt Fotos aus meinen frühen Kindertagen, ich muß etwa zwei bis drei Jahre alt gewesen sein, auf denen ich mit Nolan Tompkins zusammen herumtolle.
Die Tompkins' und die Samsons waren Freunde. Meine Mutter hat später immer erzählt, daß sie nie etwas gegen die Errichtung des Kinos hatten, obwohl ich mir heute gut vorstellen kann, daß sie damals mit am lautesten protestierten. Immerhin wohnten sie gleich schräg gegenüber und wurden durch diesen Einschnitt in ihre Idylle stark beeinträchtigt. Ihr anfängliches Mißtrauen wurde bald durch die Annehmlichkeiten ausgeräumt, die ihnen das neue Lichtspieltheater bot. Außerdem war da noch Elisabeth Tompkins, die eine Herzlichkeit an den Tag legte, die ihresgleichen in ganz Massachusetts suchte. Ich habe diese Frau niemals schlecht gelaunt oder traurig gesehen, Pes-

simismus war ihr fremd, und laute Töne oder Gewalt lehnte sie entschieden ab. Bis auf eine einzige Ausnahme, aber davon möchte ich später erzählen.
Zwischen meinem Vater und Walter Tompkins entwickelte sich eine dicke Männerfreundschaft. Sie hatten die gleichen Interessen: Fischen, Zigarren rauchen und Bourbon trinken. Und während Elisabeth und meine Mutter über das Heranwachsen ihrer Kinder wachten, vertrieben sich unsere Väter die Zeit an der Küste. Ich krabbelte meist im Laden herum und riß irgendwelche Behälter mit Nägeln oder Lakritzestangen zu Boden, während Nolan auf dem staubigen Kinofußboden zwischen Popcornresten umherrutschte und seiner Mutter beim Saubermachen zusah. Wir waren also nur durch eine schmale, kaum befahrene Straße getrennt, verbrachten jedoch in unserer frühesten Kindheit nicht viel Zeit miteinander.

Jeden zweiten Montag stieg Vater Tompkins mit einer langen Leiter auf den Vorbau des Kinoportals, um den neuen Filmtitel für die nächsten zwei Wochen zu setzen. Mein Vater stand meist unten auf der Straße und hielt für ihn die Leiter. Dieses Unternehmen sah sehr gefährlich aus, und fast immer postierten sich auf der Straße zwei Wächter, die das Herannahen eines Fahrzeuges mit ihrer Hupe bekanntgaben. Sie müssen sich vorstellen, daß pro Stunde etwa drei fremde Autos durch unseren Ort kamen, ich weiß es genau, denn ich verbrachte später Stunden an meinem Fenster, um sie zu zählen. Vater Tompkins auf seiner Leiter war jedenfalls eine Riesenattraktion. Manchmal war der halbe Ort auf den Beinen, um zu sehen, welchen Film das Kino die nächsten zwei Wochen lang vorführen würde.
Das Kino hatte nach dem Zweiten Weltkrieg viele treue Besucher, die sich bis zum Start eines neuen Films die Zeit damit vertrieben, in alte Vorstellungen zu gehen. Natürlich gab es damals auch schon Fernseher, aber einerseits waren diese Geräte für unsere arme Bevölkerung kaum

erschwinglich, andererseits ist der typische Neuengländer aus Massachusetts ein geselliger Mensch und sucht immer nach Gesellschaft, trotz seiner chronischen Verschrobenheit. Hätte es damals schon eine Bar gegeben, man hätte in Stapelton Geld scheffeln können.
Es gab auch noch eine andere Erklärung für dieses Phänomen. Fast alle Erwerbstätigen arbeiteten außerhalb des Ortes. Sie fuhren in Fahrgemeinschaften in die umliegenden größeren Orte, die bis zu fünfzehn Meilen entfernt lagen, und so kam es, daß mein und Nolans Vater die einzigen ernstzunehmenden Männer waren, die tagsüber im Ort waren. Die beiden hatten nichts Besseres zu tun, als ihre Frauen schuften und sich an der Küste mit Bourbon vollaufen zu lassen. Die anderen Leute hatten nach einem harten Arbeitstag keine Lust mehr, große Ausfahrten zu machen. So blieb das Kino abends die einzige Anlaufstelle. Mr. Tompkins verkaufte an seinem Kinobuffet eiskalte Coca-Cola und Kräuterbier und außerdem noch Popcorn und Süßigkeiten, die er bei uns im Laden einkaufte und abends doppelt so teuer wieder verkaufte. Aber die Menschen waren zufrieden mit dem, was sie hatten und was ihnen geboten wurde, und zahlten gerne für ein bißchen Gesellschaft und Illusion.
Nolan stand bis zum Vorführungsbeginn meist hinter der Theke. Er durfte seiner Mutter beim Öffnen der Cola-Flaschen helfen, während mein Vater und Mr. Tompkins in der Vorführkammer die Filme einlegten und sich mit Bourbon den Rest gaben. Mutter und ich saßen oft in der ersten Reihe des Kinosaals und starrten auf die Leinwand. Als ich schon älter war, etwa zehn, nutzte ich ihre gelegentlichen Schläfchen zu Ausflügen im Saal. Manchmal lief ich auch hinaus und sah Nolans Mutter beim Bedienen der Gäste zu. Nur mit Nolan war nichts anzufangen. Er saß starr auf Platz eins in Reihe vier und starrte gebannt auf die Leinwand. Ich beobachtete ihn oft in der Dunkelheit und hatte nie das Gefühl, ihn zu stören, er bemerkte mich nicht. Vollkommen paralysiert saß er da, fest in seinen Sessel gedrückt und die Finger zu Fäusten ge-

ballt. Auf seinen glatten, immer roten Backen spiegelte sich das schummrige Licht der Leinwand und umgab ihn stets mit etwas Mystischem. All dies hätte mir damals schon zu denken geben sollen.

In den Abendstunden des 8. Oktober 1956 herrschte ein Unwetter. Doch nachdem mein und Nolans Vater den neuen Filmtitel gesetzt hatten, ließen sie es sich trotzdem nicht nehmen, an die Küste zu fahren. Als sich die beiden Männer entgegen ihrer Gewohnheit zu Vorstellungsbeginn nicht blicken ließen, wurde meine Mutter unruhig. Nach einer kurzen Besprechung mit Mrs. Tompkins, die unterdessen die Filmrollen einlegte, entschlossen sie sich, Hank Watson anzurufen. Er war Stammgast im Kino, aber an diesem Abend hatte ihn wohl das schlechte Wetter abgehalten. Die Einwohner von Massachusetts sind bequeme Leute und lassen sich vom Wetter stark beeinflussen. Neben seiner Kinoleidenschaft war Watson begeisterter Hobbyfischer. Außerdem war er pensionierter Polizist. Er mochte meine und Nolans Mutter, und als er von der Geschichte erfuhr, trommelte er ein paar Leute zusammen und fuhr in Richtung Devil's Nose. So nennen die Leute aus dieser Gegend jene von Klippen umrahmte Bucht, in der mein Vater und Knollennase Tompkins ihre nautischen Umtrunke abhielten. Bei starkem Wind mied jeder, der etwas von der See verstand, diese Bucht. Die Wellen brechen dort hoch und gefährlich gegen die Felsen. Jedes Kind wußte das, aber zwei betrunkene Männer sind natürlich unvernünftiger als Kinder und mutiger als zwei nüchterne Männer. Den Namen hatte diese Stelle an der Küste übrigens von einem Wanderer, der angeblich eines Tages von der steilen Südseite der Klippen hinabblickte und dabei feststellte, daß die Bucht die Form einer Nase hatte. Warum aus dieser nasenförmigen Bucht eine teuflische wurde, wissen nur die Götter oder die Dämonen. Fest steht, daß die Bucht wie jede andere stinknormale Bucht in Massachusetts aussieht. Die vielen Hobbyfischer dieser Gegend mieden die Bucht, da sie wußten, daß sich mein Vater und

Tompkins dort regelmäßig aufhielten. Ihr Gegröle und Gelächter war trotz der Brandung schon von weitem zu hören und vertrieb natürlich alle Fischer und deren potentielle Beute. Ich möchte damit nur sagen, daß Watsons nächtliche Suchaktion nicht so sehr aus Sorge um die beiden vermißten Männer, sondern vielmehr als freundschaftlicher Dienst an ihren Frauen ins Leben gerufen wurde.
Während die Männer draußen in der Bucht waren, saßen meine Mutter und ich nervös im Foyer des Kinos. Wir sprachen nichts miteinander, nur von Zeit zu Zeit starrten wir einander an. Mrs. Tompkins hielt die Stellung in der Vorführkammer und war wohl damit beschäftigt, die leeren Bourbonflaschen zu beseitigen. Nolan saß auf seinem Stammplatz, immer geradeaus auf die Leinwand starrend. Es gab an diesem Abend einen Seeräuberfilm, was ich als sehr unpassend empfand. Das Kino war nur etwa zu einem Viertel gefüllt. Unter den Sitzen hatten sich bereits Lachen vom herabrinnenden Regenwasser der Mäntel gebildet. Nolans Mutter öffnete in Viertelstundenabständen die Tür der Vorführkammer und streckte fragend ihren Kopf heraus. Meine Mutter quittierte ihre Blicke stets mit einem Kopfschütteln. Irgendwann stand ich von meinem Sessel auf und ging vor die Tür. Das Regenwasser prasselte laut auf das Portal, und der Wind blies einige Spritzer in mein Gesicht. Als ich mich nach rechts in Richtung Norden wandte, glaubte ich Motorengeräusche zu hören. Im nächsten Augenblick kroch das flackernde Licht eines Scheinwerfers die Main Street entlang, zuerst noch langsam, doch dann deutlich schneller, bis es schließlich zu rasen schien. Sekunden später hielten die Scheinwerfer dicht vor mir und blendeten mich. Nachdem ich mich an das Licht gewöhnt hatte, erkannte ich Watsons alten Pickup. Er stieg gleichzeitig mit einem anderen Mann aus, den ich nicht kannte. Die beiden kamen auf mich zu. Watson kam mir wie ein Riese vor, als er sich vor mir aufbaute, und in dieser Gestalt erscheint er mir auch heute noch manchmal in meinen Träumen. Seine Hand griff nach mir und tätschelte

meinen Kopf. Dann berührten seine klobigen, feuchten Finger meine Wangen und wischten etwas verlegen die Regentropfen aus meinem Gesicht. Watson ging in die Knie, und ich bemerkte rote Schmieren an seinen Stiefeln. Etwas Seetang haftete an den Spitzen der schweren Lederstiefel.
»Wo ist deine Mutter, Eddie?« fragte er.
Ich drehte mich automatisch um und deutete in Richtung Eingang. Die beiden Männer sahen sich kurz an, ich vermutete, um sich gegenseitig Mut zu machen. Dann faßten sie sich ein Herz und traten ein. Nachdem sie hineingegangen waren, wurde mein Blick auf den alten Pickup wieder frei. Ich bemerkte, daß hinten etwas über die Ladefläche ragte. Der Fuß meines Vaters, ich erkannte ihn am Schuh. In diesem Moment wurde mir bewußt, daß etwas Schreckliches passiert sein mußte. Ich folgte den beiden Männern und betrat das Foyer. Meine Mutter streckte ihre Hände nach mir aus. Da sie stark zitterten, ging ich sehr langsam auf sie zu. Wir starrten beide gespannt auf Watsons geschlossenen Mund, nur Nolans Mutter, die inzwischen die Vorführkammer verlassen hatte, schien sich ein bißchen zu langweilen.
»Ruth, Elisabeth, ... ich wünschte, ich könnte euch bessere Nachrichten bringen«, sagte er.
Meine Mutter hielt den Atem an und schob ganz leicht ihre erstaunlich spitzen Brüste dichter an ihre Freundin.
›Nun mach endlich, du Mistkerl!‹ schrie eine der Leinwandstimmen im Kinosaal. Das verlieh dieser grotesken Szene zusätzliche Spannung. Noch eine Sekunde hielt Watson inne. Sein Mund verzog sich zu einer eigenartigen Grimasse, die für einen Moment an eine Karnevalsmaske erinnerte.
»Wir haben Walter und Viktor draußen bei Devil's Nose gefunden. Sie lagen nebeneinander auf den Felsen. Der Sturm ...«
Meine Mutter hatte zu schluchzen begonnen. Für einen Moment schien es, als würde sie in Ohnmacht fallen. Watson wollte ihr zu Hilfe kommen, doch da hatte sie be-

reits der zarte Arm von Elisabeth Tompkins gefaßt. Meine Mutter blickte sie etwas verdutzt an. Sie hatte in diesem Moment wohl nicht damit gerechnet. Die beiden Frauen sahen sich an. Was für ein Unterschied war in ihren Gesichtern. Das leidende, plötzlich um Jahre gealterte Gesicht meiner Mutter blickte in die willensstarken Augen einer Frau, die nicht die Spur von Fassungslosigkeit erkennen ließ. Ich fühlte, daß Elisabeth Tompkins in diesem Moment nicht nur sich selbst, sondern den ganzen Raum beherrschte.

»Du mußt dich jetzt zusammenreißen, Ruth«, sagte sie zu meiner Mutter. Anschließend wandte sie sich mit einem Kopfnicken an Mr. Watson.

»Sprechen Sie weiter, Hank. Erzählen Sie uns die ganze Geschichte.«

»Der Sturm muß eure Männer auf die Klippen zugetrieben haben. Ich glaube, eine große Welle hat sie und ihr Boot auf die Felsen geschleudert. Sie waren wohl sofort tot, ihr wißt ja, wie schroff die Felsen an dieser Stelle sind.«

»Habt ihr sie draußen im Wagen?« fragte Mrs. Tompkins. Watson nickte.

»Ich will nicht, daß sie draußen im Regen liegen. Bringt sie bitte herein. Wir werden schon einen Platz für sie finden.«

»Hast du eine Vorstellung heute?« fragte Watson, obwohl er genau wußte, daß es außer zu Weihnachten und Silvester jeden Abend eine Vorstellung gab. Er deutete in Richtung Kinosaal.

»Ja, aber es sind nur 'n paar Leute da. Bringt sie bitte schnell herein.«

Die Männer gingen wieder hinaus zum Wagen. Sie luden die zerschlagenen Körper unserer Väter behutsam ab. Ich hielt ihnen die Eingangstür auf und sah, wie mein und Nolans Vater ins Foyer geschleppt wurden. In diesem Moment ging die Tür des Kinosaals auf. Eine junge Frau, Peggy Long, war im Begriff, den Saal zu verlassen. Als sie die beiden leblosen Körper unter den Decken sah, stieß sie einen kurzen, heftigen Schrei aus. Dann wich sie bleich zurück. Natürlich verging keine Minute, bis alle Kinobesucher im Foyer waren und sich um die Leichen der beiden Männer drängten. Sofort verbreitete sich unter der murmelnden Menge die Nachricht vom Tod der Säufer Tompkins und Samson, und obwohl ich ihre Gesichter nicht sehen konnte, waren einige der Schaulustigen mit Sicherheit davon überzeugt, immer gewußt zu haben, daß so etwas eines Tages passieren würde.

»Nachdem wir jetzt nichts mehr verheimlichen müssen, könnt ihr die beiden ruhig in den Saal tragen. Wir können sie auf die Bühne legen«, sagte Elisabeth Tompkins plötzlich zu unser aller Überraschung.

Auf der Leinwand lief immer noch der Piratenfilm. Ich kann mich noch genau an die Szene erinnern, als wir meinen und Nolans Vater hineintrugen. Die Männer hievten die beiden leblosen Körper auf die hüfthohe, staubige Bühne. Mrs. Tompkins streifte ihnen die nassen, blutdurchtränkten Decken ab. Oben auf der Leinwand schlugen Männer mit langen Bärten und großen Ohrringen aufeinander ein. Sie kämpften um ein Schiff, das zu sinken drohte. Ich konnte mich aus der starken Umklammerung durch meine Mutter nicht befreien. Aber ich hatte das Gefühl, selbst zu versinken. Ich starrte in die Tiefe des leeren Kinosaals und kniff meine Augen zusammen, da mich das Licht des Projektors blendete. Das einzige, was ich sah, war Nolan, der mit stoischer Ruhe auf seinem Stammplatz saß. Seelenruhig verfolgte er das Treiben auf der Leinwand. Plötzlich ging das Saallicht an, und seine Mutter, die still verschwunden war, um den Projektor abzustellen, kam von ganz hinten den leicht abschüssigen Saal herunter, direkt auf uns zu. Vor der Reihe, in der Nolan saß, blieb sie stehen. Sie streichelte den Kopf ihres Sohnes. Nolan blickte erstaunt zu ihr auf. Er wirkte verstört, denn er verstand offensichtlich nicht, was passiert war. Die Stille im Saal war unerträglich. Wir alle warteten auf eine Reaktion oder einen Laut, der diese unheimliche Ruhe beenden würde, aber es geschah nichts.

Nach einer Weile sprach Mrs. Tompkins zu ihrem Sohn und erlöste uns alle.
»Nolan, mein Junge. Komm und sieh dir deinen Vater an. Du sollst ihn so in Erinnerung behalten, wie er war.«
Das sagte sie so teilnahmslos, wie wenn man aus einem Kochbuch vorliest. Ihre Kälte ließ auch die anderen Leute erstarren. Widerwillig stand Nolan auf und begab sich an der Hand seiner Mutter nach vorn. Als Nolan seinen Vater gesehen hatte, passierte auch nichts. Verlegen drückte er sich an seine Mutter. Dabei starrte er in die Runde der umherstehenden Leute. Mir wurde sehr bald klar, daß dieser Film, der ›Leben‹ hieß, Nolan nicht interessierte.

Auch das Begräbnis verlief ohne Zwischenfälle. Meine Mutter ließ sich bis dahin nichts mehr von ihren tagelangen Weinkrämpfen anmerken. Elisabeth Tompkins an ihrer Seite schien ihr die nötige Kraft zu geben. Als unsere Väter unter der Erde waren, nahm alles in Stapelton rasch wieder seinen gewohnten Lauf. Nolans Mutter blühte in den darauffolgenden Wochen richtig auf, und auch meine Mutter erholte sich erstaunlich rasch. Auch für uns Kinder drehte sich die Welt weiter. Und als Nolan bemerkte, daß seine Mutter das Einlegen der Filmrollen übernahm, war seine heile Welt gerettet.
Was Nolan Tompkins betrifft, glaube ich zu wissen, daß ihn der Tod eines anderen Menschen viel mehr berührt hat als der seines Vaters, ja sogar mehr als alles andere auf dieser Welt.
Heute sitzt meine Mutter wahrscheinlich drüben mit Mrs. Tompkins auf der Veranda. Mit ziemlicher Sicherheit trinken sie gerade Limonade, lächeln sich zu und betrachten die vertrauten Bäume im Wind. Vielleicht erzählen sie sich auch alte Geschichten. Jedenfalls wird Nolans Mutter nicht die Fassung verlieren, wenn sie sich erinnert. Sie hat es auch nicht am Grab ihres Mannes getan. Und Nolan? Nolan liebte jemand anderen.

2

Wohin das Auge reicht, nichts als Weizenfelder und riesige, unübersehbare Meere aus Sonnenblumen. Die Landschaft in West-Kansas ist an Monotonie kaum zu überbieten, ob man sie nun vom Boden oder aus der Luft betrachtet.
»Menschen mit großen Träumen bleiben nicht in West-Kansas«, sagt man.
»Menschen mit zerbrochenen Träumen landen vielleicht in West-Kansas«, sagt man.
»Nur Menschen mit erstaunlicher Liebe zu ihrer Heimat bleiben in dieser Gegend«, sagt man.
Auf einer kleinen, abgeschiedenen Farm in dieser Gegend erblickte am 2. August 1938 George Earl Gadson junior das Licht der Welt so laut, daß seine erschöpfte Mutter sofort zu dem Schluß kam, einen Rebellen geboren zu haben. Die Eltern des kleinen Jungen, Martha und George Earl Gadson Senior, waren Weizenbauern. Sie führten ein hartes, von Staub und Wind geprägtes Leben in der Einöde. Sie führten den täglichen Kampf gegen die Natur, gegen Orkane und Hagelstürme, Dürre und Hochwasser. Ihre Farm stand auf einem fünfzehn Hektar großen Stück Land, das nicht einmal ihnen gehörte, sondern einem reichen Mann aus der Stadt, der dafür eine hohe Pacht verlangte. Die Gadsons lebten in dieser fast menschenleeren Gegend mit der Schmach, nichts zu besitzen, und fühlten sich zeit ihres Lebens als Sklaven. Die wenigen Leute aus der Umgebung sprachen aus diesem Grund nicht sehr respektvoll über sie.
George Earl Gadson jr. wurde gezeugt, weil er einmal die Last der Pacht übernehmen und für seine Eltern sorgen

sollte. So wuchs er ziemlich einsam und ohne Liebe auf. Sein Vater behandelte ihn schlecht. Oft nahm er die Peitsche zu Hilfe, um seinem Sohn die Flausen auszutreiben. Mit jedem Tag wuchsen George Earls Wut gegen den Vater und der Wunsch nach Freiheit und Unabhängigkeit. Er fühlte sich zwar zu seiner Mutter hingezogen, aber es gelang ihr nur selten, Zuneigung zu ihrem Sohn zu entwickeln. Glücklich war George Earl nur auf dem Rücken seines Pferdes Westwind, das er zu seinem fünfzehnten Geburtstag bekommen hatte. Die Stute gab ihm bei seinen Ausritten für wenige Stunden jenes Gefühl, nach dem er immer gesucht hatte.
Eines Abends im Sommer 1956, sein Vater hatte ihn gerade wieder wegen irgendeiner Belanglosigkeit in der Scheune verprügelt, beschloß er, seine Familie zu verlassen. Er kühlte seine Striemen mit Wasser und rieb sich anschließend mit etwas Fett aus der Küche ein. Dann holte er sich Brot und Speck aus dem Vorratsraum und zog sich in die Scheune zurück, in der er seit seinem zehnten Lebensjahr, ob Sommer oder Winter, schlafen mußte. George Earl war nie zur Schule gegangen, trotzdem hatte er von seiner Mutter Lesen und Schreiben gelernt, wenn auch nur in sehr vereinfachter Form. Er wollte ihr wenigstens Lebewohl sagen. Dafür hatte er sich ein Stück Papier zurechtgelegt, das er beschrieb: ›Will nicht mehr geschlagen werden. Gehe weg. Du solltest dich auch nicht mehr schlagen lassen. Viel Glück. George Earl.‹

Er wartete, bis das Licht im Haus ausgegangen war. Dann nahm er seine Habseligkeiten und sattelte seine Stute. Er umwickelte ihre Beine mit Lappen. Als er das Scheunentor vorsichtig öffnete, hatte sich der Mond hinter die Wolken verzogen. Er würde so lange zu Fuß neben seinem Pferd hergehen, bis die Bäume rund um die Farm nicht mehr auszumachen waren. Erst dann wollte er aufsitzen und nach Westen reiten. Als er die Farm tatsächlich nicht mehr sehen konnte, befreite er sein Pferd von den Lappen und ritt los. Er wußte, in welcher Richtung sich Westen befand, sein Vater war oft auf diesem Weg in die Stadt geritten, ohne ihn mitzunehmen. Ein nie gekanntes Glücksgefühl befiel ihn, als er im Morgengrauen jenen Punkt passierte, den er nie hatte überschreiten dürfen. Es kam ihm vor, als ritte er schneller als jemals zuvor in seinem Leben.

Gegen Mittag erspähte er plötzlich einige Autos, wenig später schließlich die Dächer der Stadt. Der Anblick von so vielen Häusern, Menschen und Maschinen verwirrte ihn, obwohl er diese Dinge aus Erzählungen und von Bildern her kannte. So ritt er in die Stadt ein, mit erhobenem Haupt, um seine Unsicherheit zu verbergen, die jedoch bald dadurch verstärkt wurde, daß eine Schar von Mädchen, denen er sofort aufgefallen war, ihn auf Schritt und Tritt verfolgte und ihm kichernd hinterhersah.

Er hielt vor einem Laden und band das Pferd mit einem doppelten Knoten an einem Pflock fest, denn er hatte beschlossen, in der Fremde niemandem zu trauen. Die Mädchen hatten sich auf der anderen Straßenseite niedergelassen. Sie tuschelten geheimnisvoll. George Earl war sehr neugierig, gleichzeitig aber vollkommen unerfahren. Er ging schließlich auf die Mädchen zu, um mit ihnen zu sprechen. Als er vor ihnen stehenblieb, verstummte ihr Geschnatter, und sie blickten ihn erwartungsvoll an.

»Du«, sagte er und zeigte auf ein blondes Mädchen in der Mitte der Gruppe. »Sag mir, warum ihr mir nachlauft und über mich lacht.«

Ein Kichern ging erneut durch die Runde. Sie kniffen und stießen sich in die Seite.

»Er hat dich gemeint, Mary Lou«, sagte ein Mädchen mit schwarzem Haar.

»Du Glückliche!« rief eine andere.

Das blonde Mädchen aber schien die Sprache verloren zu haben. Sie errötete und wagte nicht, George Earl anzusehen. Schließlich nahm sie sich doch ein Herz.

»Du bist nicht von hier, stimmt's?«

»Ich komme aus dem Osten, aus Kansas.«
»Das hier ist auch Kansas«, sagte sie. »Sag uns, wie du heißt!«
»Ich heiße Gadson, George Earl Gadson junior. Und wer bist du?«
»Ich bin Mary Lou Hawkins, die Tochter von Richter Hawkins. Mein Vater ist ein mächtiger Mann in dieser Stadt.«
Die anderen Mädchen hatten wieder zu schwatzen begonnen. Die eine konnte sich nicht an seinen Augen sattsehen, die andere starrte immerzu auf seine schmalen Lenden. Eine andere wieder war von seinem sonnengebleichten Haar begeistert.
»Meine Freundinnen und ich haben dich beobachtet, weil wir dich hier noch nie gesehen haben. Und weil du verdammt gut aussiehst«, sagte Mary Lou. Die Mädchen waren begeistert von der Direktheit, die Mary Lou plötzlich an den Tag legte, nur George Earl war verstört.
»Was meinst du mit gut aussehen? Das verstehe ich nicht.«
»Na ganz einfach. Als du hier eingeritten bist mit deinem Pferd und wir dich an der Main Street gesehen haben, dachten wir zuerst, du wärst einer von diesen Filmstars. Na, du weißt schon.«
»Was weiß ich schon? Was heißt hier Filmstars? Ich glaube, ihr wollt euch über mich lustig machen.«
»Nein, ehrlich, wir dachten, du bist einer aus Hollywood. Bist du sicher, daß du nicht aus Hollywood kommst? Du hast solche Ähnlichkeit mit diesen Leuten in den Zeitungen.«
»Ist dieses Hollywood hier in der Gegend? Vielleicht hier in Kansas? Ich komme nämlich aus Kansas«, sagte er stolz.
»Ja, ja, das wissen wir schon. Nein, Hollywood ist nicht in Kansas. Hollywood liegt in Kalifornien, an der Westküste. Warst du schon mal da?«
»Nein, ich glaube nicht. Ist das weit weg?«
»Ein ganz schönes Stück nach Westen. Liegt direkt am

Pazifischen Ozean. Mein Vater war schon mal dort. Er sagt, in Hollywood wohnen die reichsten Menschen von ganz Amerika. Lauter Filmstars eben. Sie wohnen in großen Schlössern mit vielen Angestellten und liegen in der Sonne und feiern Feste. Die führen eben nicht so ein langweiliges Leben wie wir hier. Ist dein Leben vielleicht auch langweilig?«

Mary Lou blinzelte ihn aufreizend an und verwirrte ihn dadurch noch mehr. Er wollte sich nicht blamieren, hatte er doch von alldem nichts verstanden.

»Langweilig? Ja, schon. Deshalb will ich ja weg von hier. Bin ja sozusagen nur auf der Durchreise. Willst du auch weg von hier?«

»Er will mit dir durchbrennen, Mary Lou. Was für ein romantisches Angebot«, sagte eines der Mädchen.

»Halt den Mund, Milli«, sagte Mary Lou.

Sie war eindeutig die Anführerin dieser Meute.

»Natürlich will ich auch raus hier, aber meine Eltern, na, du weißt schon.«

»Ja«, sagte George Earl kurz, ohne irgend etwas zu wissen.

»Im Moment suche ich einen Platz zum Schlafen und etwas Hafer für mein Pferd. Kannst du mir vielleicht helfen, Mary Lou?«

»Wir haben eine Scheune neben unserem Haus, und Wasser gibt's auch da. Du kannst gerne mitkommen, George Earl Gadson junior.«

»George Earl.«

»Gerne, George Earl«, sagte sie und lächelte.

Die Sommersprossen in ihrem hübschen Gesicht verwandelten sich für einen Augenblick in kleine Sonnen.

George Earl reichte ihr die Hand. Verdutzt griff sie nach seinem Arm, und sie überquerten händchenhaltend die Straße. Hinter ihnen setzte eine mittlere Völkerwanderung ein. Mary Lou blieb stehen und drehte sich um. Drohend streckte sie ihren rechten Zeigefinger aus.

»Kommt nicht auf die Idee, uns nachzuspionieren!« fauchte sie. »Er gehört mir, versteht ihr! Mir ganz alleine!«

Die anderen Mädchen blieben stehen; von aufmerksamen weiblichen Blicken verfolgt, schlenderten die beiden zum Haus von Richter Hawkins. George Earls Art zu gehen, sein Geruch und sein Gesicht mit dem stolzen Kinn und den Bartstoppeln faszinierten Mary Lou so, daß sie unterwegs kein einziges Wort herausbrachte. George Earl schien das nicht weiter zu stören. Er war das Schweigen gewohnt und empfand daran nichts Ungewöhnliches.
Sie erreichten schließlich das Haus, das auf einer kleinen Anhöhe stand, umgeben von mächtigen Eichen.
»Dort ist der Brunnen, und in der Scheune findest du Hafer für dein Pferd. Wie heißt es eigentlich?«
»Das ist Westwind, meine treue Gefährtin. Ich habe sie zum Geburtstag bekommen. Sie ist mein Ein und Alles.«
»Sie ist wunderschön. Genau wie du, George Earl.«
Nie zuvor hatte jemand solche Dinge zu ihm gesagt.
»Du bist sehr nett, Mary Lou«, sagte er und streichelte kurz ihre linke Wange, bevor er sich dem Brunnen zuwandte. Er griff nach der Pumpe, die schon ein wenig Rost angesetzt hatte, streifte sein schmutziges Hemd ab, ließ es in den Staub auf dem Vorplatz fallen und trank mit tiefen, gierigen Schlucken. Mary Lou, die ihn die ganze Zeit genau beobachtete, zuckte unmerklich zusammen, als sie die Prügelspuren auf seinem Rücken erblickte.
»Wundere dich nicht über die Striemen, mein Vater hat mich verprügelt«, sagte er, ohne sie anzusehen.
Mary Lou ging langsam auf ihn zu, ihren Blick abwechselnd auf seinen Rücken und das Haus der Eltern gerichtet, und tastete seine Narben ab.
»Wie kann ein Mensch so etwas tun?« flüsterte sie.
»Mach dir keine Gedanken, Mary Lou«, sagte George Earl. »Das ist jetzt alles vorbei.«
Sie streichelte noch einmal über seine Schulter und nickte.

Am Abend saß George Earl zusammen mit Richter Hawkins, dessen Frau und Mary Lou im Eßzimmer des groß-

zügigen Hauses. Die Stimmung war ausgezeichnet, die Hawkins' waren eine gastfreundliche Familie. Der Richter, ein Mann, der nur in den feinsten Kreisen verkehrte, sah über George Earls nicht vorhandenen Manieren hinweg, denn er mochte den Jungen auf Anhieb, er hatte eine Offenheit, mit der er alle Menschen für sich gewann.
»Was möchten Sie denn machen, junger Mann? Wo möchten Sie denn von hier aus hin?«
»Ich weiß noch nicht. Vielleicht nach Kalifornien. Hollywood.«
Die Frau des Richters zog ihre Serviette hoch und grinste versteckt hinein. Sie hatte das gleiche Lächeln wie ihre Tochter.
»Ist ein weiter Weg nach Kalifornien, mein Junge. Das wirst du wohl mit deinem Pferd nicht schaffen.«
»Och«, sagte George Earl, »das wird schon klappen. Irgendwie schaffe ich das schon.«
Er lächelte zu Mary Lou hinüber. Sie schien traurig zu sein.
»Schau doch nicht so traurig, Mary Lou. Du kannst ja mitkommen, wenn du willst.«
Die Mienen ihrer Eltern verzogen sich merklich.
»Sie will nicht mitkommen«, sagte der Richter schroff. »Stimmt doch, mein Kind, oder?«
Mary Lou nickte. Im nächsten Augenblick sprang sie auf und stürmte aus dem Raum. George Earl beschloß, sich nicht in diese Sache einzumischen. Der Richter wandte sich wieder an ihn.
»Du mußt Mary Lou entschuldigen. Sie ist in letzter Zeit sehr launisch und ein wenig durcheinander.«
George Earl nickte.
»Ich mache dir einen Vorschlag, mein Junge. Ich kaufe dir dein Pferd ab, und mit dem Geld kannst du bequem nach Kalifornien kommen. Anders wirst du es wohl kaum schaffen. Haben dir deine Eltern nach ihrem Tod denn kein Geld hinterlassen?«
»Sie waren arm. Sie hatten überhaupt nichts. Aber ich glaube nicht, daß ich mein Pferd verkaufen will.«

»Denk drüber nach, mein Junge. Schlaf eine Nacht darüber und gib mir morgen Bescheid.«
»In Ordnung. Aber wie gesagt, ich glaube nicht.«
»Und du willst wirklich nicht in unserem Gästezimmer schlafen?« fragte Mrs. Hawkins.
»Nein, danke, aber ich bin die Scheune gewohnt. Eine Decke würde mir reichen.«
»Die sollst du haben«, sagte der Richter.

Nachts, in der Scheune, verspürte George Earl kein Heimweh, aber seine Gedanken waren durcheinander. Durch das kleine Fenster im Dach der Scheune konnte er den Nachthimmel sehen, und bis er einschlief, zählte er die Sterne und erfreute sich an dieser unlösbaren Aufgabe.

Die ersten Sonnenstrahlen weckten ihn aus seinen Träumen. Er sah durch das Fenster und schmunzelte darüber, daß er länger geschlafen hatte als in all den Jahren, die er zu Hause in der Scheune verbracht hatte. Er legte die Decke zusammen und packte sein Zeug in den kleinen Lederbeutel, den er bei sich trug. Dann spähte er durch das Scheunentor nach draußen. Friedliche Ruhe lag über dem Anwesen, und für einen Moment wünschte er sich, immer so aufzuwachen. Leise, um niemanden zu wecken, sattelte er sein Pferd. Mit einer Bürste, die er von zu Hause mitgenommen hatte, striegelte er das Fell. Als er aufsitzen wollte, öffnete sich einer der Fensterflügel. Einige Sekunden geschah nichts, aber dann tauchte Mary Lou auf. Ihr blondes Haar war zu einem Zopf geknotet, der ihr außerordentlich gut stand.
»George Earl! George Earl! Warte bitte!«
Er hielt an und sah nach oben.
»Still, du weckst noch deine Eltern auf.«
»Ach, die sind schon längst wach. Sie wollen sicher, daß du mit uns frühstückst.«
»Aber Mary Lou, du weißt doch, daß ich weitermuß. Ich will doch nach Kalifornien.«

Sie setzte den traurigsten Blick auf, den sie auf Lager hatte.
»Bitte nur eine halbe Stunde. Ich habe noch etwas, das ich dir geben möchte.«
Sie machte ihn neugierig.
»Du hast etwas für mich?«
»Du wirst schon sehen.«
Er lächelte und hob den schweren Sattel vom Rücken des Pferdes.
»Ich bin gleich soweit!« rief Mary Lou und verschwand wieder in ihrem Zimmer.
Während des Frühstücks versuchte der Richter noch einmal, ihm das Pferd abzukaufen, doch er blieb standhaft. Nachdem er sich von den Hawkins' verabschiedet hatte, bat Mary Lou um die Erlaubnis, ihn noch bis ans Ende der Straße begleiten zu dürfen. Mit einiger Überredungskunst ihrer Mutter stimmte ihr Vater schließlich zu.

Mary Lou half ihm beim Satteln. Sie gab ihm unbemerkt noch ein Paket mit Eßbarem, das er dankbar einsteckte. Er bedankte sich überschwenglich bei ihr in der Annahme, daß dies sein Geschenk sei.
Sie schlenderten bis zu dem Ende der Straße, genauso schweigsam und in Eintracht wie am Tag zuvor. Dort drängte sie ihn in eine vom Haus ihrer Eltern nicht einsehbare Ecke.
»Mach die Augen zu, dann kriegst du dein Geschenk.«
»Ich soll die Augen schließen?«
»Los, mach schon.«
Er kniff die Augen zusammen. Sie spähte kurz um sich. Dann drückte sie sich ganz nah an ihn heran und küßte ihn auf den Mund. George Earl erstarrte und hielt die Augen geschlossen. Im nächsten Moment trat sie einen Schritt von ihm zurück, und während er seine Augen langsam wieder öffnete, zupfte sie sich ordentlich zurecht.
»Höre mir zu, George Earl. Wer immer du auch bist, ich weiß genau, daß du niemals wieder zurückkommst, aber

dieser Kuß soll dich immer an mich erinnern, und er soll dir immer ins Ohr flüstern, wie gerne ich heute nacht bei dir gewesen wäre. Ich habe die ganze Zeit kein Auge zugetan, weil ich wußte, daß du da unten in der Scheune liegst. Noch nie habe ich mich so nach einem Jungen gesehnt, wie nach dir heute nacht.«
Sie küßte ihn noch einmal. Er wußte zunächst nicht, was er mit seinen Händen tun sollte, doch weil sie ihn fest umarmte und ihn weiterküßte, schlang er seine Arme um sie und drückte sie fest. Minutenlang standen sie so da, bis sie sich von ihm abwandte und zurücklief. George Earl stand benommen neben seinem Pferd und sah ihr nach.
»Warum bist du nicht zu mir gekommen heute nacht?!« rief er ihr nach.
Mary Lou blieb stehen.
»Aus dem gleichen Grund, aus dem du von zu Hause wegläufst!« rief sie über ihre Schulter. Dann verschwand sie hinter den Bäumen.
George Earl wurde von einer Traurigkeit befallen, die er bis dahin noch nicht gekannt hatte, doch er verstand, was Mary Lou meinte. Er trabte nach Westen zum Ausgang der Stadt. Während er sich fragte, ob alle Mädchen so toll küssen können wie Mary Lou Hawkins, tauchte aus einer Seitengasse hinter ihm ein Reiter auf.
Jetzt gibt es kein Zurück mehr, dachte er. Ein Bus raste an ihm vorbei, der die Aufschrift ›Los Angeles‹ trug. Also immer dem Bus nach, sagte er sich. Als der Motorenlärm nachgelassen hatte, bemerkte er die herannahenden Hufschläge und ein seltsames Geräusch, das ihn an eine singende Kinderstimme erinnerte.
Plötzlich wurde er vom Pferd gerissen. Ein Lasso hatte sich um ihn gewickelt und schnitt scharf in seine Oberarme.
»Jetzt hab' ich dich, du miese Ratte!« hörte er die Stimme seines Vaters rufen. »Dafür schleife ich dich bis nach Hause! Und dann wirst du dein blaues Wunder erleben!«
Der Vater gab dem Pferd die Sporen. George Earl sah noch, wie sich die Dächer der Stadt entfernten. Westwind

jagte wie ein treuer Wachhund hinter der Staubwolke her, die er aufwirbelte. Dann verließen ihn die Sinne.

Als er aufwachte, lag er im Stroh der elterlichen Scheune und hatte furchtbare Schmerzen. Seine Kleider waren vollkommen zerrissen. Die Haut an Armen und Beinen hing in Fetzen herab. Das Stroh um ihn herum war mit Blut getränkt, seine Arme und Beine waren gefesselt. Verzweifelt tastete er mit seinen Fingern seine Gliedmaßen ab. Seine Wunden brannten wie Feuer, und er fiel wieder in Ohnmacht.
Als der quälende Schmerz ihn erneut weckte, stand sein Vater vor ihm und betrachtete ihn, so wie man ein schlafendes Kind ansieht. Dann verdunkelte sich seine Miene.
»Du hast wohl gedacht, daß ich dich nicht erwische, was? Merke dir eines, egal, wo du auch hinläufst, ich werde dich immer finden. Dein Platz ist hier bei uns, und das nächste Mal schleife ich dich zu Tode, hast du verstanden!«
George Earl wußte, daß er seinen Vater unschädlich machen mußte, um jemals diesen Ort verlassen zu können. So stellte er sich schlafend, was ihm nicht schwerfiel, denn er war vollkommen erschöpft. Er legte sich einen neuen Fluchtplan zurecht.
Jeden Morgen und Abend kam der Vater, um nach ihm zu sehen. Die Mutter ließ sich während der ganzen Zeit nicht blicken. George Earl ging davon aus, daß sein Vater ihr mit Prügel gedroht hatte, falls sie ihn aufsuchen würde.

Der Junge erholte sich rascher als erwartet. Über den offenen Stellen seiner Haut bildeten sich bald klumpige Krusten. Immer, wenn der Vater auf dem Feld war, stand er auf, um sich aus seiner Provianttasche zu versorgen und Wasser zu trinken. Erschien der Vater im Zelt, stöhnte er in vorgetäuschtem Schlaf und schenkte ihm keine Beachtung.
George Earl wußte, daß er höchstens noch ein paar Tage Zeit hatte, um sein Vorhaben durchzuführen, denn ewig

würde er den Vater nicht hinters Licht führen können. Er beschloß, wieder den Abend als Zeitpunkt seiner Flucht zu wählen. Diesmal legte er sich zu diesem Zweck ein Waffenarsenal unter seiner Decke an. Ausgerüstet mit einigen Hufeisen, die er in einen Lederbeutel gesteckt hatte, einem Hammer, Stricken und einem Stück Stoff als Knebel, lag er still und lauschte den Geräuschen der Dämmerung. Seine Augen wichen nicht von dem Scheunentor, das manchmal in der Abendbrise knarrte.
Schließlich hörte er die stapfenden Schritte seines Vaters, zuerst leise, dann immer deutlicher. Beinahe erlösend empfand er das Ende der Warterei. Fest umfaßte er den Beutel mit den Hufeisen in der Hoffnung, daß der erste Schlag den Vater niederstrecken würde.
Er griff genau in dem Moment an, als sein Vater ihm den Rücken zukehrte, und traf den Hinterkopf mit einem dumpfen Geräusch. Der Vater schrie vor Schmerzen auf und fiel zu Boden. Die ganze Zeit hatte sich der Junge eingeredet, einen Wildfremden schlagen zu müssen, doch als der Vater vor ihm lag und aus der klaffenden Wunde an seinem Hinterkopf Blut floß, begann er am ganzen Leib zu zittern. Der Mann auf dem Boden stöhnte vor Schmerzen. Jetzt sah der Junge in ihm keine Bedrohung mehr. Er schnappte sich einen Strick aus seinem Fluchtarsenal, den er straff um die Füße seines Vaters wickelte. George Earl Gadson senior, der sein Leben lang gekämpft und niemals aufgegeben hatte, drehte sich plötzlich geschmeidig wie eine Raubkatze zur Seite und versetzte seinem Sohn mit den schweren Stiefeln an seinen Füßen einen Tritt mitten ins Gesicht. Benommen rollte der Junge nach hintenüber, hielt die Hände vor seine zerschmetterte Nase. Blut quoll über seine Finger. Der Vater starrte ihn mit haßerfüllten Augen an. Dann setzte er zum Sprung an. Instinktiv tastete George Earl nach dem Hammer. Er fühlte Befriedigung, als er den hölzernen Griff zwischen seinen Fingern spürte. Er traf seinen Vater genau im Sprung, diesmal oberhalb der linken Schläfe.

Der Atem seines Vaters beruhigte ihn irgendwie, trotzdem zog der Junge die Fesseln so fest an, wie er nur konnte. Aus dem Stück Stoff drehte er einen Knebel zurecht und stopfte ihn ihm in den Mund. Dann bedeckte er ihn mit einer Decke und Stroh. Er sattelte die Stute, führte sie aus der Scheune und blickte hinüber zum Haus. Hinter den Vorhängen des elterlichen Wohnzimmers schimmerten die Umrisse jener Frau, die immer nur der Schatten einer Mutter für ihn gewesen war. Ohne Reue bestieg er das Pferd.

Sein Vater überlebte diesen Zwischenfall und starb Jahre später an einem Herzinfarkt, bei der Arbeit auf dem Feld. Er hatte nie mehr versucht, den Jungen zurückzuholen.

George Earl hat später nur einem einzigen Menschen die Einzelheiten dieser Geschichte erzählt. Ich glaube, er hatte die meisten Erinnerungen daran bereits gelöscht, als er wieder die funkelnden Lichter der Stadt erblickte.

Dieses Mal bemerkte niemand, wie er in der Dunkelheit die Main Street entlangritt. Der letzte Empfang war irgendwie freundlicher, dachte er, aber vielleicht ist es besser, wenn mich so niemand sieht. Wie ein Dieb schlich er durch die Straßen, hier und da aufgeschreckt vom Gelächter, das aus den Kneipen drang. Als er das Haus von Richter Hawkins gefunden hatte, war kein Licht mehr zu sehen. Er machte sein Pferd an der Scheune fest und wusch sein Gesicht mit Wasser aus dem Brunnen. Dabei verhielt er sich so leise wie möglich, doch plötzlich ging in Mary Lous Zimmer das Licht an. Das Fenster öffnete sich, und er konnte trotz der Dunkelheit ihren Kopf mit den Zöpfchen ausmachen.

»Bist du es, George Earl?!« rief sie in die Dunkelheit.

»Ja, ich bin es. Sei doch still!«

Sie verschwand vom Fenster. Er befühlte seine Nase, und sie kam ihm mindestens so dick vor wie die eiserne Pumpe des Brunnens. Kurz darauf stand Mary Lou vor ihm. Sie hatte über ihr Nachthemd eine hellgrüne Weste gezogen,

die ihr bis zu den Knien reichte. Ihr Blick war müde, ihre Augen lagen traurig in den dunklen Höhlen.
»Weshalb bist du zurückgekommen?« fragte sie. Dann fiel sie ihm um den Hals.
Er zuckte vor Schmerz zusammen und drückte sie von sich weg.
»Was ist mit dir passiert, um Gottes willen? Dein Vater?«
»Ja. Aber er wird es nie wieder tun. Das verspreche ich dir.«
In der Dunkelheit konnte Mary Lou nicht das ganze Ausmaß seiner Verletzungen sehen. Seine Nase war nicht nur gebrochen: der Vater hatte ihn so unglücklich erwischt, daß sie leicht zur Seite gedreht und nach unten gedrückt war. Behutsam streichelte sie sein sandiges Haar.
»Was ist eigentlich mit deinen Eltern?« fragte er und blickte in Richtung Haus.
»Sie sind zu Besuch bei meiner Tante. Kommen erst morgen zurück.«
Sie lehnte sich gegen seine Brust. Er umarmte sie und merkte, daß seine Hände immer noch zitterten.
»Wir haben die ganze Nacht für uns allein. Bitte bleibe bei mir«, flüsterte sie.
»Ich bleibe bei dir. Natürlich bleibe ich«, sagte er. Er küßte ihr duftendes Haar. Seine Lippen schmeckten immer noch leicht nach Blut. Wie durch ein Wunder schmerzte seine Nase plötzlich fast gar nicht mehr.
Mary Lou nahm seine Hand und führte ihn in die Scheune. Sie ließ sich in einer Ecke auf dem Stroh nieder und streifte ihre Weste und ihr Nachthemd ab. Durch die Ritzen der Wand strahlte Dunkelheit von außen auf die Dunkelheit von innen. In dieser Nacht rieben die beiden ihre Unschuld in dem Stroh der Scheune von sich. Sie hielten sich aneinander fest und schliefen eng umschlungen ein, bis sie im Morgengrauen gemeinsam erwachten.
Mary Lou schlüpfte in ihr Kleid und erhob sich. Als sie George Earls Gesicht sah, erschrak sie. Sie kniete sich zu ihm.
»Mein Gott, was hat er nur mit dir gemacht?«

»Mach dir keine Sorgen, Mary Lou, das wird schon wieder.«
»Ruhe dich noch aus und komm am Nachmittag ins Haus. Dann sind meine Eltern zurück.«
»Warum bleibst du nicht noch ein bißchen? Es war doch schön heute nacht, oder?«
Ihr Gesicht verzog sich. Endlich lächelte sie, wenn auch gequält.
»Ja, es war schön. Aber ich kann nicht bleiben.«
Sie wich von ihm zurück.
»Jetzt kann ich schon gar nicht bleiben.«
»Was ist denn?«
»Ach, gar nichts. Ich muß jetzt wirklich gehen. Bis später.«
George Earl lag im Stroh, betrachtete seine abgefallenen Krusten und dachte an Schlangen, die sich mit der Zeit häuten müssen.
Mary Lous Eltern waren erstaunt, als sie ihn sahen, aber sein Zustand machte jede Frage überflüssig. Hawkins ließ einen Arzt kommen, der die Nase des Jungen zusammenflickte. Zum Schluß bekam er einen dicken Verband, der das Schlimmste verhüllte. Der Arzt drückte ihm auch ein paar Pillen in die Hand, doch George Earl wehrte sich standhaft, sie zu nehmen.
Am Abend saß er wieder mit der Familie Hawkins beim Abendbrot. Der Verband an der Nase juckte, er behinderte ihn beim Essen. Der Richter hatte ihm ein paar Sachen zum Anziehen gekauft, neue Jeans und ein rotkariertes Hemd, in denen sich George Earl gefiel. Eine abgetragene Lederjacke hing an der Sessellehne.
»Na, mein Junge, willst du immer noch nach Westen?« fragte der Richter.
»Na klar doch, Sir. Daran kann niemand was ändern. Mich hält keiner mehr auf.«
Er schlang unter Schmerzen den Bissen hinunter.
»Wollen Sie immer noch die Stute haben?« fragte er.
»Wieso willst du sie plötzlich verkaufen? Stimmt was nicht mit ihr?«

»Nein, ist alles in Ordnung. Bloß, dort wo ich hinwill, kann ich sie nicht mitnehmen. Ist kein guter Platz dort in Kalifornien für Pferde, glaub ich.«
»Ja, da hast du recht. Ich sehe sie mir nachher an, und wenn sie in Ordnung ist, gebe ich dir einen guten Preis dafür.«
»Danke, Sir. Wissen Sie, wo ich den Bus nach Kalifornien nehmen kann?«
»Bei der Busstation. Ist nur ein paar Ecken weiter.«
»Heute nacht fährt noch einer nach Los Angeles, glaube ich«, sagte Mary Lou plötzlich. »Um halb elf ungefähr.«
George Earl begriff nicht, daß sie ihn so schnell wie möglich loswerden wollte. Er verwechselte ihre Eile mit Hilfsbereitschaft.
»Los Angeles«, strahlte er. »Ist das dort, wo ich hinmuß?«
»Ja, genau. Dort ist Hollywood. Dort mußt du hin«, sagte sie. »Nicht wahr, Vater?«
Er nickte. Gleichzeitig mit ihrer Mutter hob sie die Serviette zum Mund und grinste kurz hinein. George Earl merkte davon nichts. Der Richter, der langsam begriff, was seine Tochter im Schilde führte, schwieg.

George Earl streichelte Westwind innig und flüsterte etwas Unverständliches in ihr Ohr. Erst als Mary Lou ihn an die fortgeschrittene Zeit erinnerte, wandte er sich ab.
»Ich verspreche dir, immer an dich zu denken. Solange ich lebe.« Das treue Tier schabte mit den Hufen. Dann marschierten sie los.
Auf dem Weg zur Busstation redete Mary Lou wie ein Wasserfall auf ihn ein. Sie sprach davon, was er alles sehen und erleben würde und wie sehr sie es bereue, nicht mit ihm gehen zu können. Als sie um die Ecke bogen und das Stationsgebäude vor ihnen emporragte, hielt Mary Lou inne.
»Ich möchte mich jetzt von dir verabschieden. Ich kann nicht mit reingehen.«
»Warum denn nicht? Ist doch nicht mehr weit.«

»Ja, schon. Aber ich mag diese Abschiedsszenen nicht. Ich muß auch im Kino immer weinen. Du verstehst schon, oder? Viel Glück, George Earl.«
»Aber du weinst doch jetzt auch nicht«, sagte er.
»Ist halt so. Wiedersehen.«
Rasch drückte sie ihm einen flüchtigen Kuß auf die Wange, um anschließend in die Dunkelheit einzutauchen.
»Paß gut auf Westwind auf!« rief er ihr noch nach, doch sie war bereits wie vom Erdboden verschluckt.
George Earl überquerte die Straße. Er ging in die Kassenhalle der Station, die ihn mit ihrem grellen Licht blendete. In der Mitte der Halle standen zwei der Mädchen, die er von seinem ersten Besuch in der Stadt kannte, neben einer Frau, die auf zwei großen Koffern hockte. Die beiden Mädchen beachteten ihn nicht. Während er die Fahrkarte kaufte und sich dabei so verhielt, wie es ihm der Richter erklärt hatte, sah er, wie die Frau mit den Koffern in einen Bus stieg und die Mädchen in einem Automobil Platz nahmen, das die ganze Zeit vor dem Stationsgebäude gestanden hatte.
Mary Lou hätte sich sicher gefreut, ihre Freundinnen zu treffen, dachte er, als er sich auf die Suche nach seinem Fahrsteig machte.
In dem Bus nach Los Angeles saßen nur sechs andere Leute, zwei schwarze Männer und vier weiße Frauen. Die Frau, die vor ihm saß, winkte wie verrückt einem Mann in einem hellen Anzug zu, der wie verrückt zurückwinkte. Als der Bus losgefahren war und nach Westen rollte, stand George Earl auf und ging nach vorne zum Fahrer.
»Wann sind wir denn in Hollywood?«
»Der Bus trifft morgen abend um zehn Uhr dreiundvierzig in Los Angeles ein, mein Sohn.«
George Earl ging zufrieden zurück. Als er die Frau auf dem Platz vor sich ansah, bemerkte er die Tränen, die an ihren Wangen herabliefen. Er blieb vor ihr stehen.
»Verzeihen Sie, aber weinen sollten Sie im Kino. Dazu ist es doch da, oder?«

Die Frau sah ihn entgeistert an, ihr Mund war weit geöffnet. George Earl beschloß, sich einige Plätze weiter hinten niederzulassen.
Das laute Brummen des Motors schaukelte ihn bald in einen angenehmen Zustand der Erschöpfung. Solange er konnte, starrte er aus dem Fenster in die Dunkelheit.

3

Clive Robinson wurde von allen nur ›Das Großmaul‹ genannt. Und das zu Recht, denn er schien stets alles zu wissen und immer recht zu haben, ihm fiel immer noch etwas ein, das ihm das letzte Wort einbrachte. Trotzdem wurde er von allen respektiert, um nicht zu sagen geliebt, denn er kannte das Metier, in dem er arbeitete, wie kein zweiter. Es fiel ihm leicht, dieses Gefühl jedem zu vermitteln. Außerdem waren die Mächtigen der Welt der Illusionen auf ihn angewiesen, wenn auch nur aus Bequemlichkeit. Sein Job bestand darin, den ganzen Tag oder manchmal auch die ganze Nacht die Studios in Hollywoods Bergen abzufahren und den ›Nachschub‹ zu organisieren. Clive Robinson war der Boß des Heeres der zahllosen Komparsen, die mit Koffern voll von Träumen nach Westen gepilgert waren, aber niemals ihre Sehnsüchte verwirklichen konnten. Viele von ihnen kehrten dieser Auswahlmaschinerie wieder den Rücken zu. Sie gingen enttäuscht zurück in ihre kleinen Nester, die über das ganze Land verstreut waren. Aber viele von ihnen blieben und bissen sich am Rockzipfel Hollywoods fest. Für sie war Clive Robinson ein Rettungsanker. Das Trugbild von Reichtum und Ruhm nährt den Körper länger als jede andere Frucht dieser Erde.
Clive Robinson wußte bereits in seinen Jugendjahren, daß ihm das Zeug zu einem großen Schauspieler fehlte. Nach einer kurzen Zeit der Trauer, in der er die Liebe zum Scotch entdeckte, verschlug es ihn auf die Versorgungsseite des Showgeschäfts. Ein Job in Hollywood war ihm als ›echtem‹ Sohn von Los Angeles, wie er immer betonte, in die Wiege gelegt worden. In wenigen Jahren hatte er sich von

einem kleinen Bühnenarbeiter zum bedeutendsten Komparsenagenten Hollywoods hochgearbeitet. Sein breites Lachen, das stets durch den Qualm einer abgelutschten Zigarre dröhnte, wurde bald zu seinem Markenzeichen. Innerhalb weniger Monate tauschte er seinen grauen Overall gegen ein Dutzend Maßanzüge aus erlesenen Stoffen, natürlich mit den dazu passenden Maßschuhen aus feinstem Leder.
Diese Blitzkarriere verschaffte ihm nicht so viel Ansehen, wie sich manch anderer, der nach Hollywood gekommen war, vielleicht erträumt hätte, doch er gab sich damit zufrieden. Seine Lebensphilosophie war einfach: ›Wenn man mit fünfunddreißig Jahren bereits das erreicht hat, was ich erreicht habe, dann fragt man sich nicht, ob man etwas anders hätte machen sollen. Ich kann Ihnen nur sagen, daß ich viele habe kommen und gehen sehen, und es waren in der Tat viele Gute dabei. Ich habe junge, starke Söhne und Töchter dieses Landes durch die Finger dieser gefräßigen Maschine rutschen sehen, und wenn Sie mich heute fragen, warum ich diesen Job mache, dann gibt es für mich nur eine Antwort: aus Mitleid, meine Kinder, aus Mitleid. Ich glaube, daß die Tatsache, daß ich nie den Drang verspürt habe, Schauspieler zu werden, mit meiner Herkunft zusammenhängt. Wer im Zentrum geboren wird, drängt vielleicht eher zum Rand. Ich habe mich dort immer am wohlsten gefühlt, denn dort gibt es nicht so viele Neider.‹
Das war also Clive Robinson mit seinen vernünftig klingenden Gedanken. Vielleicht hat er das alles gar nicht so ernst gemeint, aber für mich klang er immer glaubwürdig. Ich glaube, er war ein verdammt guter Schauspieler.

George Earl lernte Robinson sieben Monate nach seiner Ankunft in Los Angeles kennen. Während Robinson bereits im Zenit seiner Karriere stand, befand sich George Earl an diesem Februarmorgen in einer schwierigen Situation. Er hatte kein Geld und keinen Job. Das Treffen

mit Robinson war für ihn also eine große Chance. Er war entsprechend nervös.
Robinson war wie immer schwer beschäftigt und würdigte George Earl keines Blicks, als dieser verlegen und eingeschüchtert in der Tür des großen Büros in Beverly Hills stand. Alles, was er sah, war aus Leder und teurem Teakholz, und er wagte nicht, sich von der Stelle zu rühren. Robinsons Sekretärin forderte ihn mit einem Wink auf, auf einem großen ledernen Sofa Platz zu nehmen. Er ging vorsichtig in den Raum, bedacht auf jeden seiner Schritte, denn er wollte den mächtigen Mann nicht stören. Er mußte an seine Flucht von zu Hause denken und schmunzelte dabei ein bißchen. Langsam ließ er sich auf dem tiefen Sofa nieder. Er hatte noch nie in seinem Leben so bequem gesessen. Robinson hatte sein Gespräch in diesem Augenblick beendet.
»Entschuldigung«, sagte George Earl, »ich habe noch nie im Leben so gut gesessen.«
Er grinste verlegen und wußte nicht, wo er hinsehen sollte.
Robinson blies eine große Wolke Rauch aus.
»Du hast ein hübsches Lächeln, mein Junge. Wie ist doch gleich dein Name?«
»George Earl Gadson junior. Nach meinem Vater. Aber alle nennen mich George Earl.«
»O.k., George Earl, wie alt bist du denn?«
»Zweiundzwanzig.«
Robinson lächelte kurz und erhob sich schwerfällig aus seinem tiefen Ledersessel.
»O.k., mein Junge. Sag mir, wie alt du wirklich bist. Du bist doch keine zwanzig, oder irre ich mich da?«
George Earl holte kurz Luft. Er wurde rot und spürte, wie sein Mund immer trockener wurde.
»Sie haben recht. Ich werde bald neunzehn, Mister Robinson. Bitte verzeihen Sie mir.«
»Schon gut, mein Junge. Du scheinst ein guter Kerl zu sein. Hast ein hübsches Lächeln und eine gute Figur. Warum willst du denn Schauspieler werden?«

»Ich habe von den Filmstars gehört, drüben in Kansas, wo ich herkomme. Ich habe gehört, wer nach Hollywood kommt, kann alles schaffen.«
»Seit wann bist du denn hier?«
»Seit sieben Monaten. Habe in einer Bar ausgeholfen, bis jetzt. Tellerwaschen und so, Sie wissen schon.«
»Wo schläfst du denn, mein Junge? Hast du eine Bleibe?«
»Ja, wo die Bar ist, in der Nähe vom Hafen, habe ich ein kleines Zimmer.«
»Wie bist du eigentlich auf mich gekommen? Wer hat dir meinen Namen genannt?«
»Da war so ein Typ in der Bar. Der hat immer erzählt, daß er in den Studios arbeitet. Er hat mir die Adresse von Ihrem Büro gegeben.«
»Ich verstehe. Ich verstehe. Du willst also Schauspieler werden?«
Der Junge nickte heftig mit dem Kopf.
»Du weißt aber, daß ich keine Hauptrollen vermittle. Ich werde nach Statisten gefragt, die meist nur im Hintergrund stehen oder, wenn es hochkommt, mal einen Satz sagen. Meist werden sie auch wieder rausgeschnitten aus dem Film.«
»Sie meinen mit einem Messer, Mister Robinson?« fragte George Earl und machte mit seinem gestreckten Zeigefinger eine Schnittbewegung entlang seines Halses. Dabei schaute er Robinson ernst an, so daß dieser für einen Moment überrascht war. Im nächsten Augenblick begann sein mächtiger Körper vor Lachen zu beben, und der Rauch, der aus ihm qualmte, erinnerte an einen Vulkanausbruch. Er schlug sich auf die Schenkel und bekam gleichzeitig einen Hustenanfall.
»Mit dem Messer, du Witzbold. Mit dem Messer, sagt er! Na du bist mir vielleicht einer. Du hast das Zeug zu einem Komiker, mein Kleiner.«
George Earl wußte nicht, wie er reagieren sollte. Robinson nahm ihm dieses Problem ab, indem er gemeinsam mit ihm aufstand und ihn hinausbegleitete.
»Esther, Schätzchen, der Kleine hier ist ein echter Witz-

bold. Nimm seine Personalien auf und gib ihm die Adresse von dem Studio, wo Will nächste Woche diesen Western dreht. Er hat mir gesagt, daß er ein paar Leute braucht. Sag mal, Kleiner, du kommst doch aus Kansas?«
»Ja, Mister Robinson.«
»O.k., dann ist ein Western vielleicht genau das Richtige für dich. Laß dich nächste Woche dort blicken. Ich werde auch dasein, mal sehen, was sich machen läßt.«
George Earl ergriff Robinsons Hand und verneigte sich.
»Danke Mister Robinson, ich danke Ihnen.«
»Schon gut, mein Kleiner, schon gut. Sei pünktlich. Äh, was ich dich noch fragen wollte: Was ist eigentlich mit deiner Nase passiert? Hast ja eine ziemliche Knolle da vorne. War wohl gebrochen, was?«
»Zweimal. Ein Pferd. Ein verdammtes Pferd hat mich getreten. Ich konnte gerade noch zurückspringen, sonst wär mein Gesicht jetzt platt.«
Um seinen erfundenen Rettungssprung zu verdeutlich, zog er blitzschnell seinen Oberkörper nach hinten, ließ sich zu Boden fallen und hielt sich mit schmerzverzerrtem Gesicht die Nase.
Esther sprang auf und sah erstaunt über den Schreibtisch, während Robinson schon wieder zu lachen begann. Er ging auf den Jungen zu und gab ihm die Hand.
»Hier, mein Kleiner. Was hab ich gesagt, Esther, der Junge ist komisch. Also, wir sehen uns nächste Woche. Halt die Ohren steif, Kleiner.«
Robinson streichelte kurz die Haare des Jungen und war im nächsten Moment wieder hinter der Tür seines Büros verschwunden. George Earl stand verwirrt im Raum.
»Gratuliere, mein Kleiner, ich glaube, er mag dich«, sagte Esther. Sie fummelte an ihren Haaren herum.
»Ja, ich mag ihn auch«, sagte George Earl. »Wir haben wohl beide Glück.«

Zum ersten Mal nach sieben Monaten sah George Earl an diesem Tag wieder Pferde. Es war ein Anblick, bei dem ihm warm ums Herz wurde. Vor einer kleinen Koppel trieben sich viele Menschen herum, schoben Kameras durch die Gegend, liefen mit Stapeln von Papier umher und schrien sich gegenseitig an. Im Hintergrund standen ein paar Pferde angebunden. Sie schabten mit ihren Hufen im Staub. Die Tiere taten George Earl sofort leid. Er konnte genau sehen, wie sie nervös zuckten. Keine dreißig Meter entfernt saß Clive Robinson in dem schönsten Automobil, das George Earl bis dahin gesehen hatte. Er paffte eine dicke Zigarre, die gar nicht mehr in seinen Mund zu passen schien, und schüttelte gelangweilt die Eiswürfel in seinem Scotchglas. Eine Schar von sechs oder sieben jungen Burschen drängte sich um den Wagen. George Earl bahnte sich den Weg durch die Menge und ging auf Robinson zu.

»Tag, Mister Robinson. George Earl. Sie erinnern sich?«

»Ah ja, der Witzbold. Tag, Kleiner. Wo hast du denn so lange gesteckt?«

»Ich habe nicht gleich hergefunden. Habe mich ein paarmal verlaufen. Ist alles größer hier als in Kansas.«

»Größer als in Kansas? Du bist mir vielleicht einer. Na egal, wie du siehst, haben die noch nicht angefangen. Aber das sind wir vom alten Will ja gewohnt. Dauert immer länger.«

»Dann habe ich also noch mal Glück gehabt.«

Robinson beugte sich zu ihm und den anderen Jungs, und sie rückten näher an ihn heran.

»Also paßt gut auf, Jungs. Der da drüben mit dem weißen Hut und dem blauen Hemd, das ist Will Jenkins. Er ist hier sozusagen der Chef und hat mir geflüstert, daß er ein paar Jungs für eine Szene mit Pferden braucht. Kann wer von euch reiten, Jungs?«

Er blickte in die Runde, aber niemand traute sich zu antworten. Schließlich faßte sich George Earl ein Herz.

»Ich kann reiten, Mister Robinson«, sagte er. »Ganz gut, glaube ich.«

Nach und nach nickten auch die anderen, aber nicht aus Überzeugung.

»O.k., Jungs, ich weiß nicht genau, worum es hier geht,

aber wenn Will nachher hier rüberkommt, dann hört ihr ihm am besten genau zu, denn er kennt sich in dem Geschäft wirklich aus. Alles klar soweit?«
»Ja, Mister Robinson«, schallte es wie im Chor.
Sie wendeten sich fast gleichzeitig von ihm ab und begannen, sich mit Übungen aufzuwärmen. Nur George Earl starrte gebannt zu den Tieren hinüber und lächelte.
Die Aufgabe war eigentlich sehr einfach, vorausgesetzt, man konnte mit Pferden umgehen. Sam, das war der Name des Filmhelden, ein rauher Stadtbursche von fast zwei Metern, dem jemand das Reiten sehr gut und das Schauspielen sehr schlecht beigebracht hatte, ritt mit sieben anderen auf den Platz vor der Koppel zu, wo einige Männer standen, mit denen sie sich duellieren mußten. Robinsons Jungs sollten nichts anderes tun, als die Pferde ruhig aus dem Bild zu führen, nachdem die Männer abgestiegen waren. Die Stimmung unter den Jungs war ausgezeichnet, hatten sie doch jeder die Möglichkeit bekommen, bei der Szene dabeizusein. Ein Mann mit Glatze gab ihnen die letzten Anweisungen. Will Jenkins nahm mit einem Megaphon bewaffnet auf einem erhöhten Stuhl Platz, von wo aus er alles überblicken konnte. Die Cowboys ritten etwa hundert Meter hinter die Koppel und warteten. Will Jenkins blickte um sich auf seine Kollegen. Jetzt setzte er das Magaphon an seine Lippen.
»Ton o.k., Kamera o.k., Action, Jungs!«
Der Reitertrupp setzte sich in Bewegung. Die Jungen rückten zusammen, denn einige von ihnen hatten noch nie ein Pferd aus der Nähe gesehen. Es wurde ihnen langsam unheimlich, die Schläge der Hufe wurden immer lauter. Nur George Earl stand vor ihnen, stolz und mit herausgedrückter Brust trotzte er den heranstürmenden Riesen, schloß die Augen und dachte an Westwind. Hätte er nach rechts gesehen, hätte er das Lächeln Robinsons' gesehen, der ihn genau beobachtete.
Als die Tiere vor ihnen standen und die Cowboys abgesprungen waren, liefen drei der Jungs davon. George Earl hatte die Situation als erster erkannt und versuchte, ne-

ben seinem Pferd, das er sofort im Griff hatte, die Tiere der anderen drei Jungs einzufangen. Es dauerte einige Minuten, bis sich die Verwirrung gelegt hatte. Robinson saß grinsend in seinem Auto. Er unterhielt sich mit Jenkins, der das Ganze nicht so komisch fand. Er fragte die übriggebliebenen Jungen, ob sie es sich zutrauten, alle sieben Pferde zu halten. George Earl nickte und riß die anderen Jungs mit, denen bei diesem Gedanken offensichtlich nicht wohl war. So nahm man wieder Aufstellung für den neuen Versuch.
»Paß gut auf deine Nase auf, Witzbold!« schrie Robinson noch zu George Earl hinüber, bevor die Reiter losritten.
»Was ist mit seiner verdammten Nase?« fragte Jenkins. Er drehte sich zu Robinson um.
»Ein verdammter Gaul hat ihn getreten. Hat eine ziemliche Knolle.«
»Verdammte Scheiße. Ein hübscher Junge sonst. Scheint keine Angst vor den Viechern zu haben.«
Der zweite Versuch klappte viel besser, doch genau in dem Moment, da sie die unruhigen Tiere aus dem Bild führten, löste sich aus einer der Cowboypistolen ein Schuß. Der Krach scheuchte die Tiere auf. Einer der Jungs stürzte und krabbelte unter dem aufbockenden Pferd davon. Der zweite Junge ließ die Zügel los und flüchtete zusammen mit den Cowboys, die sich durch einen Sprung über die Koppel in Sicherheit brachten. Nur George Earl stand inmitten der Aufregung und hielt seinen Gaul ruhig am Zügel. Er streichelte den Kopf des Pferdes, flüsterte ihm beruhigende Worte zu. Als er hinter der vorbeiziehenden Staubwolke die Männer in der Koppel erblickte, fing er laut zu lachen an.
»Haben Sie gesehen, Mister Robinson? Sind schöne Cowboys, was? Daß ich nicht lache!«
Auch Robinson mußte lachen. Das Gesicht von Will Jenkins verdunkelte sich dabei immer mehr. Er fragte seine Kameraleute, ob man die Aufnahme irgendwie verwenden könne, doch sie schüttelten den Kopf. Daraufhin schritt er auf den Mann zu, aus dessen Pistole sich der

Schuß gelöst hatte. Mit finsterer Miene drohte er ihm mit dem Rausschmiß. Als er seinem Ärger Luft gemacht hatte, baute er sich in der Mitte der Szene auf und warf seinen Hut in den Staub.
»Jetzt hört mal gut zu, ihr Idioten! Die verdammte Szene wird jetzt zum letzten Mal gedreht, und ich möchte, daß ihr euch konzentriert! Wer das Ganze noch mal versaut, der fliegt raus, habe ich mich deutlich ausgedrückt? Also los, alles auf die Plätze!«
George Earl war überhaupt nicht mehr nervös. Nur er und der Junge, der vorhin davongekrochen war, waren noch übrig. Er wußte nun genau, auf welches Pferd er sich konzentrieren mußte: auf den dunkelbraunen Hengst.
Die Cowboys ritten diesmal noch schneller auf sie zu. Statt stehenzubleiben, trat George Earl den heranstürmenden Pferden drei Schritte entgegen. Er visierte das Leittier an und hob seinen rechten Arm in dem Moment, als der Cowboy, der den Hengst ritt, absprang. Das Pferd drohte nach links auszubrechen und dabei die anderen Tiere aufzuscheuchen. Der andere Junge hatte zwei Pferde unter Kontrolle und führte sie zur Seite. Mit einem mächtigen Satz schwang sich George Earl auf den Rücken des nervösen Tiers und umklammerte mit der einen Hand die Zügel, während er mit der anderen die Zügel der übrigen Tiere einsammelte. Er führte sie souverän zu den anderen, mit einem Glücksgefühl, das ihm nur ein Pferderücken geben konnte.
»Schnitt!« schrie Will Jenkins zu seinen Kameraleuten, die ihm mit hochgestrecktem Daumen zu erkennen gaben, daß dieses Stück Film brauchbar war. Robinson war auf die Polsterung seines Wagens gesprungen und klatschte Beifall. Wie von einem Skorpion gestochen, raste Will Jenkins auf George Earl zu, der ihn zunächst nicht bemerkte, aber dann sofort in Abwehrstellung ging. Jenkins' hochroter Kopf drohte zu platzen.
»Wenn du glaubst, Kleiner, daß du hier eine große Show abziehen kannst, dann hast du dich geirrt! In Zukunft spielst du die Szene so, wie ich sie dir ansage, hast du ver-

standen? Und jetzt sag mir deinen verdammten Namen, Kleiner!«
»George Earl, Sir. George Earl.«
»Willkommen in Hollywood, du Arschloch!« brüllte Jenkins.

An diesem Nachmittag hatte George Earl die Tür zum Filmgeschäft weit aufgestoßen. Die folgenden Wochen brachten ihm kleine Szenen oder kurze Sprechrollen ein, für die ihn Will Jenkins unbedingt haben wollte. Robinson gab ihm einen guten Vertrag, der ihm genügend Geld zum Leben einbrachte. Er mietete sich ein Zimmer in einer besseren Gegend der Stadt, von wo aus er es nicht weit zu den Studios hatte. Auch erneuerte er seine Garderobe, neue Jeans und Westernstiefel sowie einige Hemden und eine Lederweste. So lief er durch die Studios und die Stadt, und bald kannte man ihn als den kleinen Nebendarsteller aus Kansas.

Aber auch andere Leute hatten in diesem Frühjahr Erfolg, wie zum Beispiel Will Jenkins, der ganz aufgelöst am anderen Ende der Leitung von Clive Robinson hing.
»Budget für einen eigenen Film, Will. Ist ja großartig, Will. Gratuliere … Was, mit deinem Drehbuch? Nicht schlecht, Mann! Da wird die Kasse ordentlich klingeln. Ich glaube, da mußt du bald einen ausgeben … Was für ein Film? … Kannst du die Finger nicht vom Wilden Westen lassen, was? Na ja, warum nicht, die Leute fahren darauf ab … der letzte war auch nicht so schlecht … Ah, ich verstehe, deshalb rufst du an, du Schlitzohr … warst zufrieden mit ihm, was? … Habe gleich erkannt, daß er ein guter Junge ist. Habe ein Gespür für solche Leute … klar, Mann, kennst mich ja … Ob ich weiß, wo er ist? Na klar Will … habe seine Adresse in meiner Kartei … Habe von einem anderen Typen gehört, daß er ein bißchen auf den Putz gehauen hat mit dem Geld, das er bei mir verdient hat … Ein Junge vom Land eben, kennst ja die Burschen, ziemlich unverdorben, aber wehe, sie kommen

drauf, was es in der Stadt alles gibt ... verläßlich ist er glaub ich schon, steht ja in meiner Schuld ... Weiß nicht, wie es mit einer großen Sprechrolle wird, ich glaub aber schon, daß er das bringen kann ... Was? Meinst du wirklich? ... Na ja, wenn du sagst, daß er Talent hat vor der Kamera, ist dein Revier ... sag, was denkst du eigentlich über seine Nase? ... hat doch so eine komische Knolle im Gesicht ... wenn du meinst, daß sein Talent das wettmacht ... Ist glaube ich schon ein intelligenter Junge, wird das schon hinkriegen mit dem Text ... was willst du ihm denn zahlen für die Rolle? ... Hauptrolle neben Sam, also ich weiß nicht, meinst du wirklich? ... Na klar, wenn du meinst, scheinst ja ziemlich begeistert von ihm zu sein ... deine Geldgeber auch, na gut ... Na, mit dem kannst du ihn doch wirklich nicht vergleichen ... Du meinst, die beiden haben was gemeinsam? ... Ja, der Junge ist noch bei mir unter Vertrag, das wird aber nicht billig, mein Freund, das sag ich dir gleich ... Klar, ich versuche ihn zu erreichen ... sagen wir nächste Woche Dienstag? ... Ich werde ihn hierherkommen lassen ... Hast du eigentlich schon einen Namen für dieses Projekt? ... Na ja, wird dir schon noch einfallen ... Ja, du weißt doch, die hatten damals auch so lange keinen Namen für das Ding, und dann wurde es ein Riesenerfolg ... klar doch, Will, geht klar. Lasse ich von meiner Sekretärin gleich aufsetzten ... An welche Summe haben die Jungs hinter dir denn gedacht? ... oh, na klar fällt da ein schönes Stückchen für mich ab ... keine Frage, ist mir ganz und gar nicht unangenehm ... Also dann bis Dienstag, und Will, ah, bist du noch dran? Und vergiß nicht, bring einen Batzen Geld mit, hahaha, der Kleine wird Augen machen ... also bis dann, Will.«
Robinson legte den Hörer auf die Gabel und zündete sich genußvoll eine neue Zigarre an, deren erster Zug ihm so gut schmeckte wie schon lange nicht. Zufrieden faßte er mit beiden Händen hinter seinen breiten Nacken. Er blies große Rauchwolken in sein Büro, während er sich fest in seinen Sessel drückte. Dann rief er nach seiner Sekretärin. »Schätzchen, Esther, Schätzchen! Ruf diesen George Earl

an und sag ihm, er soll nächsten Dienstag hier aufkreuzen. Sag ihm, es wäre verdammt wichtig. Alles klar, Schätzchen? Danke, Schätzchen. Dieser Witzbold, dieser kleine Witzbold.«

George Earl saß mit etwas mehr Selbstvertrauen in dem tiefen Sofa als bei seiner ersten Begegnung mit Robinson. Da er noch nicht zurück im Büro war, hatte George Earl genügend Zeit, sich in Ruhe auf das angeblich wichtige Gespräch vorzubereiten. Er hatte seine Cowboystiefel auf Hochglanz gebracht. Mit einem leichten Satz erhob er sich und ging auf den großen Wandspiegel zu, der in einer Ecke des Büros hing. Stolz baute er sich vor dem Spiegel auf. Der Junge aus Kansas betrachtete sein Aussehen, während er mit einer flüchtigen Handbewegung sein blondes Haar zurückwarf.

Wenn Mutter und Vater mich jetzt sehen könnten, dachte er für eine Sekunde. Gleich darauf erschrak er über seinen Gedanken. Er senkte sein Kinn, drückte es an die Brust, um das Parfüm zu riechen, das er extra für diesen Termin gekauft hatte, ein Duft aus Sandelholz und noch irgendeinem Zeug, von dem er noch nie gehört hatte. Er zündete sich eine Zigarette an, steckte sie lässig in den rechten Mundwinkel und zog seinen neuen Cowboyhut ins Gesicht. Dabei grinste er kaum merklich. Gleich darauf vernahm er Stimmen, dann Schritte von draußen. Er wich zwei Schritte zurück und warf schnell den Hut auf das Sofa, ohne die Zigarette aus dem Mund zu nehmen. Will Jenkins und Clive Robinson betraten laut diskutierend den Raum. Zunächst beachteten sie den Jungen nicht, obwohl er nicht zu übersehen war.

»Hallo Kleiner, wie geht's?« fragte Robinson nach einigen Sekunden.

»Tag Mister Robinson, Tag Mister Jenkins. Gut, danke.«

»Na fein, mein Kleiner, freut mich.«

»War ein guter Job damals, Mister Jenkins. Daß ich für Sie arbeiten durfte, war ein echtes Vergnügen.«

»War mir auch ein Vergnügen. Hast gute Arbeit geleistet

bei dem Film. Sag mal, Clive, was riecht denn hier so komisch?«
Will Jenkins drehte sich im Raum und rümpfte die Nase.
»Weiß nicht, was du meinst, Will. Rieche nur meine Zigarren. Ist das einzige, was hier riecht. Ist aber vielleicht das einzige, was ich überhaupt noch rieche.«
Er schnüffelte durch den Raum wie ein Spürhund.
»Riechst du was, Junge?«
»Ich? Nein. Nur ihre Zigarre, Mister Robinson. Riechen verdammt gut, die Dinger.«
»Meinst du wirklich, mein Junge? Meine Alte sagt immer, daß sie fürchterlich stinken. Weiß nicht, was gut ist, das verrückte Ding ... willst du mal eine probieren?«
»Eine von Ihren Zigarren? Wär mir ein verdammtes Vergnügen. Entschuldigung. Sehr gerne, Mister Robinson.«
Clive Robinson nahm die große Holzschachtel von seinem Schreibtisch. Er reichte sie mit geöffnetem Deckel zu George Earl, der eine von den dicken Zigarren herausnahm und daran schnupperte.
»Zwei Dollar fünfzig das Stück. Kommen aus Kuba, die lasse ich mir extra einfliegen. Du auch eine, Will?«
Will Jenkins machte eine abweisende Handbewegung. Er wirkte ungeduldig. Entspannte Zigarrenraucher schienen den hektischen Mann zu stören. Er räusperte sich mehrmals.
»Können wir zum Geschäft kommen, Clive? Ich habe noch andere Dinge zu tun, als mich von euch vergiften zu lassen.«
»Klar doch, Will. Komm, George Earl, setz dich zu uns, wir haben eine Menge zu besprechen. Paß gut auf, was Will dir zu sagen hat.«
Sie setzten sich um Robinsons großen Schreibtisch. Jenkins zog einen dicken Packen Papier aus seiner Tasche.
»Hör gut zu, George Earl. Es geht um eine verdammt wichtige Sache. Ich hab einen Film in Planung, einen Cowboyfilm, so wie der letzte, den wir gemacht haben. Ist nur diesmal so, daß es sich um meinen eigenen Film handelt, also ich meine, die Story ist von mir. Hast du schon

mal einen größeren Text auswendig gelernt, in der Schule oder so?«
George Earl wurde ein wenig nervös. Unsicher sah er die beiden Männer abwechselnd an. Die Frage nach seiner Vergangenheit und der Schule trieb ihn in die Enge, doch er wollte sich nichts anmerken lassen. Er lehnte sich ein wenig zurück und sog an der Zigarre.
»Ich habe öfters was auswendig gelernt, früher. War so eine verrückte Idee von mir, irgendwelche Sachen auswendig zu lernen. So zum Spaß eben.«
»Das ist gut, mein Junge. Das ist sehr gut. Ich hab nämlich Clive vorgeschlagen, dich für die zweite Hauptrolle in dem Film zu engagieren. Ist eine große Rolle mit ziemlich viel Text. Du wirst also ganz schön was zu tun haben. Eben nicht nur reiten und herumballern.«
»Und was muß ich tun bei einer Hauptrolle?«
Robinson mußte lachen.
»Was Will meint, ist, daß du nicht nur herumreitest und dich in den Dreck fallen läßt, sondern auch viel Text in die Kamera sprichst und oft im Film zu sehen bist. So wie dieser große Typ in dem ersten Film, wo du mitgemacht hast. Der den Sam gespielt hat. Der hieß doch Sam, oder, Will?«
»Ja, Sam, genau. Und dieser lange Bursche, sein Name ist übrigens Morgan Littfield, spielt deinen Gegner, also den Kerl, den du am Ende abknallst. Hast du kapiert, was wir dir anbieten?«
George Earl kapierte nichts, spürte aber, daß er Glück zu haben schien.
»Heißt das auch, daß ich mehr Geld kriege, Mister Robinson?«
Für einen Moment sah ihn Robinson mit großen Augen an, um gleich darauf in lautes Gelächter auszubrechen, das ihn fast seine Zigarre verschlucken ließ. In seiner Euphorie gab er Will Jenkins einen kräftigen Stoß an die Schulter.
»Was hab ich dir vorhin gesagt, Will. Der Kleine ist ein echter Profi. Stellt sich dumm und ist gleichzeitig ein beinharter Geschäftsmann. Natürlich kriegst du mehr Geld, Kleiner.

Du kriegst einen dicken Batzen, da kannst du dir eine Menge dafür kaufen. Kannst kaufen, was du willst, und wenn das Ding ein Erfolg wird, kriegst du noch mehr davon.«

»Dann mach ich auf jeden Fall mit. Ist 'ne klare Sache, meine Herren.«

George Earl sprang auf und streckte den verdutzten Männern seine Hand hin.

»Sie müssen mir nur noch sagen, wann es losgeht.«

Jenkins drückte ihm das hundert Seiten starke Manuskript in die Hand und lächelte.

»Alles, was da drin rot angestrichen ist, mußt du im Film sagen. Wäre besser, wenn du auch den Rest halbwegs kennst. Wir fangen in drei Wochen mit der elften Szene an, draußen im Death Valley. Da mußt du nur drei Sätze sagen, ist also ganz gut für den Anfang.«

George Earl starrte etwas ungläubig auf das Papier.

Die Männer verabschiedeten sich voneinander, und der Junge verließ zusammen mit Jenkins das Büro seines Agenten. Draußen auf der Straße schüttelten sie sich nochmals die Hände.

»Also dann am fünfzehnten um sieben Uhr vor den Studios. Wir fahren dann gemeinsam los. Sei pünktlich.«

»Mister Jenkins?«

»Was gibt es noch, mein Junge?«

»Wie soll er denn heißen, der Film?«

»Ich habe noch keinen Titel. Ist das einzige, was noch fehlt. Vielleicht fällt dir ja einer ein?«

»Ja, vielleicht.«

»Also bis dann, mein Junge. Und lern schön deinen Text.«

»Ja, klar. Den Text. Wiedersehen, Mister Jenkins. Und vielen Dank für alles.«

Als Jenkins in einem Taxi verschwunden war, wagte George Earl zum ersten Mal einen Blick in sein Skript. Die Sonne würde rot glühen und erbarmungslos im Feuerkessel des Death Valley brennen, doch zu glühen schienen auch die vielen rot angestrichenen Seiten, die er in seinen zittrigen Händen hielt.

4

Nolan haßte die Schule, und die meisten Mitschüler haßten Nolan. Schwer zu sagen, ob es daran lag, daß er niemals unaufgefordert mit jemandem sprach, oder an seinem stets gleichbleibenden Gesichtsausdruck, der auf alle Menschen einschläfernd wirkte. Die Mädchen mochten Nolan nicht, sie schienen sich vor ihm zu fürchten. Um genau zu sein, sie mieden ihn. Das Verhältnis zu den Jungs war anders. Nolan war das ideale Objekt, wenn es darum ging, jemanden zu finden, den man ärgern konnte. Nicht nur seine Passivität, auch sein Aussehen – die riesige Nase in dem kleinen runden Gesicht, der stark untersetzte Körper – war die perfekte Zielscheibe für Bösartigkeit.
Nicht, daß Nolan und ich dicke Freunde waren, aber nach dem Tod unserer Väter war ich so etwas wie ein Ersatzbruder für ihn geworden. Obwohl ich der Jüngere war, hatte man mir die Rolle des älteren Beschützers aufgedrängt. Nolan wußte genau über unsere Situation Bescheid. Stets versuchte ich die anderen Jungs, die teilweise meine Freunde waren, davon abzuhalten, Nolan zu provozieren, obwohl ich zugeben muß, daß es mich oft gereizt hat, mit den anderen mitzumachen. Sie können sich einfach nicht vorstellen, wie sehr ich mich manchmal über seine Teilnahmslosigkeit und seine Ignoranz geärgert habe. Es war unmöglich, mit ihm ordentliche Streiche auszuhecken. Zu zweit ist man doch immer stärker, aber Nolan war wirklich nicht der Typ, mit dem man Pferde stehlen konnte. Eher schon konnten sie einem zusammen mit ihm leichter geklaut werden. So war unsere Schulzeit eine einzige Gratwanderung. Es war ganz schön anstrengend, sich stets um Nolan zu kümmern oder we-

nigstens so zu tun. Gleichzeitig mußte ich mich vorsehen, um nicht zwischen die Fronten zu geraten. Mit taktischem Geschick schlängelte ich mich durch sämtliche Gefahren und genoß die Rolle als Herr der Duldung und des Verbots. Ich wußte, wann Nolan genug hatte, wann die anderen genug Spaß mit ihm gehabt hatten. Ich allein kannte Nolans Schmerzgrenze, aber auch das Maß an Genugtuung meiner Mitschüler. Nur ich bestimmte, wann Nolan das Handtuch zu werfen hatte, wann er genug eingesteckt hatte, und nur ich allein glaubte diesen ganzen Mist auch noch.

Meine Stunde schlug ganz leise, an einem heißen Junitag. Das Wochenende sollte das heißeste des ganzen Jahres werden. Meine innere Unruhe war zu jener Zeit ständig gewachsen, da mir Betsy Cuttlett seit einigen Tagen schöne Augen machte. Sie war sechzehn und sah aus wie achtzehn, außerdem war sie so etwas wie die Anführerin einer Mädchenclique, die aus sieben ansprechenden und sechs uninteressanten Dingern bestand. Betsy Cuttletts Wort war Gesetz, ebenso wie meines. Vielleicht war das der Grund, warum sie an mir interessiert war. Sonst trieb sie sich eigentlich nur mit älteren Jungs aus den höheren Klassen herum, aber ich dachte mir, daß sie vielleicht daran interessiert war, wie Eddie Samson sein Reich regierte.

In der Schule wurde ein Ausflug nach Irving Lake beschlossen. Natürlich wollte ich mir einen Liegeplatz am Seeufer direkt an Betsys Seite sichern.

»Ich würde mich riesig freuen, wenn du kommst, Eddie«, sagte sie zu mir. Ihr Erdbeermund lächelte dabei verführerisch.

Betsy hatte auch nichts gegen Nolan, den ich natürlich mitnehmen mußte, denn sonst hätte mich meine Mutter niemals nach Irving Lake fahren lassen. Ich weiß eigentlich gar nicht, ob Nolan Lust hatte mitzukommen, jedenfalls hatte er keine andere Wahl.

»Wo dein Freund Eddie hingeht, gehst du auch hin, mein

Junge«, sagte seine Mutter. Sie musterte uns über den Rand ihrer dicken Brillengläser, ehe sie sich wieder in das Gespräch mit meiner Mutter vertiefte.
Irving Lake lag etwa eine halbe Stunde mit dem Bus entfernt, westlich von Stapelton, in einem stark bewaldeten Kessel. Es gab etwas, in dem Nolan und ich uns einig waren. Seit dem Tod unserer Väter mieden wir den Ozean. Das schien das einzige Trauma von uns beiden zu sein. Der Irving Lake war alles andere als ein Ozean, ein reizender kleiner Waldsee mit kristallklarem, kühlem Wasser im Sommer und einer dicken Eisschicht im Winter, die zum Schlittschuhlaufen und Hockeyspielen bestens geeignet war. Das Wichtigste für Nolan und mich war, daß die Ufer des Sees mit bloßem Auge auszumachen waren. Das flach abfallende Ufer war hauptsächlich von dichten Sträuchern umrahmt, doch es gab auch einen mächtigen Felsen, der weit in den Wald hineinreichte. Es gab dort kleine Buchten, in der sich die Jugendlichen tummelten. Eine der Buchten war unser Ziel, als wir gegen Mittag verschwitzt aus dem Bus kletterten. Es war Betsys Bucht, für mich an diesem Tag der Nabel der Welt.
Betsy war die Göttin des Teichs, mit ihrem gelbroten Badeanzug, den hochgesteckten blonden Haaren und der feuerroten Schleife darin. Auf ihrer Oberlippe standen kleine Schweißperlen, die sie elegant mit ihrer Zunge ableckte. Nolan und ich standen etwas verloren vor dem Pulk der Mädchen, die sich in der Sonne aalten und ihre Brüste beim Gehen merklich stärker als sonst herausstreckten. Betsy schien sich wirklich zu freuen, als ich auf sie zuging. Nolan stand einige Meter abseits von uns wie der Schatten eines Schattens. Er starrte auf die Mädchen, die darüber überhaupt nicht erfreut waren. Betsy erklärte mir unmißverständlich, daß unser wundervoller Nachmittag ernsthaft in Gefahr sei, falls ich darauf bestand, Nolan in den nächsten Stunden dabeizuhaben. Natürlich bestand ich nicht darauf, ganz im Gegenteil. In einer kurzen Konferenz machte ich Nolan klar, daß er nicht dabeisein könne. Ich erklärte ihm, daß es auf der anderen Seite des

Felsens in den Sträuchern noch andere schöne Plätze gebe und er mit Sicherheit ein geeignetes Fleckchen finden werde. Nolan sagte gar nichts, wie immer. Wie der Schatten seines Schattens hob er den kleinen Lederrucksack auf und stapfte zur anderen Seite des Felsens davon. Er hätte sich nicht umgedreht oder irgend etwas gesagt, auch wenn es unsere letzte Begegnung gewesen wäre. Für einen Moment hatte ich das Gefühl, ich würde ihn niemals wiedersehen. Wie konnte ich auch ahnen, daß nach unserem Wiedersehen nichts mehr so sein würde wie früher.

Als ich Betsy wieder vor mir sah, verflogen meine Gedanken an Nolan. Unser gemeinsamer Nachmittag verging wie im Fluge, ständig erörterten wir bewegende Dinge des Teenagerlebens, etwa das gegenseitige Einreiben mit Sonnenöl, das Einkratzen dummer Sprüche in den Fels oder die erquickenden Wasserspiele in Irving Lake.

Als die Schatten länger wurden und die Hitze nachgelassen hatte, verschlug mich ein natürlicher Drang in den Busch. Ich war gerade fertig und wollte wieder umkehren, als ich mich plötzlich von fünf Jungs aus unserer Schule umgeben sah, die allesamt älter als ich waren und höhere Klassen besuchten. Mehr als die Ohrfeigen, die ich an diesem Nachmittag kassierte, störte mich die Tatsache, daß die Mistkerle mir meine Badehose auszogen. Außerdem klauten sie mir meine Sachen und trieben mich anschließend auf den Felsen hinauf, von wo sie mich unter schallendem Gelächter ins Wasser stießen. Der Zwischenfall war eine Racheaktion an mir und Nolan. Sie waren gegen Nolan, weil sie ihn nicht ausstehen konnten, sie waren gegen mich, weil ich ihn von Zeit zu Zeit in Schutz nahm.

Die Verschwörung war perfekt, als ich einen der Jungs, die mich überfallen hatten, Arm in Arm mit Betsy am Ufer stehen sah. Betsy zeigte nicht das geringste Mitleid. Sie hatte nichts Besseres zu tun, als alle Leute am Ufer darauf aufmerksam zu machen, daß ich nackt im Wasser schwamm und keine Chance hatte, vor Einbruch der Dunkelheit an

Land zu kommen. Allein der Gedanke an die Zeit bis dahin ließ meinen Mut sinken. Auf einmal empfand ich den heißesten Tag des Jahres überhaupt nicht mehr so heiß. Zu allem Verdruß bemerkte ich, daß sich um den ganzen See Schüler aus unserer Schule verteilt hatten, die nur auf mich zu warten schienen. Vierzehn ist in so einer Situation ein schwieriges Alter. Man hat genug Probleme mit seinem Körper und will ihn nicht unbedingt vor den versammelten Mitschülern zur Schau stellen.

Meine letzte Hoffnung sank, als abends rund um den See Lagerfeuer entzündet wurden und ich das ganze Ausmaß der Verschwörung erkennen konnte. Ich klammerte mich verzweifelt an einen der schwimmenden Autoreifen in der Mitte des Sees. Ich dachte an Nolan und seinen gleichgültigen Gesichtsausdruck, mit dem er sicher jetzt im letzten Bus von Irving Lake nach Stapelton saß. Nolan würde pünktlich nach Hause kommen. Nolan hatte keine Angst, sich blamieren zu müssen. Nolan hatten sie sicher nichts getan, denn ihn konnten sie immer quälen. So verrückt es für Sie klingen mag, aber in diesem Moment beneidete ich ihn.

Ungefähr eine halbe Stunde nach Einbruch der Dunkelheit bekam ich es plötzlich mit der Angst zu tun. Ich hielt mich noch immer an dem Reifen fest und dachte über mein weiteres Leben als Seejungfrau nach, als ich ein planschendes, kaum hörbares Geräusch vernahm, das langsam näher kam. Ich wußte, daß es im Irving Lake keine Fische gab, aber vielleicht hatte sich die Verschwörung ja ein Monster geleistet und sah nun vom Ufer bei Würstchen und Bier genüßlich zu, wie ich verspeist wurde. Um so erstaunter war ich, als Nolan auf mich zuschwamm. Ich riß meinen Mund auf und wollte ihn gerade fragen, was um alles in der Welt er hier tat, doch im nächsten Moment drückte er mir seine Hand gegen den Mund, so lange, bis ich kapiert hatte. Mit einer schnellen Bewegung verschwand er, um im nächsten Moment wieder direkt vor mir aufzutauchen. Was Nolan da in der Hand hielt, war nicht etwa ein Tiefseeschatz, sondern ein

Stück Stoff. Meine Rettung. Nolan warf mir die Badehose zu. Ich hätte ihn umarmen können. Aber vor allem wollte ich wissen, woher er die Badehose hatte. In seinen Augen funkelten die Uferfeuer. Ich zog die Hose an. Nolan deutete auf jene Stelle, wo Betsy und ich gelegen hatten. Wollte er mich bloßstellen? War er auch nur ein Teil der Verschwörung? Mir war bitterkalt, ich dachte an den Heimweg und fand mich damit ab, daß Nolan das Kommando übernommen hatte. Ohne ein Wort miteinander gesprochen zu haben, waren wir uns einig, Irving Lake erhobenen Hauptes zu verlassen.

Wir müssen einen komischen Anblick abgegeben haben, als wir so triefend am Ufer standen. Zunächst bemerkte uns niemand. Gleich darauf schrie irgendeine Mädchenstimme auf.

»Oh, mein Gott, da sind sie! Seht doch, da sind sie!«

Ein Halbkreis bildete sich um uns, doch niemand wagte sich zu bewegen. Dann setzte ohrenbetäubendes Gelächter ein. Im allgemeinen Trubel bezog ich ihren Hohn und Spott immer noch auf mich.

Als ich bei den Büschen angelangt und das Gelächter immer noch nicht verstummt war, drehte ich mich langsam um. Nolan stand am Ufer, nackt. Nur ein Birkenblatt klebte an seiner Schulter. Ich sah an meinem Körper hinab und bemerkte, daß ich seine Badehose trug. Nach einigen Sekunden, die mir wie eine Ewigkeit vorkamen, kam Nolan ohne Hast vollkommen entspannt auf mich zu. Das Gelächter wurde leiser. Als Nolan auf meiner Höhe war, hielt er kurz inne. Er sah mich nicht an, er sah niemanden an. Eigentlich starrte er nur in die Büsche, aber er machte nicht den Anschein, als ob ihm die Situation unangenehm war.

Schließlich verschwand er in den Büschen. Ich folgte ihm rasch, wie ein Hund, der sein Herrchen über alles liebt. Nolan ging immer weiter, bis wir den Rand der Straße erreicht hatten. Die menschenleere Straße und Nolans Nacktheit paßten irgendwie gut zusammen. Erschöpft setzte er sich auf den kühlen Asphalt. Ich blieb vor ihm stehen und versuchte, ihn nicht anzusehen, doch seine Nacktheit zog meinen Blick immer wieder auf ihn, so daß er es bemerkte.

»Warum hast du das für mich getan, Nolan? Warum hast du dich von diesen Mistkerlen auslachen lassen?«

Er schwieg. Dann sagte er:

»Die sollen bloß lachen, die Mistkerle. Sind doch sowieso alles Idioten.«

Ich war erstaunt über Nolans Antwort. Sie kam so spät, daß ich zunächst glaubte, sie käme nicht von ihm. ›Idioten‹ war eines seiner Lieblingswörter. Auch in der Schule, wenn er gehänselt wurde, benutzte er es regelmäßig. Meist leise, manchmal auch etwas lauter und bestimmter, aber das Wort ›Idioten‹ lag stets auf seinen Lippen. In diesem finsteren Moment erkannte ich, daß er fast immer recht damit hatte. Wenn Nolan sprach, mußte ich immer an Kreide denken und daran, daß er in der Schule einmal welche fressen mußte. Und ich Idiot hatte zugesehen. Ohne Zweifel, er hatte recht.

»Idioten«, flüsterte ich leise. »Ich bin auch einer von diesen Idioten, Nolan. Ich bin auch einer von diesen Typen, die dich immer aufziehen. Wieso hilfst du mir? Du könntest schon zu Hause im Warmen sitzen.«

Diesmal antwortete er schnell.

»Du kommst von dort her, wo ich herkomme, Eddie. Wir sind Nachbarn. Und Freunde. Du glaubst doch nicht, daß ich dich im Stich lasse.«

»Sind wir wirklich Freunde? Mit dir ist es so verdammt schwierig.«

»Wenn wir uns akzeptieren, wird es uns leichter fallen, Eddie.«

Erst jetzt begriff ich, was er meinte. Tatsächlich hatte ich bis zu jenem Moment niemals ernsthaft versucht, ihn zu akzeptieren.

Eine Weile saßen wir schweigend nebeneinander, und obwohl ich ihm die ganze Zeit seine Badehose zurückgeben wollte, brachte ich es nicht übers Herz, ihn zu fragen, ob er sie wirklich wiederhaben wollte.

»Es wird kalt. Wir sollten versuchen, per Anhalter nach Hause zu kommen.«
Nolan stand auf und starrte mich an. Er sagte nichts. Die Chancen für unsere Freundschaft standen besser als die für eine Mitfahrgelegenheit.
Glücklicherweise hielt nach einer halben Stunde ein Auto an. Es war Miller, der Tankstellenbesitzer, der uns erkannt hatte. Wir erzählten ihm die Geschichte, wie man uns unsere Kleider gestohlen hatte. Darüber amüsierte er sich köstlich.
»Ihr habt aber Glück, daß ich hier vorbeikomme, Jungs. Ich besuche meine Schwester nämlich nur einmal im Jahr. Verdammtes Glück habt ihr.«
Den Rest der Heimfahrt mußten wir uns Millers Geschichten über seine Schwester anhören, doch das war uns egal. Nach ein paar Minuten hörten wir ihm nicht mehr zu. Ich betrachtete Nolans Gesicht, das sich im Seitenfenster spiegelte. Er sah in die Dunkelheit und drückte seine Nase fest gegen die Scheibe. Irgendwann drehte er sich zu mir herüber.
»Woher hattest du die Idee mit der Hose?« fragte ich.
Nolan lächelte. Ich kann mich nicht erinnern, daß ich ihn jemals zuvor so lächeln gesehen habe.
»Aus dem Kino, Eddie.«
Dann drehte er seinen Kopf wieder zum Fenster und veränderte seine Haltung nicht mehr, bis wir in Stapelton eintrafen.
Ab jetzt würde ich wissen, wenn ihm etwas mißfallen würde oder nicht, wenn er einen guten oder einen schlechten Tag hatte. Nolans Lebensquelle war das Stapelton Star Cinema. Dieser Tag am Irving Lake hatte doch etwas Einzigartiges. Ich hatte Nolan zum ersten Mal verstanden.

5

George Earl hieß diesmal Jake Butler. Er spielte den Sohn von Molly und Hoss Butler und sah den beiden natürlich überhaupt nicht ähnlich. Will Jenkins benutzte für diese Schlüsselszene in seinem Film *Westwind* eine der üblichen Studio-Kulissen, in denen schon zahlreiche Filme gedreht worden waren. Wie immer liefen alle hektisch wie Ameisen durch die Gegend, ständig puderte jemand an den Gesichtern der Darsteller herum oder zupfte an ihren Frisuren. Schließlich erlöste der Regisseur die Schauspieler, indem er lautstark um Ruhe bat und alle vor der Kamera verscheuchte.

»Und Kamera läuft!« rief er in die Kulisse. Jemand zählte noch die Szene laut an, dann leuchteten die Augen der Darsteller, angestrahlt vom Licht der Scheinwerfer.

Hoss Butler begann die Szene mit einem Gebet.

»… und beschütze unseren Sohn Allen, der jetzt im Himmel weilt. Laß die gemeinen Mörder unseres Jungen nicht ungestraft, gütiger Herr. Wir vertrauen dir und deiner Gerechtigkeit. Sie sollen ihre gerechte Strafe erhalten.«

Hoss und die schluchzende Molly erhoben ihre Köpfe und bemerkten, daß ihr Sohn nicht mitgebetet hatte. Haß stand in Jakes Gesicht geschrieben.

Butler schrie seinen Sohn an.

»Willst du nicht für deinen Bruder beten, Jake? Meinst du nicht, daß er es verdient hat?«

Jake erhob sich.

»Dad, du weißt genau, warum ich nicht bete. Du glaubst immer noch daran, daß der liebe Gott den verdammten Mistkerl bestrafen wird, der Allen erledigt hat.«

Molly Butler schluchzte.

»Ich erlaube nicht, daß in diesem Haus so gesprochen wird, Jake. Nimm dich in acht.«
»Aber ihr versteht keine andere Sprache, Mama. Niemand macht Allen wieder lebendig, auch der liebe Gott nicht.«
»Mein Sohn, sprich nicht so von unserem Herrn. Sonst wird er dich eines Tages nicht mehr beschützen«, sagte der Vater.
Jake wurde wütend.
»Beschützen? Was heißt hier beschützen?«
Er stand auf und warf seinen Stuhl zu Boden. Seine Mutter erschrak, der Vater blieb stoisch ruhig. Jake rang nach Worten.
»Hat er denn Allen beschützt, Dad? Hat euer Gott meinen kleinen Bruder beschützt?«
Sein Vater wollte antworten, doch Jake kam ihm zuvor.
»Du kennst die Antwort, Dad. Und du kennst sie auch, Mama. Niemand hat Allen beschützt. Und hättest du ihm erlaubt, eine verdammte Pistole zu tragen, vielleicht wäre er heute noch am Leben!«
Seine Mutter wurde hysterisch. Sie schrie ihren Sohn an.
»Ich habe dir schon einmal gesagt, daß ich so einen Ton in diesem Haus nicht dulde! Wie kannst du es wagen, deinem Vater die Schuld an Allens Tod in die Schuhe zu schieben?! Wie kannst du es nur wagen, so mit deinen Eltern zu sprechen?! Kennst du Gottes Gebote nicht?!«
»Still Molly, reg dich nicht auf. Der Junge hat es nicht so gemeint«, sagte sein Vater.
Die Mutter brach in einen Heulkrampf aus.
»Ich kenne Gottes Gebote, Mama. Auch Allen kannte sie. Wir beide kannten sie ganz genau, denn ihr habt sie uns oft genug aufsagen lassen. Aber sie haben nichts mit dem Leben da draußen zu tun.«
Seine Stimme wurde lauter.
»Welches Gebot soll ich heranziehen, wenn mein kleiner Bruder hinterrücks erschossen wird? Welches Gebot nützt mir denn dann noch?!«
Mittlerweile schrie er.

»Und welches Gebot nützt dann verdammt noch mal Allen?!«
Seine Eltern brachen in Tränen aus, Jake behielt als einziger die Fassung. Hoss kniete sich zu Molly und versuchte, sie zu beruhigen, konnte sich jedoch selbst nicht zusammenreißen. Jake machte ein paar Schritte zur Seite, bis er vor seinen Eltern stand.
»Ich werde euch etwas über die Gebote erzählen. Einer der Männer, die in der Nähe waren, als Allen ermordet wurde, hat den Mörder ganz deutlich gesehen. Er hat mir gesagt, daß er ihn wiedererkennen würde. So wahr ich hier stehe, werde ich nicht eher ruhen, bis ich Allens Mörder zur Strecke gebracht habe.«
Während Hoss Butler langsam zu seinem Sohn aufschaute, zog dieser aus seinem Hemd einen Revolver hervor, den er wie eine Trophäe vor seinem Körper schwang. Die Augen seines Vaters öffneten sich weit, und dann drehte sich auch Molly um und erblickte die Waffe.
»Jake! Junge, um Gottes willen!«
Jake schwang die Waffe wie einen Säbel.
»Das ist das elfte Gebot. Die Rache für Allen!«
Molly stöhnte laut auf und sackte auf dem Tisch zusammen. Sie erholte sich jedoch nach einigen Sekunden wieder von dem Schreck. Der Vater stand auf und ging auf Jake zu. Fordernd streckte er ihm die rechte Handfläche entgegen.
»Mein Sohn, hör mir jetzt genau zu. Deine Mutter und ich verbieten dir, in diesem Haus eine Waffe zu tragen. Deine Mutter und ich verbieten dir, überhaupt eine Waffe zu tragen. Du bist alles, was wir noch haben, und wir wollen dich nicht verlieren, also gib mir jetzt auf der Stelle den Revolver ... Gib ihn mir!«
Jake wich zurück und wurde nervös, als der Vater immer näher kam. Schnell sprang er zur Seite und hielt den Revolver im Anschlag. Als der Vater bis auf drei Schritte an ihn herangekommen war, löste sich ein Schuß, der knapp vor ihm in den Boden fuhr. Für einen Augenblick herrschte Totenstille. Jake flüsterte.

»Damit ihr mich genau versteht. Ich kann nicht zu Hause sitzen wie ein Feigling und zusehen, wie der Mörder meines Bruders frei herumläuft.«
Seine Stimme gewann an Lautstärke und Bestimmtheit.
»Niemand, nicht einmal euer lieber Gott, kann mich aufhalten. Allen war mein einziger Bruder, und er war außerdem mein bester Freund. Ich bin ihm diese Rache schuldig, und wenn du versuchst, mich aufzuhalten, Dad, dann seht ihr mich nie wieder.«
Hoss Butler machte noch einen Versuch.
»Junge, sei doch vernünftig. Du bist doch erst neunzehn Jahre alt, und mit dem Ding da kannst du auch nicht umgehen. Du bist noch zu jung zum Sterben ... Komm, gib ihn mir.«
Er streckte wieder einen Arm aus und ging auf seinen Sohn zu, blieb jedoch sofort stehen, als dieser den Abzughahn spannte. Molly hielt sich die Hand vor den Mund und den Atem an. Jake deutete mit der freien Hand auf seine Mutter.
»Merkt euch eines, und erzählt es jedem, der es hören will: Jake Butler ist kein Feigling. Jake Butler fürchtet sich vor nichts und niemandem! Jake Butler ist ausgezogen, um den Mörder seines Bruders zu finden und wird nicht eher zurückkehren, bis dieser tot vor ihm im Staub der Prärie liegt! Und Jake Butler will von euch jetzt kein Sterbenswörtchen mehr hören!«
Er schnappte sich seine Jacke vom Haken und riß die Tür auf. Ohne sich noch einmal umzudrehen, stürmte er hinaus. Seine Eltern starrten ihm nach. Man hörte nur noch einen Schrei und ein davongaloppierendes Pferd. Nach etwa einer Minute schloß Hoss Butler die Tür und blieb, schier um Jahre gealtert, mitten in der Küche stehen.
Molly schluchzte.
»Der liebe Gott möge ihn schützen«, sagte sie.
»Hoffentlich kriegt er das Schwein«, sagte Hoss.
Molly war über die Ausdrucksweise ihres Mannes überrascht und sofort wieder auf ihre Autorität bedacht.
»Hoss Butler!« rief sie aus.

Er sah sie todernst an.
»Kein Sterbenswörtchen. Hast du verstanden!«

»Danke!« rief Will Jenkins in die Kulisse.
Ein Raunen ging durch den Raum, einige der herumstehenden Leute applaudierten. Die Schauspieler lächelten zufrieden. Nur Will Jenkins blickte skeptisch zu George Earl hinüber, der gerade hinter der Kulisse hervorkam.
»Wir machen es noch mal«, flüsterte der Regisseur seinem Assistenten zu.

6

Westwind kam ein Jahr später in die Kinos, doch es dauerte noch ein weiteres Jahr, bis der Film im Stapelton Star Cinema gezeigt wurde. Jeder, der diesen Film sah, vergaß ihn rasch wieder, nur Nolan vergaß ihn nie. Und ich selbstverständlich auch nicht.

Der 4. September begann so wie der 3. September aufgehört hatte. Nolan und ich trafen uns wie jeden Montagmorgen gegenüber der Tankstelle. Es regnete immer noch. An dieser Stelle hielt gewöhnlich der Schulbus, der von einem Farbigen namens Jordan Justice gelenkt wurde. Jordan war ein netter Kerl, stets mit einem Lächeln auf den Lippen und einem aufmunternden Witz, der den trägen Schulalltag aufheiterte. Ich mochte Jordan. Ich mußte auch immer über seine Albernheiten lachen, aber ich kann nicht mit Sicherheit sagen, ob Nolan ihn ebenfalls mochte. Jedenfalls hielt Jordan wie immer pünktlich um Viertel nach sieben gegenüber der Tankstelle. Er winkte Miller zu. Dann öffnete er die Tür und begrüßte uns wie jeden Morgen mit den gleichen Worten.
»Jordan Justice begrüßt euch Unglückliche, die ihr in die öde Melville High müßt. Jordan Justice weiß, daß das nicht gerecht ist, aber was könnte ein armer kleiner Negerjunge, der Jordan Justice heißt, schon gegen diese Ungerechtigkeit tun?«
Ich war immer der Meinung, daß er sich diesen letzten Satz sparen sollte, weil ich dachte, er könnte deshalb eines Tages Schwierigkeiten bekommen. Zum Glück habe ich mich getäuscht, denn er lenkte noch zwanzig Jahre den Schulbus durch Stapelton, Massachusetts. Dabei gab es

einen anderen Grund, der ihm genug Schwierigkeiten hätte einbringen können.
Jeden Morgen, wenn er an meinem Fenster vorbeifuhr, blickte er zu mir hoch und winkte. Er tat es auch, wenn er mich nicht sah, er tat es einfach aus Gewohnheit. Jordan liebte die Kinder und seinen Job. Später habe ich erfahren, daß er selbst zwei Jungen hat; wahrscheinlich konnte er deshalb so gut mit uns umgehen. Seine Haare sind heute wahrscheinlich schneeweiß, aber bestimmt immer noch so dicht wie damals. Seine dunklen braunen Augen verstecken sich jetzt mit Sicherheit hinter einer Brille, die fast so dicke Gläser hat wie die von Nolans Mutter. Es sind nicht nur die Brillengläser, die die beiden miteinander verbinden. Der 4. September 1960 legte eine Klammer des gemeinsamen Schicksals um die beiden. Der Tag brachte überhaupt eine Menge Schwierigkeiten mit sich.

Nolan und ich stiegen in den Bus und setzten uns auf unsere Stammplätze hinter Justice. Es machte mir einfach Spaß, in seiner Nähe zu sein, auch Nolan konnte nie verbergen, daß es ihm gefiel, Justice beim Lenken des Busses zu beobachten. Außerdem bekam man ganz vorne seine Sprüche besonders gut mit. Bei jedem neuen Halt stimmten wir in seine Litanei mit ein, sogar Nolan bewegte die Lippen.
Irgendwann zwischen zwei Stationen begann Justice sich mit uns zu unterhalten. Er fragte immer, wie es meiner und Nolans Mutter ging und was wir gerade in der Schule durchnahmen. Alle Kinder im Bus wußten außerdem, daß Justice leidenschaftlich gern das Star Cinema besuchte. Er wollte immer auf dem aktuellsten Stand sein, was die neuesten Filme betraf. Nolans Mutter bekam jeden zweiten Freitag die Filmrollen und die Fotos für die Vitrine geliefert; zusätzlich lag dem Film immer eine Inhaltsangabe bei. Auch eine Liste der wichtigsten mitwirkenden Schauspieler. Nolans Leidenschaft war es, diese Inhaltsangabe bereits vor Anlaufen des Films auswendig zu lernen.

Früher durfte er auch immer die Fotos aufhängen, aber nachdem er die Bilder einige Male beschädigt hatte, übernahm seine Mutter diese Aufgabe wieder. Irgendwann stellte Jordan die obligatorische Frage jedes zweiten Montags. Dadurch brachte er Nolan in Fahrt. Es war stets der gleiche Vorgang, der sich dann abspielte. An diesem 4. September hörte es sich so an:

»Der Film, den das Stapelton Star Cinema die nächsten zwei Wochen spielen wird, heißt *Westwind*. Der Name des Regisseurs ist Will Jenkins. Die Hauptdarsteller des Films heißen Sam Beck, George Earl Gadson, Abigail Vaughn und Samuel Fishbone. Es handelt sich um einen Cowboyfilm.«

Bevor Nolan auf den Inhalt einging, machte er stets eine kleine Pause.

»Die Familie Butler führt auf einer Farm in West-Kansas das idyllische, aber harte Leben auf dem Lande. Die gottesfürchtigen Eltern Molly und Hoss Butler erziehen ihre Söhne Jake und Allen nach bestem Gewissen, begehen jedoch den Fehler, sie vor den tatsächlichen Gefahren des Lebens im ungewissen zu lassen. Als Allen an seinem sechzehnten Geburtstag zum ersten Mal die Stadt besucht, gerät er in einen Raufhandel und wird von dem berüchtigten Revolverhelden Ricky Reno hinterrücks erschossen. Jake, der den Tod des jüngeren Bruders nicht ungesühnt lassen will, widersetzt sich zum ersten Mal in seinem Leben dem Willen der Eltern und nimmt die Verfolgung des Mörders auf.«

Während Nolan referierte nickte Justice die ganze Zeit leicht mit seinem Kopf und brummte vor sich hin. Als Nolan zu Ende erzählt hatte, richtete der Fahrer sich von seinem Lenkrad auf.

»Klingt nicht schlecht, Nolan. Klingt gar nicht übel. Ich mag diese Cowboyfilme, obwohl man nie Brüder von mir mitspielen läßt, ich meine Schwarze, na, ihr wißt schon, Jungs.«

»Vielleicht ist ja diesmal einer dabei«, sagte ich ein wenig vorlaut.

»Vielleicht, Mister Samson, wir werden sehen.«
Es war seine Angewohnheit, mich so zu nennen, und auch deshalb war er mir sympathisch.
»Dann kommen sie heute abend zur Vorstellung?« fragte ich, obwohl ich mir ziemlich sicher war, daß er sich diese Gelegenheit nicht entgehen lassen würde.
»Wir werden sehen, Jungs«, sagte er. Dabei kratzte er sich an seinem Kinn. Der Regen war wieder dichter geworden. Justice mußte sich jetzt mehr auf die Straße konzentrieren.
Als wir bei der Schule angekommen waren, schnappten wir unser Zeug und sprangen aus dem Bus.
»Wiedersehen, Mister Samson, Wiedersehen, Mister Tompkins! Wir werden uns auf der Rückfahrt unterhalten!« rief er uns nach und lachte.
Er war noch jeden Abend ins Kino gekommen, wenn er sich auf der Rückfahrt ›darüber unterhalten‹ wollte.

Stunden später, als wir wieder im Bus saßen, regnete es noch immer. Nicht daß Sie glauben, es würde ständig in dieser Gegend von Massachusetts regnen. Ganz im Gegenteil. Aber in diesen Septembertagen peitschte der Wind den Regen aus Kanada zu uns herüber; was ich damit sagen will, ist, daß der Regen eigentlich für die Kanadier bestimmt war und nicht für uns. Die Wetterlage war wirklich ungewöhnlich. Justice brachte die Situation auf den Punkt, auf seine charmante, witzige Art.
»Hallo, Jungs, pißt noch immer in Strömen, was? Verdammter Westwind, stimmt's, Mister Tompkins?«

Millers Tankstelle war durch die angelaufenen Busscheiben kaum zu erkennen, nur die rostige, blaugrüne Neonbeleuchtung, von der nur zwei Buchstaben funktionierten, war zu sehen.
Wäre die Sache mit Nolan nicht an einem wunderschönen, sonnigen Tag passiert, müßte man fast glauben, daß sich in Stapelton das Unheil auf die Regentage konzen-

triert. Überhaupt war dieser 4. September dem Todestag unserer Väter sehr ähnlich.
Als der Schulbus langsam um die Ecke bog, trommelte der Regen wie wild auf das Busdach. Jordan Justice hielt zunächst an der Haltestelle gegenüber der Tankstelle, bekam jedoch angesichts des Wetters Mitleid mit uns.
»O.k., Jungs, o.k. Der alte Jordan Justice läßt euch Gerechtigkeit widerfahren und bringt euch vor die Haustür. Daß Sie mir dafür heute abend schöne Plätze bereithalten!«
»Das machen wir bestimmt. Und vielen Dank auch«, sagte ich.
»Schon gut, meine Herren. Schon gut.«
Auch die Fassade des Star Cinema war kaum zu sehen. Wir alle glaubten zunächst an eine Fata Morgana mitten auf der Main Street, aber vor uns standen tatsächlich unsere Mütter und hantierten mit den großen Buchstaben. Meine Mutter versuchte mit der einen Hand die Leiter zu halten, während sie mit der anderen gerade ein großes W nach oben reichte. Auf der Leiter stand Mrs. Tompkins völlig durchnäßt in einem roten Kleid. Sie erinnerte mich ein bißchen an eine verrückte Frau, die im Begriff war, aus einer geschlossenen Anstalt zu fliehen. Zu allem Übel war Justice so von der Szene eingenommen, daß er die Geschwindigkeit beibehielt, und weiter auf unsere Mütter zuraste.
Ich muß zugeben, daß der Anblick sehr ungewöhnlich war; er hätte eigentlich aus einem Film stammen können. Der Regen peitschte auf unser kleines Nest nieder. Alle Menschen hatten sich in ihren Häusern verkrochen. Nur unsere beiden Mütter versuchten den Naturgewalten zu trotzen. Sie wirkten wie Kapitäne auf einem sinkenden Schiff, zu stolz, um das Deck zu verlassen. Etwas trieb sie dazu, das gleiche wie immer zu tun, egal, was um sie herum geschah.
Nolan war der erste, der die Gefahr bemerkte und laut aufschrie: »Vorsicht, Mister Justice!«
Dadurch weckte er den Fahrer aus seiner Unaufmerksamkeit.

Justice machte eine Vollbremsung. Gleichzeitig drückte er so fest er konnte auf die Hupe. Ich krallte mich an der Stange vor uns fest und sah meine Mutter gerade in dem Moment wegspringen, als der Bus beinahe kippte und in das Portal des Star Cinema raste. Es gab einen ohrenbetäubenden Krach. Alle Businsassen wurden durch den Aufprall gehörig durcheinandergewirbelt. Glas splitterte, Blech knitterte, die Eingangstür des Kinos knickte nach innen wie ein Strohhalm. Justice knallte mit dem Kopf gegen die Windschutzscheibe. Der Bus steckte mit seiner Vorderfront im Foyer des Kinos. Meine Mutter, der überhaupt nichts passiert war, stürmte als erste zu uns in den Bus. Sie erkannte rasch, daß niemand verletzt war. Nolan sprang aus dem Bus und lief ins Freie. Er rannte einmal um den Bus herum und sah sich die Bescherung ganz genau an. Sein Gesicht sah trauriger aus als damals beim Tod seines Vaters.
»Mein Gott, das Kino!« sagte er.
»Oh mein Gott, Elisabeth! Nolan, um Himmels willen, deine Mutter!« rief meine Mutter.
»Verdammt, Mrs. Tompkins«, sagte Justice, der sich mit einer Hand den Kopf hielt.
»Mein Gott, das Kino«, sagte Nolan, ohne sich umzudrehen.

Nolans Mutter hatte vollkommen konzentriert auf der Leiter gestanden, die auch zur Reinigung der Deckenbeleuchtung im Kino benutzt wurde. Vielleicht hatte sie sich auch in dem Moment ihre nassen Haare aus dem Gesicht gewischt. Jedenfalls hatte sie auf der Spitze der Leiter gestanden, fünf Meter über dem Erdboden und ungefähr drei Meter über dem Portal. Wer gerne in den Zirkus geht, der weiß um die Funktion einer Wippe genau Bescheid. Manchmal steigen sogar Elefanten auf Wippen, um kleine, zarte Männer oder Frauen oder auch Kinder in die Luft zu katapultieren. Meist steht dann irgendwo ein Turm von Menschen oder zumindest ein Fänger, der den herumwirbelnden Menschenkörper sicher auffängt. Oder ein Fangnetz.

Die bedauernswerte Mrs. Tompkins hatte an diesem Nachmittag keinen Fänger und keinen Menschenturm, auf den sie sich hätte verlassen können. Sie hatte auch keinen Elefanten, aber dafür einen Schulbus, der gegen die Leiter fuhr.

Keiner hatte Mrs. Tompkins durch die Luft fliegen sehen, aber daß sie geflogen sein mußte, stand außer Zweifel. Von der Stelle, wo sie abhob, bis zu meinem Fenster gegenüber, das sie durchschlug, waren es genau acht Meter Luftlinie. Wir sahen sofort, wo sich Nolans Mutter befand, da ihre Beine aus meinem Fenster hingen. Sie hatte im Rückwärtsflug mein Fenster durchschlagen. Ein Glück für sie, wie der Arzt meinte, denn wäre sie gegen die Hauswand geknallt, hätte sie sich das Rückgrat brechen können. So war bloß das große W, das sie in der Hand gehalten hatte, zerbrochen. Als wir außer Atem mein Zimmer betraten, fiel mir der Buchstabe sofort auf. Der erste Balken war vom restlichen Buchstaben abgerissen. Er lag auf meinem Bett, während der Rest auf dem Boden lag.

Nolan stapfte als letzter die Stufen unseres klapprigen Hauses hinauf. Zuerst wollte er gar nicht eintreten. Meine Mutter, dieses Mal erstaunlich gefaßt, nahm Nolan bei der Hand und führte ihn in mein Refugium. Bis zu diesem Tag hatte er mein Zimmer noch nie betreten. Es schien ihm gerade in diesem Moment zu gefallen. Er kreiste im Zimmer umher und musterte es mit Sorgfalt.

»Sie atmet«, sagte Justice mit vorsichtiger Euphorie. Er streichelte ihre Wange.

Meine Mutter drehte sich um und sah unten an der Treppe Mr. Miller, der von der Tankstelle zu uns gelaufen war.

»Mister Miller, rufen sie den Doktor an. Schnell, den Doktor!« rief sie ihm zu.

Miller war im nächsten Moment wieder verschwunden.

Nolan wendete sich von seiner Mutter ab, die nun langsam ihren Kopf hin und her bewegte und zu sich zu

kommen schien. Langsam löste er sich vom Griff meiner Mutter.
»Was ist passiert?« fragte Nolans Mutter, nachdem sie die Augen aufgeschlagen hatte.
»Mrs. Tompkins, Sie dürfen jetzt nicht sprechen. Sie hatten einen Unfall«, sagte Jordan Justice.
»Der Doktor wird gleich hier sein.«
»Wie spät ist es?« fragte sie und versuchte, auf ihre Uhr zu schauen.
Justice hielt ihre Hand gegen den Boden.
»Sie dürfen sich jetzt wirklich nicht bewegen. Es ist Viertel nach sechs.«
»Und welcher Tag ist heute?« fragte sie.
»Heute ist Montag, Mutter. Montag, der 4. September. Und wir werden um acht Uhr mit der Vorstellung beginnen.«
Nolan stand in der Ecke meines Zimmers. Er hielt meinen Baseballschläger in beiden Händen und sprach mit der Entschlossenheit eines Mannes, der gerade eine Rede vor den Vorstandsmitgliedern eines Konzerns hält. Gleichzeitig schwang er leicht den Baseballschläger durch die Luft, als ob er ihn testen wollte. Als seine Mutter die Stimme ihres Sohnes hörte, huschte ein Lächeln über ihr verwirrtes Gesicht. Obwohl sie offensichtlich nicht wußte, was mit ihr passiert war, geschweige denn, wo sie sich befand, schien sie sich durch ihren Sohn an alles zu erinnern.
»Nolan, mein Junge. Es ist schön, deine Stimme zu hören«, sagte sie, bevor sie in Ohnmacht fiel.
Meine Mutter erschrak, doch ein Handzeichen von Justice beruhigte sie. Nolan stellte den Schläger wieder in die Ecke und betrachtete uns.
»Wir werden spielen, Mutter«, sagte er. Dann ging er los.
»Willst du nicht bei deiner Mutter bleiben, Nolan? Sie braucht dich vielleicht«, sagte meine Mutter.
»Sie wird wieder gesund. Außerdem kennen Sie sie ja viel besser als ich. Kümmern Sie sich um sie, denn ich muß mich um das Kino kümmern.«

Wir blieben alle ratlos stehen, bis der Doktor eintraf. Meine Mutter war durch den Unfall und Nolans Verhalten so geschockt, daß sie kein Wort herausbrachte. Justice, der immer zu Späßen aufgelegt war, sah finster drein und betete insgeheim wahrscheinlich um das Leben von Nolans Mutter. Er überwachte sie mit Argusaugen und achtete darauf, daß sie sich nicht bewegte. Fünfzehn, vielleicht auch zwanzig Minuten schien die Zeit stillzustehen. Während dieser Zeit, bis zu dem Augenblick, als das Auto von Doktor Spader vorfuhr, dachte ich nur an Nolan. Ich war verwirrt. Obwohl ich mich immer für älter, klüger und reifer gehalten hatte, zerplatzten meine Vorteile ihm gegenüber innerhalb von wenigen Minuten. Ich wußte so wenig von Nolan, weil er nur so wenig von sich gab. In Wirklichkeit war Nolan ganz anders. Vielleicht war er sogar weiter als ich.

Dann kam Doktor Spader in mein Zimmer und stürmte auf Mrs. Tompkins zu. Eines stand für mich fest: Nolan hatte aufgeholt. Außerdem konnte seine Mutter fliegen.

Doktor Spader kam wie immer in seinem beigen Regenmantel und der schwarzen Arzttasche aus Rindsleder. Die paarmal, die er mich schon wegen diverser Krankheiten und Unfälle besucht hatte, war immer der Ledergeruch der Tasche in meinem Zimmer zurückgeblieben. Doktor Spader war eigentlich immer der Regenmantel und der Ledergeruch, alles andere an ihm war vollkommen uninteressant, obwohl er ein guter Arzt zu sein schien. Jedenfalls hatte ich mir bis zu seinem Eintreffen niemals vorstellen können, daß er einmal in diesem Zimmer jemand anderen als mich behandeln würde, geschweige denn die bedauernswerte Mrs. Tompkins. Kurz darauf schlug sie wieder die Augen auf. Doktor Spader begann mit seiner Untersuchung.

Ich schnüffelte nach dem Leder, dessen Geruch sich im Zimmer ausgebreitet hatte.

Die Zeit, die Doktor Spader über Nolans Mutter kniete, kam mir endlos vor. Jeder im Zimmer platzte fast vor Neu-

gier, aber niemand wagte es, sich in die Untersuchung einzumischen. Einmal blickte er kurz zu Justice auf und fragte ihn nach dem Unfallhergang, vertiefte sich anschließend aber sofort wieder in seine Tätigkeit. Während der ganzen Zeit beobachtete ich vor allem den Busfahrer, der ziemlich stark schwitzte. Sein Gesichtsausdruck veränderte sich im Laufe der Untersuchung merklich, und er erinnerte mich an einen aufgehenden Vollmond. Ab und zu sah ich zu meiner Mutter hinüber, die meinen Blick jedoch kein einziges Mal erwiderte. Sie zupfte nervös an ihren blonden, schulterlangen Haaren herum, die von Tag zu Tag dünner wurden. Sie hatte Tränen in den Augen, doch sie wirkte erstaunlich gefaßt. Ich war mir sicher, daß sie keinen Heulkrampf, wie damals bei Vaters Tod, bekommen würde. Endlich sprach jemand.
»So, Mrs. Tompkins, Justice und ich werden jetzt vorsichtig Ihre Beine anheben und Sie dort drüben auf das Bett legen. Bleiben Sie ganz ruhig, denn es kann Ihnen nichts geschehen«, sagte Doktor Spader.
Es kam mir so vor, als würde er zu einem kleinen Kind sprechen.
Meine Mutter zog mit einer kräftigen Handbewegung die Überdecke meines Bettes ab und warf mir wegen der Unordnung darunter einen bösen Blick zu. Nolans Mutter stöhnte kurz, als die beiden Männer sie anhoben. Blitzschnell wurde sie in mein Bett befördert. Als sie sie ohne allzu große Anstrengung durch die Luft hoben, bemerkte ich zum ersten Mal, wie dünn sie eigentlich war. Ihre Beine lugten unter dem zerrissenen, völlig durchnäßten Kleid hervor. Das Blut an ihren Waden sah aus wie Himbeersaft. Sofort war mein Laken voll mit ihrem Blut. Ihr Kleid wurde durch die Bewegung noch weiter nach oben geschoben. Jetzt konnte ich ihren Slip und die behaarte Stelle darunter genau erkennen. Ich hätte gerne länger ihre Scham bewundert, doch ich fühlte den eiskalten Blick meiner Mutter und wagte nicht, auch nur eine Sekunde länger unter den Rock meiner Nachbarin zu blicken. Im Vergleich zu meiner Mutter war Mrs. Tomp-

kins nicht unbedingt eine attraktive Frau. Meine Mutter hatte immer noch eine ausgezeichnete Figur und spitze Brüste, und später habe ich mich immer gefragt, warum sie keinen neuen Mann gefunden hat. Ihr blondes Haar war zwar dünn, aber immer noch sehr gepflegt. Wenn sie abends auf Mrs. Tompkins' Veranda saß und mit ihrem Haar spielte, sah ich eine wunderschöne, traurige Frau mit großen, sorgenvollen Augen. Anders Mrs. Tompkins, die die Entschlossenheit in Person war. Das war auch das einzige, was ihre Erscheinung zu bieten hatte, denn ihre äußerlichen Reize nahmen sich gegenüber meiner Mutter bescheiden aus. Was mir an Nolans Mutter gefiel, war ihre Stimme. Wenn wir in der Schule etwas über die Verfassung oder andere Gesetze durchnahmen, malte ich mir oft aus, wie Mrs. Tompkins diese Texte vorlesen würde. Ich hörte immer ihre Stimme, darin die Entschlossenheit, die sie dem jeweiligen Vortrag verlieh. Ich würde heute sagen, daß ihre Stimme das Gesetz war. Das gab ihren Handlungen zusätzliches Gewicht. Im Gegensatz zu meiner Mutter strahlte sie eine sonderbare Macht aus, wenn ich auch nicht wußte, woher diese Ausstrahlung kam oder worauf sie sich begründete. Der Anblick ihrer Scham offenbarte mir einen neuen Blickwinkel. Bis dahin hatte ich bei drei Gelegenheiten auch schon die Scham meiner Mutter gesehen. Ich empfand dabei überhaupt nichts Abstoßendes. Bei Mrs. Tompkins jedoch war das anders. Das ganze Blut rundherum schockierte mich zusätzlich. Wieder hatte sich meine Mutter gegen die Nachbarin durchgesetzt. Ein Erfolg, der dringend notwendig war, denn sonst war es eindeutig Nolans Mutter, die die Zügel in der Hand hatte.

Gott sei Dank ist Mutter schöner als diese Frau, dachte ich, während sie auf meinem Bett lag. Meine Mutter klammerte sich an die Bettkante zu ihren Füßen.

Doktor Spader tastete sie am ganzen Körper ab. Zwischendurch stellte er ihr Fragen, die sie prompt beantwortete. Ich hatte den Eindruck, daß sie langsam wieder auf Touren kam. Ich dachte an ein Lagerfeuer, das zuerst unter Zweigen und Zeitungsseiten glimmt, jedoch mit jedem Windstoß anwächst und seine Flammen züngeln läßt. Hin und wieder entfernte der Doktor mit einer Pinzette kleine und größere Scherben aus Mrs. Tompkins' Körper. Danach drehte er sie auf den Rücken, zupfte noch einige Glasstücke heraus, bevor er schließlich alle Schnittwunden mit einem Desinfektionsmittel beträufelte. An vier Stellen wurde sie verbunden, an der linken Wade, beiden Handflächen und dem linken Oberarm. Nachdem der Doktor ihren Kreislauf untersucht hatte, setzte er sich auf das Bett neben sie und holte tief Luft.

»Mrs. Tompkins, ich glaube sagen zu können, daß Sie riesiges Glück hatten. Sie haben keine Kopfverletzung erlitten, und ich konnte auch keinen Bruch feststellen. Die paar Prellungen hier am Arm, an den Beinen und der einen Schulter werden Sie noch einige Tage spüren, aber im Vergleich dazu, was hätte passieren können, ist es harmlos. Ihnen ist zwar nicht übel, und Sie haben keinen schlimmen Schock erlitten, aber ich würde Sie trotzdem gerne zur Beobachtung in ein Krankenhaus bringen lassen, auch, um Ihren Kopf röntgen zu lassen. Selbstverständlich nur, wenn Sie einverstanden sind.«

Justice atmete laut durch. Auch meiner Mutter fiel ein Stein vom Herzen. Und ich war auch froh darüber, daß Nolans Mutter nicht in meinem Bett gestorben war. Irgendwie war ich enttäuscht, daß Doktor Spader ihre Scham bedeckt hatte. Sie sah uns einen nach dem anderen an. Sie schluckte bei ihren ersten Worten.

»Wissen Sie, Herr Doktor, ich danke Ihnen für Ihre Hilfe. Ich bin Ihnen wirklich zu großem Dank verpflichtet, aber mein Vertrauen zu Ihrem Urteil ist so groß, daß ich es dabei belassen möchte. Wenn Sie sagen, daß es mir in ein paar Tagen wieder gutgehen wird, dann glaube ich Ihnen.«

»Aber Mrs. Tompkins, bitte bedenken Sie, daß ich eine Kopfverletzung nicht mit dieser Form der Untersuchung erkennen kann. Eine Röntgenuntersuchung würde uns Sicherheit geben.«

»Lieber Doktor Spader, ich versichere Ihnen, daß es meinem Kopf ausgezeichnet geht. Oder wollen Sie etwa behaupten, daß ich verrückt bin? Will das irgend jemand in diesem Raum behaupten?«

Ihr Blick machte erneut die Runde. Von jedem von uns erhielt sie ein Kopfschütteln. Meines fiel am verhaltensten aus, aber wahrscheinlich war ich am meisten von ihrer Stimme beeindruckt, die mir nachdrücklicher als je zuvor im Ohr lag.

»Außerdem, lieber Doktor Spader, habe ich hier mit meinem Sohn Nolan ein Kino zu führen, das dürfen Sie nicht vergessen. Übrigens habe ich vor kurzem in einer Wochenschau gesehen, daß diese Röntgenstrahlen gefährlich sind. Könnte es sein, lieber Doktor Spader, daß der Schaden nach einem Röntgen größer ist als nach diesem Unfall?«

Doktor Spader kniff die Augen zusammen. Langsam begann er seine Tasche einzupacken und wich ihren Blicken aus. Die kleinen, bösen Augen hatte Nolan von ihr geerbt.

»Diese Frage kann ich Ihnen wirklich nicht beantworten, Mrs. Tompkins, aber ich merke schon, daß Sie nicht gewillt sind, meinem Rat zu folgen. Ist ja nicht das erste Mal.«

Er griff in sein Jackett und zog ein Blatt Papier hervor, das er rasch und routiniert ausfüllte.

»Bitte unterschreiben Sie diesen Revers, Mrs. Tompkins, Sie kennen ja die Prozedur.«

Sie griff nach dem Stift und unterschrieb, ohne mit der Wimper zu zucken. Der Doktor überreichte ihr den Durchschlag. Er schüttelte zwar noch den Kopf, brachte aber kein Wort mehr heraus. Dann kramte er nochmals in seiner Tasche. Nachdem er gefunden hatte, wonach er suchte, zog er ein Fläschchen mit Pillen heraus, das er meiner Mutter in die Hand drückte.

»Zweimal täglich zwei Stück davon. Gegen die Schmerzen«, sagte er.

Dann drehte er sich um und verabschiedete sich mit einem Kopfnicken.

»Mein Bericht geht an den Sheriff, Mister Justice. Ist eine unangenehme Sache für Sie, fürchte ich. Auf Wiedersehen. Und gute Besserung, Mrs. Tompkins.«

Er war schon an der Treppe, als der Ruf von Mrs. Tompkins ihn zurückholte.

»Doktor Spader! Sie können mich doch hier nicht einfach so liegenlassen. Eddie braucht sein Zimmer. Mein Sohn braucht mich drüben im Kino. Wo haben Sie denn Ihren Kopf, Doktor Spader!«

»Ja, natürlich. Entschuldigen Sie. Aber bedenken Sie, daß Sie ruhen sollten. Ich weiß nicht, ob ein Transport im Moment klug ist.«

»Aber ich muß hier raus, verstehen Sie? Jordan, nehmen Sie den Stuhl dort drüben und helfen Sie dem Doktor, mich daraufzusetzen. Und dann tragen Sie mich bitte die Treppe hinunter. So dürr, wie ich bin, kann das für Sie ja kein Problem sein. Eddie, mein Kleiner, gib mir doch bitte meine Brille.«

Sie war wie durch ein Wunder heil geblieben. Fünf Minuten später saß sie drüben im verwüsteten Foyer des Kinos, wo sie den Schaden genau betrachtete.

»Ist ja eine schöne Bescherung, Jordan. Wenn Sie dafür sorgen, daß der Bus noch heute nacht hier verschwindet, sorge ich dafür, daß diese Sache nicht unangenehm für Sie wird, haben Sie verstanden?«

»Darf ich Ihr Telefon benutzen?« fragte Jordan Justice. Im nächsten Moment verschwand er in Mrs. Tompkins' Büro.

Nolan lief hin und wieder durch das Foyer und trug nasse Lappen, Mauerteile und Holzspäne mit sich, die er in einem Nebenraum verstaute. Meine Mutter, Doktor Spader und ich standen hinter dem Sessel, auf dem Mrs. Tompkins saß, und bestaunten das ganze Szenario ungläubig.

»Willst du dich denn nicht erst einmal hinlegen, Elisabeth? Du mußt doch vollkommen erschöpft sein«, fragte meine Mutter nach einer Weile.

»Nolan, mein Liebling, wir müssen hinten im Lager noch

irgendwo ein altes ›W‹ haben! Macht nichts, wenn die Farbe nicht stimmt. Das fällt bei dem Wetter sowieso keinem auf. Oder bastle dir eines. Justice soll dir auf das Portal helfen!«

Mit nur zehn Minuten Verspätung lief *Westwind* im Stapelton Star Cinema an. Trotz des strömenden Regens war die Vorstellung bis auf den letzten Platz ausverkauft. Auch das Buffet verzeichnete einen Rekordumsatz. Meine Mutter und ich halfen an diesem Abend tüchtig mit, denn Nolan war mit dem Einlegen der Filmrollen beschäftigt. Justice arbeitete draußen mit einigen schwarzen Freunden und einem Kranwagen am Abschleppen des Busses. Natürlich störte es ihn nicht im geringsten, daß er die Vorstellung versäumte. Am übernächsten Abend saß er auf persönliche Einladung von Elisabeth Tompkins in der letzten Reihe und genoß den Film.
Es war die erste Vorstellung, an die ich mich erinnern kann, bei der Nolan nicht auf seinem Stammplatz saß. Daher konnte man mit ruhigem Gewissen von der ersten wirklich ausverkauften Vorstellung seit Jahren sprechen. Hätte ich gewußt, was mit Nolan in der einsamen Vorführkammer passierte, ich hätte ihm wahrscheinlich beigestanden, so wie er es am Irving Lake getan hatte. Ich glaube, daß er an diesem Abend einen Menschen gebraucht hätte, der ihn verstand oder zumindest versuchte, ihn zu verstehen. Von diesem Abend an entfernte sich Nolan von uns allen. Auch wenn ich später der einzige Mensch war, der für seine Neigung Verständnis zeigte, hatte er, glaube ich, kein Vertrauen zu mir. Wenn er sich mir anvertraute, dann in Bildern und Rätseln. Oder in Zitaten. Er konnte einem wirklich auf den Nerv gehen mit Zitaten aus diesem Film, die bei kaum einer Gelegenheit zu passen schienen.
Einige Kinobesucher kamen an diesem Abend sogar mit Fotoapparaten angereist. Sie hielten den umgestürzten Bus, das demolierte Portal und den schuftenden Justice für die vermeintliche Ewigkeit fest.
Mrs. Tompkins saß während der gesamten Vorstellung

zusammen mit meiner Mutter draußen im Foyer und überwachte die Aufräumungsarbeiten. Ihr Sohn saß in der Vorführkammer. Er wechselte die Filmrollen wie hypnotisiert, denn was sich auf der Leinwand vor ihm abspielte, hatte er sich in seinen kühnsten Träumen nicht vorgestellt. Er sah sich an diesem Abend selbst auf der Leinwand, besser gesagt, der Schauspieler George Earl Gadson verkörperte all das, wovon er immer geträumt hatte. Nolan, der das Leben nur im Kino erlebte, fand sich plötzlich selbst dort wieder. George Earl war Nolans Spiegelbild.
Als der Film zu Ende war und die Zuschauer eher gelangweilt den Saal verließen, stoppte niemand den Projektor. Das andauernde Surren fiel uns erst nach einer halben Stunde auf und fiel exakt mit dem Eintreffen des Sheriffs zusammen. Ich hatte die Wahl, Nolan zu suchen oder an der Vernehmung von Jordan Justice teilzunehmen, der vollkommen erschöpft in Mrs. Tompkins' Büro saß und eine Zigarette rauchte. Seine Kleidung triefte. Instinktiv entschied ich mich für das Verhör.

Niemals zuvor hatte man Sheriff van Newsen mit schlechterer Laune gesehen als an diesem Abend. Daran war nicht nur das Wetter schuld, auch nicht die Tatsache, daß man ihn von seiner Lieblingsbeschäftigung, dem Scotchtrinken, weggeholt hatte. Peter van Newsen war bekannt dafür, daß er Schwarze nicht mochte. Niemand von uns wollte an diesem Abend in Jordans Haut stecken.
Der Raum war erfüllt von einem seltsamen Geruch, einer Mischung aus kaltem Zigarettenrauch, nasser Kleidung und Maschinenöl. Im Büro befanden sich außer dem Sheriff noch der bedauernswerte Jordan, Mrs. Tompkins, meine Mutter und ich. Ein Kollege des Sheriffs stand in der Tür. Er wollte gerade den Raum betreten, doch van Newsen wies ihn mit einer barschen Handbewegung zurück.
»Ich ruf nach dir, wenn ich dich brauche, Timmy. Mit denen bin ich noch immer alleine fertig geworden.« Dabei deutete er in Jordans Richtung.

Der junge Beamte nickte gehorsam und schloß die Tür von außen. Sheriff van Newsen begann mit seinen riesigen, schweren Lederstiefeln in Mrs. Tompkins' Büro auf und ab zu gehen. Dabei hielt er seinen vom Regen durchnäßten Hut in der linken Hand hinter dem Rücken. Mit der rechten Hand faßte er sich an das schiefe, äußerst spitze Kinn. Hin und wieder gab er Murmellaute von sich, die ich amüsant fand, weil sie nicht zu diesem großen Kerl paßten.

Mrs. Tompkins, die hinter ihrem Schreibtisch saß, wurde sichtlich nervös. Bald trommelte sie kaum merklich mit ihren Fingern auf den wuchtigen Eichentisch. Auf der anderen Seite saßen Jordan Justice und ich um den kleinen dunkelbraunen Couchtisch. An drei Wänden des Raumes hingen Fotos von Filmschauspielern, manche berühmt, manche weniger bekannt. Die Bilder waren größtenteils Porträtaufnahmen, die Mrs. Tompkins vom Filmverleih geschenkt bekommen hatte. An der Wand hinter Mrs. Tompkins hing das Porträt eines jungen Mannes mit einer großen Knollennase. Erst nach längerem Hinsehen erkannte ich ihren verstorbenen Mann. Das Bild schmeichelte ihm, denn der Mann, an den ich mich erinnerte, sah wesentlich älter und versoffener aus.

»Wollen Sie sich nicht endlich setzen, Sheriff? Es war ein langer Tag für uns alle, und Sie machen mich nervös mit Ihrem Gestampfe. Außerdem wird der Boden ganz schmutzig«, sagte Nolans Mutter.

Eigentlich befahl sie es. Es war offensichtlich, daß sie den Mann verachtete. Plötzlich wurde mir klar, warum sie und meine Mutter damals jemand anderen verständigt hatten.

Sheriff van Newsen griff sich etwas mißmutig den einzigen freien Stuhl neben meiner Mutter. Er setzte sich und blickte zu Jordan hinüber, rümpfte leicht die Nase, rutschte dann ein Stück in meine Richtung. Jetzt kam er mir bei weitem nicht mehr so wuchtig vor. Er wirkte erschöpft, sogar ein wenig eingefallen. Außerdem schien er zu bemerken, daß es sich hier nicht um sein respekteinflößendes Büro, sondern um das Büro des Star Cinema handelte. Seine Macht begann zu schwinden, noch ehe er einen Satz gesagt hatte; man konnte es spüren. Mutig streckte ich meinen linken Fuß aus. Ich verglich heimlich die Größe meiner Sportschuhe mit van Newsens Tretern. Nur ungefähr zehn Zentimeter Unterschied, dachte ich gerade, da erhob sich Mrs. Tompkins aus ihrem tiefen Sessel.

»Bleiben Sie doch um Himmels willen sitzen. Ich bitte Sie«, sagte Jordan Justice, während er sich mit besorgter Miene erhob. Die Entschlossenheit in Mrs. Tompkins' Augen ließ ihn wieder in seinen Sessel zurückgleiten.

»Erstens muß sich niemand um mich Sorgen machen, und zweitens möchte ich dem Sheriff nur zeigen, daß es mit Sicherheit nicht so schlimm um mich steht, wie man ihm wahrscheinlich berichtet hat.«

Es war offensichtlich, daß sie große Schmerzen hatte, doch auch wenn ihre Hände zitterten, grinste sie munter abwechselnd zu meiner Mutter und dem Sheriff herüber und verzog dabei keine Miene.

Obwohl van Newsen für einen Augenblick beeindruckt war, konnte ihn diese Vorstellung nicht überzeugen. Er wußte genau, daß Nolans Mutter Justice in Schutz nehmen wollte. Das wiederum versuchte er mit allen Mitteln zu verhindern. Er legte seinen Hut auf dem Tisch ab, öffnete zackig den obersten Knopf seiner Uniform.

»Es freut mich, daß es Ihnen schon bessergeht, aber wie der Kerl hier richtig sagt, sollten Sie lieber sitzen bleiben. Sonst passiert Ihnen noch etwas.«

»Falls Sie noch nicht bemerkt haben, Sheriff, daß der Kerl hier Mister Jordan Justice, der Schulbusfahrer, ist, dann sollten Sie dies schleunigst zur Kenntnis nehmen. Ich werde nämlich nicht dulden, daß Sie in meiner Gegenwart diesen Ton anschlagen. Ganz abgesehen von der Respektlosigkeit, die Sie gegenüber Mister Justice an den Tag legen.«

»Ich kenne Justice«, sagte er.

Er wickelte mit geübten Fingern einen Kaugummi aus

dem Papier, den er mit seinem rechten Zeigefinger, der wie ein Angelhaken wirkte, ungeniert in seinen Rachen stopfte.
»Der Mann heißt Mister Justice!« rief meine Mutter zur allgemeinen Verwunderung.
Mit einem Mal spürte ich einen Mut, den ich nicht gekannt hatte.
»Nur seine Freunde dürfen ihn Jordan nennen«, sagte ich vorlaut, um im gleichen Moment meinen Ausbruch zu bereuen und den Kopf wie eine Schildkröte einzuziehen.
Jordan sah mit seinen großen mandelfarbenen Augen zu mir herüber. Er schien unter einer Art Starre zu leiden.
»Wirst du wohl den Mund halten, Eddie! Jetzt reden die Erwachsenen!«
Meine Mutter war wütend. Ich schämte mich, weil sie und Mrs. Tompkins Jordan ja helfen wollten und ich vielleicht alles vermasselt hatte. Nolans Mutter unterstützte mich.
»Eddie, mein Junge, man muß manchmal still sein, auch wenn man recht hat und die Wahrheit sagt. Aber seine Meinung darf man sich trotzdem nicht verbieten lassen.«
Ihre Worte klangen so sanft wie die Strophen eines Schlafliedes.
Der Sheriff beobachtete das Ganze mit seinem frivolen Kaugummilächeln.
»Was ist denn das hier für ein Kindergarten? So etwas habe ich ja noch nie erlebt. Wir sprechen hier von einem Verkehrsunfall mit Körperverletzung, und Sie versuchen diesen Kerl in Schutz zu nehmen. Ladies, ich werde Ihnen jetzt was sagen, und du, junger Mann, kannst mir auch zuhören. Sie verteidigen den falschen Mann. Lassen Sie es sich gesagt sein.«
Die Art, wie er wieder das Wort ›Kerl‹ aussprach, machte uns allen verständlich, daß es nun ernst wurde. Die einzige Chance für Justice, aus dieser Sache herauszukommen, bestand in der exakten Schilderung einer Lüge. Bis zu diesem Zeitpunkt kannte ich noch niemanden, der lügen konnte. Nolans Mutter lächelte triumphierend.

»Also, dann sprechen wir über Ihren Unfall«, sagte sie, ohne mit der Wimper zu zucken. »Also, Sheriff, das Ganze hat sich so abgespielt: Mrs. Samson und ich wollten den neuen Filmtitel setzen und haben dazu die Leiter hervorgeholt. Wie Ihnen sicher nicht entgangen sein wird, ist das Wetter heute ziemlich schlecht, und die Sicht da draußen war nicht besonders gut.«
Sie unterbrach ihre Schilderung und fixierte mit ihren Augen etwas, das vor ihr auf dem Schreibtisch lag. Erst später bemerkte ich, daß es sich dabei um ein Programmheft von *Westwind* handelte. Normalerweise lagen die Stapel mit den Programmen immer draußen am Kartenschalter, aber dieses Exemplar war auf den Schreibtisch in ihrem Büro gelangt. Sie tippte kurz mit ihrem Zeigefinger auf das Heft und grinste dabei wie ein Schulmädchen.
»Und sehen Sie, Sheriff, als ich dann oben auf der Leiter stand und einen dieser schweren Buchstaben in der Hand hielt, kam so ein verflucht starker Windstoß, und ich hab das Gleichgewicht verloren und bin nach hinten gekippt, und Mrs. Samson, die unten an der Leiter stand, konnte das Ding nicht mehr festhalten. So war's doch, oder, Ruth?«
Meine Mutter nickte heftig.
»Jedenfalls hat keine von uns beiden den Bus gesehen oder gehört, das war ja auch nicht möglich bei dem Lärm. Hätte Mister Justice nicht so gut reagiert, wären Mrs. Samson und ich wohl nicht so glimpflich davongekommen.«
Sie schloß kurz ihre Augen und nickte Justice zu. Der Sheriff kaute auf seinem Kaugummi weiter. Er blieb vollkommen gelassen. Dann drehte er seinen Kopf zu Jordan Justice hinüber und lächelte teuflisch.
»So, so, der gute Jordan hat also rechtzeitig reagiert. Bravo, Jordan, bist ein guter Chauffeur. Bist ein guter Nigger, Jordan-Boy.«
»Sheriff! Werden Sie wohl sofort aufhören, in diesem Ton zu sprechen. Ich werde mich bei Ihrem Vorgesetzten beschweren«, schrie meine Mutter.

Sie war außer sich vor Wut.
»Schon gut, schon gut, Mrs. Samson. Habe es nicht so gemeint, Jordan-Boy.«
»Wir haben Ihnen schon einmal gesagt, daß der Mann Justice heißt. Mister Justice!« sagte Mrs. Tompkins.
Auch ihr war die Empörung anzusehen.
»Ja, ja. Ist ja gut. Also, Mister Justice, ich muß Ihnen zu ihrer hervorragenden Reaktion gratulieren. Aber, Mrs. Tompkins, erklären Sie mir doch bitte, wie Sie in den ersten Stock des gegenüberliegenden Hauses gekommen sind. Und erzählen Sie mir nicht, daß sie geflogen sind wie ein Vogel.«
Nolans Mutter schluckte.
»Ob Sie es glauben oder nicht, Sheriff. Als der Bus gegen die Leiter fuhr, erhielt ich von ihr in der Luft einen Schlag, der mich nach oben warf. Genau in diesem Moment kam eine Windböe, zehnmal stärker als die davor. Ich weiß noch genau, daß ich für einen Moment das Gefühl hatte, fliegen zu können. Dann erinnere ich mich noch an einen riesigen Krach, einen Haufen Scherben und an Eddies Zimmer. Genauso war es, das können alle Anwesenden hier im Raum bezeugen. Auch mein Sohn Nolan. Wo ist er eigentlich, Eddie?«
Ich zuckte mit meinen Schultern, immer noch beeindruckt von der Lüge, die Mrs. Tompkins dem Sheriff gerade aufgetischt hatte. Die Idee mit dem Windstoß mußte ihr gekommen sein, als sie das Prospekt betrachtet hatte. Ein Windstoß, das bedeutete: keine Zeugen, keine Spuren und keine Möglichkeit des Beweises. Miller war zu weit weg gewesen, um erkannt zu haben, was wirklich passiert war. Nolan und ich waren die einzigen Kinder, die vorne bei Justice waren und alles genau gesehen hatten.
»So, so, es war also ein Windstoß. Glauben Sie etwa, daß ich Ihnen dieses Märchen abnehme? Ich weiß genau, daß Sie ihn verteidigen wollen, Madam. Ich weiß zwar nicht warum, aber ich verspreche Ihnen, daß ich mir den Burschen kaufe. Wenn nicht heute, dann ein anderes Mal. Die Untersuchung wird zeigen, was wirklich passiert ist.

Wenn Sie es sich anders überlegen und Anzeige wegen Fahrlässigkeit und Körperverletzung machen wollen, dann wissen Sie, wo Sie mich finden. Ich sag's Ihnen noch mal, Sie nehmen die falschen Leute in Schutz.«
Ohne ein weiteres Wort zu verlieren, sprang er auf und verließ den Raum. Wir hörten ihn sogar noch durch die dicke Tür hindurch, wie er draußen fluchte.
Unsere Freude war riesengroß, als der Sheriff das Büro verlassen hatte. Jordan Justice kam aus dem Händeschütteln nicht mehr heraus. Er streichelte ein paarmal meinen Kopf, genauso wie es mein Vater früher getan hatte. Obwohl ich es bei ihm damals nie gewollt hatte, gefiel mir die Art, wie der Busfahrer meinen Kopf berührte.
»Also, Jordan, ich möchte Ihnen sagen, daß ich natürlich keine Anzeige erstatten werde. In ein paar Tagen geht es mir besser, und die Sache ist vergessen. Vielleicht können Sie uns ja auch einmal einen kleinen Gefallen tun.«
»Hoffentlich entdecken sie nichts bei der Untersuchung. Ich meine die Bremsspur oder soetwas«, sagte meine Mutter.
»Die Bremsspur beweist nur, daß Mister Justice richtig reagiert hat und ausweichen wollte. Wenn wir alle bei unserer Version bleiben, dann wird gar nichts passieren, das schwöre ich euch. Auch mit Ihrer Dienststelle wird es keine Schwierigkeiten geben, Jordan, ich werde morgen anrufen und einen Brief schreiben, der den Unfallhergang genau schildert.«
»Das ist sehr freundlich von Ihnen, Mrs. Tompkins«, sagte Jordan.
»Jetzt möchte ich aber zu gern wissen, wo mein Sohn ist. Hast du ihn gesehen, Eddie?«
»Nach dem Film hat niemand den Projektor abgedreht, und ich glaube nicht, daß Nolan in der Vorführkammer ist. Vielleicht sollten wir ihn suchen«, schlug ich vor.
»Ist eine gute Idee. Er wird wohl irgendwo im Haus oder draußen sein. Jordan, vielleicht können Sie Eddie helfen. Und Ruth wird mir jetzt ins Bett helfen, ich bin todmüde.«

Während wir das ganze Haus absuchten und der Sheriff eine Untersuchung leitete, die nichts ans Licht bringen sollte, bettete meine Mutter Mrs. Tompkins zurecht und brachte ihr ein Glas heiße Milch in ihr Zimmer, mit der sie die schmerzstillenden Tabletten von Doktor Spader einnahm. Meine Mutter blieb noch kurz in der Dunkelheit des Raumes, bis sie den Eindruck hatte, daß ihre Nachbarin eingeschlafen war. Dann ging sie leise zur Tür. Sie wollte sich davonschleichen, aber Mrs. Tompkins seufzte laut und rief ihren Namen.

»Ruth, Ruth, warte bitte noch!«

»Was gibt's denn noch?«

»Wie war eigentlich die Vorstellung?«

»Sie war großartig. Einfach großartig,« sagte meine Mutter.

7

Die mächtigen Regenwolken verzogen sich rasch. Das Mondlicht fiel sanft auf die nasse Main Street, schillerte in hundert kleinen Pfützen. Der Wind hatte gedreht. Er kam nun vom Ozean, frisch und feucht wie ein Regenguß. Die starken Böen hatten die Regenwolken vertrieben. Nolan war irgendwo da draußen im Dunkeln.
Bald suchten die Männer des Sheriffs, Justice, meine Mutter und ich nach ihm. Außerhalb des Orts begannen wir uns in Zweiergruppen aufzuteilen, ausgerüstet mit Taschenlampen der Polizei. Ich ging zusammen mit Jordan Justice in Richtung Friedhof, ich hatte Nolan manchmal am Grab seines Vaters gesehen. Da er dort nicht war, drangen wir weiter in den Wald hinter dem Friedhof vor. Ohne Justice wäre ich in dieser Nacht sicher vor Angst gestorben.
Als wir gegen drei Uhr morgens zurückkehrten, hatte niemand von Nolan ein Lebenszeichen gehört. Nach und nach trudelten die Leute des Sheriffs ein, dann schließlich der Sheriff selbst. Die meisten vermuteten Nolan irgendwo an der Küste. Andere wieder tippten auf den Wald, dessen weitverzweigte Ausläufer tief ins Landesinnere reichten.
Alle Spekulationen wurden durch das Eintreffen von Timmy Banks beendet, dem jungen Adjutanten des Sheriffs. Er fuhr mit seinem Auto die Main Street hoch. Auf dem Nebensitz saß Nolan. Er war in eine dicke Decke eingehüllt und starrte vollkommen teilnahmslos auf die Menschen, die vor dem Kino standen. Timmy stellte den Motor ab und sprang heraus.
»Ich habe den Jungen bei Devil's Nose gefunden, Sheriff. Er lag dort zwischen zwei Felsen und rührte sich nicht. Ich dachte zuerst, er wäre abgestürzt, aber ihm fehlt nichts.«

»Bist du vielleicht neuerdings Arzt, Timmy? Was heißt, ihm fehlt nichts?«
»Ich habe ihn untersucht, Sheriff. Ihm fehlt wirklich nichts. Ich habe ihn auch gefragt, und er hat mir gesagt, daß ihm nichts fehlt.«
»Stimmt das, mein Junge? Fehlt dir auch wirklich nichts?« fragte der Sheriff.
Er lehnte sich in das offene Auto.
Nolan sagte nichts, aber er schüttelte für alle sichtbar den Kopf.
»Was hast du dir eigentlich dabei gedacht, Kleiner? Die halbe Nacht wegzulaufen?«
»Weiß ich nicht«, sagte Nolan. »Ich will jetzt ins Bett.«
»Ja, das wollen wir alle«, sagte der Sheriff.
Dabei lachte er das erste Mal an diesem Tag richtig herzlich. Unter Kopfschütteln und Murren zogen die Männer ab und fuhren mit ihren Autos davon.
»Kümmern Sie sich um den kleinen Kerl«, sagte der Sheriff zu meiner Mutter.
»Er heißt Nolan, Sheriff. Nolan Tompkins!« sagte meine Mutter.
»Ja, ja, schon gut, Madam. Gute Nacht auch«, sagte er und trabte in Richtung Polizeiwagen.
»Idiot«, zischte meine Mutter in die Nacht.
»Darf ich bei dir im Zimmer schlafen, Eddie?« fragte Nolan.
Er blickte zu meiner Mutter auf.
Sie nickte und sah uns beide ernst an.
»Willst du gar nicht wissen, wie es deiner Mutter geht, Nolan?«
»Ich weiß, daß es ihr gutgeht. Stimmt doch, oder etwa nicht? Ich kann es nämlich spüren.«
»Ja, es geht ihr gut. Sie hat großes Glück gehabt. Wir alle haben großes Glück gehabt. Ihr zwei marschiert jetzt ins Bett, aber vergeßt nicht, euch vorher abzutrocknen und euch die Zähne zu putzen. Eddie wird dir zeigen, wo alles ist. Ich sehe noch einmal nach deiner Mutter, Nolan.«

Nolan lag schon im Bett, als ich mein Zimmer betrat. Ich knipste die Nachttischlampe an. Seine Augen waren weit geöffnet, er starrte an die Decke. Ich ging zum Fenster, sah die Scherben am Boden glitzern. Draußen war alles ruhig, beinahe friedlich. Nur der zertrümmerte Eingang des Kinos und meine kaputte Fensterscheibe zeugten von dem, was vor wenigen Stunden passiert war. Nolan knipste das Licht aus, eine leichte Brise kam von der See herüber bis in mein Zimmer.
»Wieso bist du abgehauen?« fragte ich. »Dir hätte alles mögliche passieren können.«
»Hast du denn den Film nicht gesehen, Eddie?«
»Den Cowboyfilm, meinst du? Ja natürlich, zumindest Teile davon. Warum fragst du?«
»Ich habe ihn auch gesehen.«
»Und warum bist du weggelaufen?«
»Na, wegen dem Film. Ist dir denn nichts aufgefallen?«
»Nein, was meinst du denn?«
»Du solltest öfter ins Kino gehen, Eddie.«

Wir lagen still Seite an Seite, fast wie Brüder. Ich hatte nichts von dem verstanden, was Nolan gesagt hatte.
»Was war an dem Film so besonders? Ich fand ihn eigentlich nicht besonders gut.«
»Bist du schon mal verliebt gewesen, Eddie? Ich meine, so richtig verliebt. Du weißt schon, was ich meine.«
»Also ich weiß nicht, Nolan. Was hat das denn mit deinem Verschwinden zu tun?«
»Egal, Eddie. Seit heute weiß ich, was Verliebtsein bedeutet. Gestern im Kino habe ich die Liebe entdeckt. Ich kann dir sagen, es ist ein wundervolles Gefühl.«
Endlich kam Licht in die Sache. Ich versuchte mich an die Zuschauer der Vorstellung zu erinnern, sortierte jene Mädchen aus, die in Frage kamen. Still zählte ich mit Fingern nach. Dabei kam ich auf vier mögliche Kandidatinnen.
»Also, welche ist es, Nolan? Doch nicht etwa Ruby Anderson? Eins sag ich dir, Nolan, wenn es die Anderson ist,

dann nimm dich besser in acht. Die hat einen Freund, der Football spielt, und außerdem erzählt man sich so komische Sachen von ihr.«

»Was denn für Sachen?« fragte Nolan und kicherte.

»Na, so Sachen halt. Macht alle Jungs im Kopf verrückt und so. Außerdem soll sie schon mal vor Zeugen ihre Titten rausgelassen haben.«

»Na schade, dann entgeht mir ja was«, sagte Nolan und lachte weiter.

»Also nicht die Anderson. Gott sei Dank, Nolan. Ich muß dir ehrlich sagen, bei der hätte ich nicht viele Chancen für dich gesehen. Dann bleibt eigentlich nur noch Moira Dawson übrig.«

Die anderen beiden konnte ich mir für ihn nicht vorstellen. Eigentlich konnte ich mir überhaupt keines der vier Mädchen mit Nolan vorstellen. Besser gesagt, konnte ich mir nicht vorstellen, daß eines der Mädchen an Nolan Interesse hatte. Ausgerechnet Nolan, der Schüchterne, der Stille, der niemals den Mund aufmacht.

»Moira Dawson ist ein nettes Ding. Wer sind denn die anderen beiden?«

»Ein nettes Ding!« rief ich. »Moira Dawson ist kein nettes Ding, sondern die schärfste Braut zwischen Miami Beach und der Gaspesie-Halbinsel. Moira Dawson ist eine Göttin, und außerdem ist sie siebzehn.«

»Wer sind die anderen beiden?«

»Ach so, ja, da hätten wir noch Sara Valdez und die kleine Rothaarige, wie heißt sie doch gleich? Du weißt schon, die mit den vielen Sommersprossen und dem ewigen Zopf.«

»Ach, du meinst Iris Ward, oder?«

»Genau«, sagte ich und wunderte mich gleichzeitig, woher Nolan sie kannte, da ich ihn noch nie zuvor in ihrer Nähe gesehen hatte.

»Also, welche ist es, Nolan? Nun komm schon, spann mich nicht so lange auf die Folter.«

»Es ist keines der vier Mädchen«, sagte Nolan, bevor er einen Lachkrampf bekam.

Es dauerte einige Minuten, bis er sich wieder eingekriegt hatte. Ich wußte genau, daß ich kein hübsches Mädchen vergessen hatte. Der arme Kerl hat sich wohl in eines der Mauerblümchen verliebt, dachte ich.
»Also dann muß ich sie übersehen haben. Sag mir schon ihren Namen, Nolan.«
»Sein Name ist George Earl Gadson junior. Man nennt ihn auch George Earl. Ich spreche von wahrer Liebe, Eddie.«
Ich bekam einen Schreck und fuhr hoch. Ich hatte den Namen schon einmal gehört, konnte mich aber nicht erinnern. Nolan war in einen Kerl verliebt und lag neben mir in meinem Bett.
Ich hatte schon von diesen Dingen gehört, nämlich daß Männer Männer lieben und Frauen Frauen, aber natürlich hatte ich keine Vorstellungen davon. Bei uns an der Schule gab es einige Jungs, allesamt Idioten, die behaupteten, daß alle Schwarzen diese Art von Liebe praktizieren würden. Jedenfalls war mir klar, daß sich Nolan in einer schwierigen Situation befand. Ich war davon überzeugt, ihn beruhigen zu müssen.
»Weißt du, Nolan, so was kann passieren. Du weißt, was die Jungs bei uns an der Schule so erzählen. Aber ich sage dir, ich habe dieses Geschwätz nie geglaubt. Ich muß dir ehrlich sagen, ich hätte nie gedacht, daß ich mal mit einem von euch Bekanntschaft machen würde. Und jetzt liegst du hier in meinem Bett und erzählst mir das alles. Ist schon verrückt, was? Aber eines sage ich dir, man muß die Menschen so nehmen, wie sie sind, und wenn du eben so bist, dann ist es o.k. Du mußt mir nur ein bißchen Zeit geben, mich an die Situation zu gewöhnen. Und laß dir Zeit, es deiner Mutter zu sagen, denn sie macht nach dem Unfall sicher eine schwere Zeit durch und muß sich erst erholen, um so eine Nachricht zu verkraften. Mir persönlich ist es ja vollkommen egal, wer wen liebt und warum. Jeder Mensch hat das Recht, den zu lieben, der ihm paßt. Also, warum sollte man jemandem Vorschriften machen. Jetzt weiß ich übrigens auch, warum es dir

damals nichts ausgemacht hat, in Irving Lake vor all den Mädchen nackt aus dem Wasser zu steigen. Bist schon ein Schlitzohr, Nolan. He, Nolan!«
Ich hatte nicht bemerkt, wie Nolan friedlich eingeschlummert war. Ich rückte ein Stück von ihm ab. Dann überlegte ich, welche Seite ich ihm aus Sicherheitsgründen zudrehen sollte. Ich entschied mich für die Bauchlage, aber bei meiner Müdigkeit war das sowieso egal.
In der Nacht träumte ich von wilden Spielen mit Moira Dawson in ihrem Schlafzimmer. Alles was ich sah, waren unsere Oberkörper, vor allem ihre üppigen Brüste. Ab der Gürtellinie verhüllte ein grauer Nebel alle anderen Aussichten. Nur einmal huschte der Anblick von Mrs. Tompkins' Scham an meinen Augen vorbei.
Als ich aufwachte, spürte ich mein klebriges Sperma in meinen Shorts. Ich schämte mich, obwohl Nolan nichts mitgekriegt haben konnte. Langsam tastete ich in meiner Nachttischlade nach den Taschentüchern. Ich versuchte, keinen Lärm zu machen, denn wenn Nolan aufwachte, würde er wahrscheinlich Fragen stellen. Das wollte ich auf alle Fälle vermeiden. Endlich hatte ich ein Taschentuch in der Hand und wollte es an die feuchte Stelle führen, als mich Nolans Stimme wie ein Blitzschlag traf.
»Hast du auch eins für mich?«
Ich drehte mich zu ihm, rieb dabei mit der freien Hand kräftig an einem Auge. Nolan lag aufgedeckt vor mir. Er hatte vorne an seinen Shorts den gleichen verräterischen Fleck wie ich. Er fuhr sich mit der Hand durch die zerwühlten Haare.
»Du auch, Nolan?« fragte ich.
»Ja, ich auch.«
»Das erste Mal?« fragte ich.
»Ja, das erste Mal. Und bei dir?«
»Auch das erste Mal.«
»Und was bedeutet das jetzt, Eddie?«
»Ich glaube, das bedeutet, daß wir richtige Männer sind.«
Nolan holte tief Luft und ließ sich in das Kissen fallen.

»Nolan. Ich muß dich was fragen.«
»Was denn?«
»Hast du an jemanden gedacht?«
»Ja.«
»Und wie war es so?«
»Es war schön. Und wer war es bei dir?«
»Moira Dawson.«
»Wie war sie so?«
»Sie war wunderbar, Nolan.«
Wir lächelten beide, starrten an die Decke. Von draußen leuchtete der Tag in mein Zimmer. Stapelton, Massachusetts, war in blendendes Licht getaucht. Wir lagen Seite an Seite und dachten über unser zukünftiges Leben als richtige Männer nach, während unsere Hosen in der warmen Morgensonne trockneten.

8

Durch die regelmäßigen Besuche von Joseph Malone, einem Mitarbeiter der Filmverleihfirma, von der Mrs. Tompkins ihre Filme für das Star Cinema bezog, nahm das Schicksal indirekt seinen Lauf. Malone wurde in der Zeit nach dem 4. September zum wichtigsten Mann in Nolans Leben, ich natürlich ausgenommen.

Er stammte aus einem kleinen Nest in Delaware und hatte nach Massachusetts geheiratet. Da sich seine Frau weigerte, ihr kleines Haus in dem Bostoner Vorort zu verlassen, verkaufte er sein Haus an seine Schwester, damit er zu seiner Frau ziehen konnte. Bald bekam er einen Job bei der Filmverleihfirma, die auch das Star Cinema mit Filmen belieferte. So kam es, daß Joseph Malone jeden zweiten Montag im Monat, meist gegen zehn oder elf Uhr vormittags, in Stapelton, Massachusetts, eintraf.

Er brachte den Film, der die nächsten zwei Wochen im Star Cinema lief. Außerdem hatte er immer eine Menge Plakate und Fotos für die Vitrinen dabei.

Malone hatte im Zweiten Weltkrieg in Japan gekämpft. Er war nur mit viel Glück dem Tod entronnen, wie er immer betonte. Ein Projektil hatte sein rechtes Knie zertrümmert, das Bein war steif geblieben.

»Wenn man mich damals nicht zurückgeschickt hätte, wäre ich mit Sicherheit draufgegangen. Alle meine Kumpels kamen bei der nächsten Offensive ums Leben«, erzählte er fast jedesmal, wenn er in Mrs. Tompkins' Büro saß und seinen Kaffee trank.

Seine kleinen zarten Hände, die genausogut einer Frau hätten gehören können, umklammerten die Tasse fast wie einen Rettungsanker. Mrs. Tompkins konnte sich den

Mann oft lebhaft vorstellen, wie er allein, an ein Stück Treibholz geklammert, im Pazifik trieb.
Zwei Wochen nach dem 4. September wurde Nolan plötzlich krank. Er kam auch nicht mit zur Schule. Ich wunderte mich ein wenig, denn noch am Vorabend hatte ich ihn im Kino gesehen, wenn auch nur seinen Schatten hinten in der Vorführkammer. Es war die letzte Vorstellung von *Westwind* gewesen. Da er so von dem Film geschwärmt hatte, ließ ich ihn an diesem Abend noch einmal über mich ergehen. Ich war zu spät gekommen, deshalb verriet mir der Vorspann nichts über George Earl Gadson, und ich ging vorzeitig nach Hause, weil der Streifen wirklich schlecht war. Nolan kam jedenfalls nicht zur Schule. Ich brachte sein Fehlen natürlich nicht mit Malones neuer Lieferung in Verbindung.
Seine Mutter konnte Nolan rasch um den Finger wickeln. Wahrscheinlich hatte er das Fieberthermometer präpariert oder irgendeinen anderen Trick angewandt, der sie überzeugte. Ich höre sogar ihre Antwort auf sein Schauspiel.
»Dann bleibst du eben heute zu Hause, Nolan, und wenn es dir morgen nicht bessergeht, rufe ich Doktor Spader an.«
Natürlich ging es Nolan am nächsten Morgen wieder besser. Er saß mit geröteten Wangen neben mir im Bus, grinste schelmisch. Manchmal schnupfte er übertrieben durch die Nase.
»Was hat dir denn gestern gefehlt?« fragte ich ihn beim Mittagessen in der Schulkantine.
Nolan kaute andächtig an seinem Hackbraten. Er zeigte keine Spur von Appetitlosigkeit oder einem anderen Leiden. Ganz langsam verzog sich seine ausdruckslose Miene zu einem Spitzbubenlächeln.
»Gestern hat mir was gefehlt, aber heute ist alles wieder in Ordnung.«
Dann stach er wieder auf sein Essen ein.

Nolan hatte gewartet, bis er die Bürotür seiner Mutter ins Schloß fallen hörte. Schnell zog er seine Jeans und das blaue Hemd über seinen Pyjama und schlüpfte in seine Turnschuhe. Er öffnete vorsichtig die Tür seines Zimmers, dessen Fenster nur nach hinten hinaus gingen. Er genoß den reizvollen Blick in den kleinen Garten. Außerdem konnte er bei günstigem Wind das Meer rauschen hören, worum ich ihn immer ein bißchen beneidete. Nicht, daß ich mit meiner Aussicht unzufrieden war, aber die Main Street bot an manchen Tagen wirklich kein interessantes Bild. Bei dem einzigen Unfall, der sich je vor meinem Fenster ereignet hatte, saß ich ja selbst im Bus.

Nolans Zimmer befand sich auch im ersten Stock des Hauses, praktisch genau über der Leinwand des Star Cinema. Er hatte mir einmal erzählt, daß man von seinem Zimmer aus die Schauspieler reden hören kann, aber ich wunderte mich, bei welcher Gelegenheit er dahintergekommen war. Denn Nolan saß immer, wenn er zu Hause war, im Kino, er versäumte so nie eine Vorstellung.

Da die Treppen im Tompkins-Haus ziemlich knarrten, war Nolan besonders vorsichtig. Es gelang ihm, unbemerkt am Büro seiner Mutter vorbeizuschleichen. Nur einen Moment hielt er inne, um den Stimmen zu lauschen. Seine Mutter und Malone unterhielten sich über den Busunfall, der sich bis in das Büro des Filmverleihs herumgesprochen hatte. Daher dauerte das Gespräch der beiden länger als sonst.

Als Nolan die Tür des Star Cinema öffnete, streckte er vorsichtig den Kopf heraus. Er hatte Glück. Joseph Malone hatte seinen Lieferwagen gegenüber von Mr. Longermans Geschäft abgestellt, so daß man ihn vom Haus aus nicht sehen konnte. Mr. Longerman hatte Montag vormittags immer geschlossen, weil er schon zeitig zum Angeln aufbrach. Er kehrte meist erst gegen Mittag wieder zurück. Die einzige Gefahr bestand darin, beim Überqueren der Main Street gesehen zu werden.

Mit einigen flinken Schritten erreichte Nolan die hintere Tür des Lieferwagens. In die Eingangstür des Kinos hatte er ein Stück der Fußmatte geklemmt, denn die Tür machte beim Schließen immer ein Geräusch, das seiner

Mutter hätte auffallen können. Nolan drückte den Knopf der Wagentür. Sie war nicht abgeschlossen. Er huschte hinein und schloß behutsam die Tür von innen. Vor ihm lagen an die sechzig Filmrollen, alle fein säuberlich markiert, ordentlich lesbar beschriftet. Mit einem Griff hatte er die beiden Rollen von *Westwind* in der Hand, die an oberster Stelle lagen und beinahe schon auf ihn zu warten schienen. Geschickt öffnete er sie mit einer Handbewegung, die er schon seit Jahren beherrschte, und überprüfte den Inhalt. Er schloß sie wieder und blickte sich um. An der einen Wand lagen beschriftete Papierrollen. Er brauchte keine zehn Sekunden, um die Plakate mit der Aufschrift *Westwind* an sich zu nehmen. Dann wandte er sich einer großen Holzkiste zu, in der große Mappen steckten. Sie enthielten die Photos für die Schaukästen. Nolan fand die Mappe mit der Aufschrift *Westwind*.

Zwei Filmrollen, eine Mappe mit zwölf Fotos sowie eine Papprolle mit drei Plakaten – die Ausrüstung für Nolans Zukunft. Er fluchte leise, als er seine Beute kurz ablegen mußte, um die Autotür zu schließen. Unentdeckt, wie er gekommen war, verließ er die Straße wieder und erreichte die Eingangstür des Star Cinema. Die schwere Tür schloß sich hinter ihm und klemmte wieder, ohne ein Geräusch zu machen, ein Stück der Fußmatte ein. Malone und Nolans Mutter fanden später nichts Ungewöhnliches an der eingeklemmten Matte, denn oft ließ der Postbote oder ein Lieferant oder meine Mutter die Tür in diesem Zustand zurück. In einem kleinen Ort wie Stapelton, Massachusetts, vertraut man seinen Nachbarn.

Malone gab später gegenüber seinem Chef an, daß er das Material wie immer ins Auto gelegt hatte, bevor er unverzüglich in den nächsten Ort zu seinem nächsten Kunden gefahren war. Man einigte sich zusammen mit der Polizei in Boston, daß der Film in einem der heruntergekommenen Viertel in Boston entwendet worden sein mußte, die Joseph Malone immer am Ende seiner Tour ansteuerte. Auf die Anzeige gegen Unbekannt gingen beim zuständigen Revier keinerlei Hinweise ein, somit verebbte die ganze Sache in einer Schublade im Keller der Polizeistation. Nolan ließ einige Wochen Gras über die Sache wachsen, bis er eines Tages einen Brief an Malone schrieb. Er bat ihn, Material über den Schauspieler George Earl Gadson zu besorgen, da er in der Schule angeblich einen Aufsatz über diesen Mann schreiben mußte. Da *Westwind* kein Erfolg gewesen war, schöpfte kein Mensch Verdacht.

Malone saß weiterhin in seiner grauen Arbeitsjacke im Büro von Mrs. Tompkins. Er umklammerte seinen Kaffee, der diesmal einen Schuß Bourbon enthielt, fest mit seinen kleinen Händen. Draußen fegte ein unangenehmer Wind die Küste entlang, der einen harten Winter ankündigte. Malone behielt den Briefkontakt mit Nolan für sich, erkundigte sich jedoch oft nach dem Jungen.

»Wie geht es dem kleinen Nolan eigentlich, Mam? Entwickelt er sich gut?«

Mrs. Tompkins zögerte dann einen Moment.

»Ja, ich glaube schon, daß es ihm gutgeht. Seit meinem Unfall ist er etwas aufgeweckter, aber andererseits darf ich seit ein paar Wochen sein Zimmer nicht mehr betreten. Und wenn er das Haus verläßt, sperrt er den Raum ab.«

»Das ist nichts Ungewöhnliches. Meine Tochter verlangt auch, daß Martha oder ich anklopfen, wenn wir ihr Zimmer betreten. Das sind halt jetzt die schwierigen Jahre.«

»Ja, da haben Sie recht, Joseph.«

»Vielleicht ist der Junge ja verliebt. Wer weiß?«

»Ich weiß nicht. Dafür ist er doch noch viel zu jung. Obwohl... Vielleicht haben sie recht. Ich werde mich einmal mit Eddie, dem Nachbarsjungen, unterhalten. Er und Nolan sind dicke Freunde.«

»Ja, ja, die Kinder. Wenn ich daran denke, wie ich jung war«, lachte Malone und nahm noch einen Schluck von seinem Bourbonkaffee.

9

George Earl Gadson mochte Los Angeles im Winter lieber als im Sommer. Die Temperaturen waren wesentlich angenehmer, obwohl er immer noch in seinem kleinen Swimmingpool hinter dem Haus baden konnte, das er sich von der Gage für *Westwind* geleistet hatte. Er hatte ein Hausmädchen, eine Mexikanerin, mit der er sich zumeist über Handzeichen verständigte. Sein kleines Reich lag in Beverly Hills, gleich am Mulholland Drive. Clive Robinson hatte das Haus vermittelt. Er kaufte es gleich bei der ersten Besichtigung, ohne zu überlegen.

Westwind war ein Flop. Dadurch hielt sich auch seine Popularität in Grenzen. Selten sprach ihn jemand in den Studios oder in irgeneiner Bar an und bat um ein Autogramm. Der Mißerfolg des Films lag daran, daß der Markt beim Erscheinen mit Cowboyfilmen gesättigt war. Und Will Jenkins' Talent bestand nicht im Schreiben von Drehbüchern. Aber wer seinen unbändigen Willen kannte, der wußte, daß er es nicht bei diesem einen Versuch lassen würde, in die Filmgeschichte einzugehen. Er hatte im Lauf der Jahre genügend Geld verdient, um einen Rückschlag verkraften zu können. So saß er zu Hause in seiner Villa in Beverly Hills und tüftelte bereits an einem neuen Projekt.

Will Jenkins sah vom Schreibtisch in seinem Arbeitszimmer über die immergrünen Hügel von Beverly Hills. Unten am Pool räkelte sich seine Lebensgefährtin in der Sonne, eine Frau, die zwanzig Jahre jünger war als er. Für sie hatte er seine Frau und die beiden Kinder verlassen. Vor ihm auf dem Schreibtisch stand noch ein Bild seiner Familie, aber er sah es sich nur selten an.

Er war ein Verfechter des Cowboyfilms, doch seit seinem Mißerfolg glaubte er nicht mehr recht an die Zugkraft dieses Genres. Er stellte sich die Frage, ob seine Zeit als Filmregisseur und die Zeit des guten alten Cowboyfilms zu Ende waren. Für ihn hatte der kommerzielle Erfolg oberste Priorität, und er bekam nasse Hände bei dem Gedanken, nicht mehr erfolgreich zu sein.
»Dann schreibe ich eben andere Drehbücher. Wie wäre es mit einem verdammten Politthriller?« murmelte er vor sich hin.
Er stand auf und ging zu dem kleinen Tischchen, auf dem ein großer Globus und eine Schreibmaschine standen. Will Jenkins drehte den Globus mit sehr viel Schwung und starrte gebannt auf die vorbeirasenden Kontinente. Als sich die Erde langsamer drehte, brachte er die Kugel mit dem Zeigefinger zum Stillstand. Er betrachtete das Ergebnis seines Versuchs und riß die Augen weit auf. Dann brach er in schallendes Gelächter aus.
»Dann eben St. Louis!« lachte er, wandte sich seiner Schreibmaschine zu und strich einmal fast zärtlich über das eingespannte Blatt Papier.
»Das Verbrechen des Jahrhunderts, St. Louis, Missouri, Sommer 1960«, schrieb er.

Zwei Wochen später riß ein Anruf George Earl Gadson um drei Uhr früh aus dem Bett. Verstört, von einer Cocktailparty geschwächt, tastete er nach dem Hörer.
»Hallo Kleiner, wie geht es denn so?«
»Wer zum Teufel ist denn da?«
»Ich bin es, Kleiner. Hier ist Will. Will Jenkins.«
Seine Stimme klang dünner als sonst. Außerdem lallte er ein wenig. George Earl Gadson war mißtrauisch.
»Wenn du mich verarschen willst, Freundchen, dann gnade dir Gott.«
»Willkommen in Hollywood, du Arschloch!« sagte der Regisseur.
»Mann, Will. Du bist es ja wirklich, alter Knabe. Mußt schon entschuldigen, aber manchmal rufen hier so komi-

sche Typen an. Und außerdem um diese Zeit. Was gibt's denn Neues?«
»Schon gut, Junge. Klar bin ich es wirklich. Hast nicht damit gerechnet, was?«
»Nein, eigentlich nicht. Schon gar nicht um die Zeit. Hatte eine anstrengende Nacht gestern, du verstehst.«
»Klar, Mann. Die Weiber und der Suff sind ganz schön anstrengend. Ist was andres, als in Kansas Vieh zu hüten, was?«
»Da hast du recht, Will. Warum rufst du denn so spät an?«
»Ich ruf dich an, weil ich sichergehen will, daß du noch frei bist und mitmachst.«
»Mitmachen?«
»Machst du mit oder nicht? Ich gebe dir zehn Sekunden Zeit, dich zu entscheiden.«
»Aber wobei denn mitmachen, Will? Sag mir doch, worum es geht.«
»Worum es geht? Worum, glaubst du, geht es in Hollywood? Was denkst du?«
»Keine Ahnung, Will. Nun sag schon endlich.«
»Es geht natürlich um einen Film, du Hinterwäldler. Um einen neuen Film.«
»Du drehst einen neuen Film, Will?«
Er hatte gedacht, daß Will Jenkins nach dem letzten Film die Nase voll hatte. Außerdem hatte er nicht im Traum daran gedacht, daß Jenkins ihn noch einmal wegen eines neuen Films ansprechen würde.
»Du bist ein guter Junge, und du kannst spielen. Ich will jetzt nur wissen, ob du mitmachst?«
George Earl Gadson überlegte keine drei Sekunden und sagte zu. »Klar mach ich mit, Mann. Du mußt mir nur noch sagen, wann ich wo sein soll.«
»Clive wird dir alles sagen, wenn es soweit ist. Er wird dich anrufen.«
»Alles klar. Drehen wir wieder draußen in der Wüste?«
»Nein. Diesmal in St. Louis, Missouri. Warst du schon mal in St. Louis?«

»Nein. Ist das wichtig?«
»Nein, ist nicht wichtig. Ich war auch erst einmal dort. Wird dir gefallen, Kleiner. Ist eine große Stadt.«
»Aber wieso drehen wir denn in einer großen Stadt? Was machen denn Cowboys in einer großen Stadt?«
»Wer redet denn hier von verdammten Cowboys? Wie kommst du denn auf verdammte Cowboys, Kleiner?«
»War nur so eine Idee.«
»Damit wir uns gleich richtig verstehen, Kleiner. Diesmal drehen wir keinen Cowboyfilm, und es wird auch nicht geritten, ist das klar?«
»Ist klar.«
»Bist du trotzdem noch interessiert?«
»Klar. Aber wen spiel ich denn dann?«
»Du spielst den Präsidenten der Vereinigten Staaten, Kleiner. Verstehst du, du bist der Präsident von Amerika.«
»Etwa der, der im Weißen Haus sitzt?«
»Genau der, mein Junge.«
Jenkins lachte in den Apparat, während George Earl Gadsons Herz wie wild zu rasen anfing.
»Und warum muß ich den Typen spielen? Vielleicht kann ich das gar nicht?«
»Weil du so schön sterben kannst, kapierst du? Und deshalb wirst du es können. Da bin ich mir sicher.«
Dann legte Jenkins auf. George Earl Gadson hielt noch etwa eine halbe Minute den Hörer an sein Ohr. Er wurde das Gefühl nicht los, durch diesen Anruf in Schwierigkeiten zu kommen. Er stand auf, ging hinüber zum Fenster und ließ die kühle Nachtluft in sein Schlafzimmer. Draußen leuchteten die Lichter von Los Angeles.

Die drei Männer erreichten die Market Street, als die Sonne drüben in Illinois aus ihrem Bett stieg.
»Ich will den Fluß sehen, Mann. Wo ist der Mississippi?« fragte Gadson. Er reckte den Kopf in alle Richtungen.
»Liegt dort drüben«, sagte Clive Robinson, während er in die Market Street einbog.
Er hielt den Wagen an. Gadson öffnete die hintere Wa-

gentür, stieg aus und schlug die Tür so heftig wieder zu, daß Will Jenkins aus seinen Träumen erwachte.
»Was zum Teufel ...« fluchte er schlaftrunken.
»Er will nur eben mal den verdammten Fluß sehen. Kommt gleich wieder, der Kleine«, sagte Robinson.
Seine kleinen Augen sahen müde aus, nicht einmal seine Zigarre schien ihm zu schmecken, obwohl er an ihr wie wild herumkaute.
»Wie spät ist es eigentlich?«
»Kurz nach sechs.«
»Verdammt.«
Jenkins drückte sich wieder in die roten Veloursitze des Chevrolet.
Gadson überquerte unterdessen die Straße und ging weiter, bis er schließlich vor dem Eingang zum Jefferson National Expansion Monument stand. Im Hintergrund standen Bauarbeiter mit Helmen zwischen Holzstapeln und Stahlträgern. Er stieg vorsichtig durch das Baugelände des Gateway Arch, wobei es ihn erstaunte, daß sich keiner der Männer um ihn kümmerte.
Nach wenigen Schritten erreichte er die Levée. Er sah unter sich die gleichmäßig dahintreibenden Fluten des Mississippi. Das bräunlichblaue Wasser floß gemächlich nach Süden, nur ein Frachtschiff kämpfte sich mühsam nach Norden. Am anderen Flußufer warfen ein paar Gebäude lange Schatten in den Fluß. Ein paar Vögel kreisten über dem gegenüberliegenden Ufer. Sie schienen ihre Farben ständig zu wechseln. Auf den Brücken hatte der Verkehr eingesetzt; die Fahrzeuge wälzten sich träge in beiden Richtungen über den Fluß, ohne jeglichen Respekt vor dessen schlummernder Mächtigkeit.
Gadson machte kehrt. Er wollte denselben Weg wieder zurückgehen, doch an einem der Bauzäune sprach ihn ein Arbeiter an.
»Arbeitest du hier, Mann?«
»Nein. Bin bloß auf der Durchreise. Wollte bloß den alten Fluß sehen«, antwortete Gadson und deutete mit seinem Daumen nach hinten, ohne sich umzudrehen.

»Ach so. Jedenfalls kannst du hier nicht durch. Ist ein Baugelände, kapiert?«
»Aber ich will doch nur zu meinem Wagen zurück. Er steht dort hinten am Ende des Parks. Sitzen zwei Freunde von mir drin. Die warten.«
»Tut mir echt leid, aber ich kann dich hier nicht durchlassen. Ist verdammt gefährlich auf der Baustelle. Könntest was auf den Kopf kriegen, kapierst du?«
»Kannst du nicht mal eine Ausnahme machen? Ist ja nur ein kleines Stück bis da rüber.«
Er sah den Mann erwartungsvoll an. Seine Beine schmerzten.
»Tut mir wirklich leid. Geht leider nicht. Selbst, wenn du der Präsident höchstpersönlich wärst.«
Er deutete nach Süden.
Gadson lächelte und dachte an seine neue Rolle.
»Na, dann kann man wohl nichts machen. Was für ein Ding baut ihr denn hier eigentlich?«
»Frag mich nicht. Irgend so ein Ding eben. Wird so ein großer Bogen aus Stahl, den sich so ein Typ aus Europa eingebildet hat. Irgend so ein verdammter Wikinger.«
»Ein Bogen?«
»Na so ein Bogen eben«, sagte der Arbeiter und fuhr mit dem Zeigefinger durch die Morgenluft. »Sie sagen auch ›Tor zum Westen‹ dazu.«
»Ach so. Ihr baut ein Tor. Warum sagst du denn das nicht gleich.«
»Sag ich doch die ganze Zeit, Mann.«
Er klopfte mit der linken Hand zweimal an seinen Helm.
»Dort hinten rum?« fragte Gadson nochmals.
»Ja genau, immer dem Weg nach und dann nach rechts. Kannst du gar nicht verfehlen.«
»O.k., danke. Und einen schönen Tag noch«, sagte Gadson, bevor er nach Süden davonstapfte.
Die Sonne war jetzt aufgegangen. Sie kitzelte seine linke Wange. Der Arbeiter blickte ihm mißtrauisch nach und schüttelte den Kopf.

»Wünsch ich dir auch, Mann. Und nichts für ungut!« rief er ihm nach.
Präsident müßte man sein, dachte er, während über die Brücke Amerika in seinen Autos zur Arbeit fuhr.

Nachdem sie gefrühstückt hatten, fuhren sie in Richtung City Hall. Sie stellten den Wagen auf einem Parkplatz an der Market Street ab und betraten das Gebäude. Zielstrebig steuerten sie das Büro des Bürgermeisters an, der sie schon zusammen mit seinem Berater und dem Polizeichef von St. Louis sowie einer Sekretärin erwartete. Nach der üblichen Begrüßung wurde Kaffee gereicht, bis sie schließlich an einem großen Arbeitstisch Platz nahmen, der in einem Nebenraum stand. Die Sekretärin saß mit ihrem dicken Stenographieblock etwas abseits. Sie wartete geduldig auf den offiziellen Beginn des Gesprächs.
»Nun, meine Herren«, sagte der Bürgermeister und grinste mit seinen falschen Zähnen in die Runde, »Sie alle wissen, warum wir hier sind.«
»Wir alle haben Ihr Drehbuch mit großem Interesse gelesen, Mister Jenkins«, ergriff der Berater das Wort.
Sicher hast nur du es gelesen, dachte Robinson und kaute an seiner Zigarre.
»Wir würden gerne wissen, warum Sie sich unsere Stadt, das wunderschöne St. Louis, für Ihren Präsidentenmord ausgesucht haben.«
»Warum nehmen Sie denn nicht East St. Louis?« schloß der Polizeichef lachend an die Frage des Beraters an. Er fing sich sofort einen bösen Blick des Bürgermeisters ein.
Jenkins lehnte sich zurück, strich seine Krawatte glatt, um im nächsten Moment geschmeidig wie eine Kobra nach vorn zu schnellen und sich am Tisch mit beiden Händen abzustützen.
»So wie ich Sie reden höre, meine Herren, habe ich den Eindruck, daß Ihnen meine Idee nicht gefällt. Vielleicht sind Sie ja der Ansicht, daß Ihre Stadt ein bißchen Werbung und Steigerung des Bekanntheitsgrades nicht nötig hat.«

Wie ein trotziges Kind schob der Regisseur seine Unterlippe nach vorn und nickte leicht mit seinem Kopf, der bereits die ersten roten Flecken bekam. Die Mienen der drei Vertreter der Stadt zeigten keine Regung.
»Nun warten Sie mal, Mister Jenkins. Wenn ich die ganze Sache von meiner Warte als Pressesprecher des Bürgermeisters überdenke, muß ich mir die Frage des Warum einfach stellen. Sie müssen verstehen, daß ich schlagkräftige Argumente brauche, um eine positive Entscheidung zu begründen.«
Jenkins' Gesichtsausdruck wurde etwas freundlicher.
»Sie können Ihren Pressefritzen sagen, daß hier das Vorhaben besteht, einen Thriller allererster Güte zu drehen. Stellen Sie es sich vor.« Er erhob sich aus dem Sessel und umstreifte langsam den Tisch, lauernd, bis er sich schließlich dem Fenster zuwandte, von dem aus man hinunter auf die Market Street sehen konnte. Alle Blicke folgten ihm, nur Robinson starrte auf den Aschenbecher vor sich auf dem Tisch. Vielleicht wußte er schon, welche Nummer jetzt kam. Der Bürgermeister reckte am stärksten seinen Hals in Richtung Fenster.
»Stellen Sie es sich vor, meine Herren. Es ist Wahlkampf, und der Präsident der Vereinigten Staaten besucht St. Louis. Er landet auf dem Flughafen und winkt einer Menschenmenge zu, bevor er mit seiner Frau in eine offene Limousine steigt. Entlang der Straßen, die von Menschenmassen gesäumt sind, rollt die Wagenkolonne im Schrittempo nach Süden. Als der Wagen in die Market Street einbiegt, geht ein Freudenschrei durch die Menge. Dort unten stehen noch mehr Menschen, die ihren Präsidenten sehen und seine Rede hören wollen, die er vor der City Hall halten soll. Die Limousine verlangsamt das Tempo, da der Präsident den Menschen zuwinken will. An einer Ecke steht eine Schar Kinder, die ihm zuwinken, und ein Mädchen läuft auf den Wagen zu und reicht ihm und seiner Frau einen Strauß Blumen. Das Mädchen geht wieder zurück, und der Präsident steht in der Limousine auf, um den Kindern noch einmal zuzuwinken. Plötzlich

drückt ihn etwas wieder in seinen Sitz, und seine Frau starrt ihn an und fragt ihn, ob ihm übel sei. Im gleichen Augenblick sind Detonationen zu hören, aber da so viele Menschen auf der Straße stehen und die Gebäude den Hall reflektieren, läßt sich später nicht mehr genau sagen, wie viele Schüsse es waren. Der Präsident wird von einer tödlichen Kugel getroffen. Panik entsteht, ein Teil der Leute wirft sich auf den Boden, andere laufen davon. Der Chauffeur der Limousine erkennt die Situation und drückt auf die Tube, während der Präsident leblos in seinem Sitz baumelt und seine Frau einen Schreikrampf bekommt. Die Limousine rast, von der Polizei eskortiert, die Market Street hinunter und biegt in den Tucker Boulevard in Richtung City Hospital ab, in dem der Präsident zwanzig Minuten später für tot erklärt wird. Währenddessen haben sich über neunzig Zeugen eingefunden, die aus drei verschiedenen Häusern Schüsse gehört haben wollen. Irgend jemand von der Polizei, an den sich nachher komischerweise niemand mehr erinnern kann, versteift sich darauf, daß die Schüsse aus einem einzigen Gebäude gekommen sind, worauf die Polizei dieses Haus zerlegt, eine Waffe findet und einen Verdächtigen festnimmt. In der Zwischenzeit verschwinden die wahren Täter über Feuertreppen und durch unterirdische Gänge und mischen sich unbemerkt unter die Menge. Der Verdächtige, ein polizeibekannter Spinner, wird der Polizei also auf dem Tablett serviert, und der Polizeichef von St. Louis wird vom FBI und der CIA so unter Druck gesetzt, daß er den Mann für den Schuldigen halten muß.«

An dieser Stelle unterbrach Jenkins kurz und sah die verdutzten Männer an. Dann konzentrierte er sich auf den Polizeichef.

»Verstehen Sie, die Person, die Ihre Rolle spielt, ist sehr mißtrauisch, doch sie muß sich dem Druck von oben beugen. So vertuscht der Geheimdienst den Mord an dem eigenen Präsidenten, und alle, die daraus Nutzen ziehen können, sind äußerst zufrieden. Angefangen von der Mafia bis zu seinen politischen Gegnern in Washington. Und wenn Sie mich fragen, warum wir uns Ihre Stadt dafür aus-

gesucht haben, dann werden Sie sicherlich erkennen, daß diese unwahrscheinliche Geschichte noch unwahrscheinlicher wird, wenn sie im Herzen Amerikas spielt, in St. Louis, Ihrer wunderschönen Stadt, meine Herren.«
Jenkins war mit seinen Ausführungen fertig. Er wirkte ziemlich erschöpft. Langsam ging er wieder zu seinem Stuhl zurück, wo er sich zwischen seine beiden Begleiter setzte.
Der Bürgermeister, der zum ersten Mal das Drehbuch in dieser Form präsentiert bekommen hatte, sah Jenkins vorwurfsvoll an.
»Verstehe ich Sie richtig? Sie wollen den Präsidenten ermorden lassen? Den Präsidenten der Vereinigten Staaten von Amerika? Und das Ganze hier in meiner Stadt? Sie müssen vollkommen verrückt sein.«
Will Jenkins wandte sich verzweifelt an den Mann mit den falschen Zähnen.
»Hören Sie. Ich will nicht nur den Präsidenten ermorden lassen, ich will Ihrer Stadt auch die einmalige Chance geben, über die Grenze von Missouri hinaus bekannt zu werden. Sie müssen mir doch zustimmen, daß die ganze Geschichte vollkommen unglaubwürdig klingt, oder?«
»Allerdings«, warf der Polizeichef ein. »Niemand kann auf diese Art den Präsidenten der Vereinigten Staaten töten. Nicht in St. Louis und auch nicht in einer anderen Stadt in Amerika. Das ist vollkommener Schwachsinn.«
»Endlich jemand, der mich versteht«, sagte Jenkins.
»Wir sind keine Kleinstadt, Mister Jenkins. Wir hatten hier schon einmal eine Weltausstellung«, sagte der Bürgermeister mit brodelnder Stimme.
»An die sich keiner mehr erinnert«, fiel ihm der Pressesprecher ins Wort.
Sein stutziger Blick traf auf der anderen Seite des Tisches auf nickende Köpfe.
»Ich kann mich nicht daran erinnern«, sagte Gadson und lächelte.
»Lincoln wurde doch auch erschossen«, sagte der Pressesprecher nach einer Pause.

»Aber in einem Theater«, belehrte ihn der Bürgermeister.
»Das ist doch genau das, was ich meine«, sagte Jenkins.
»Und weil das Ganze vollkommen unmöglich ist, wird auch kein schlechtes Licht auf Ihre Stadt fallen. Es gibt zwei Möglichkeiten, wie die Leute auf diesen Film reagieren können, meine Herren. Entweder sie finden die Story gut. Oder sie finden die Geschichte verrückt und halten den Autor für einen Spinner. In beiden Fällen wird Ihnen St. Louis als Stadt in guter Erinnerung bleiben. Entweder als Stadt, in der das Komplott gegen den Präsidenten durchgeführt wurde, also als Schauplatz für eine gewagte Idee und damit auf seine Art attraktiv, oder als Ort der wahnwitzigen Idee eines Spinners und damit als Stadt mit Humor und einer gehörigen Portion Selbstbewußtsein. Gentlemen, ich brauche Ihre Stadt, verstehen Sie?«
Die drei Männer aus St. Louis sahen sich fragend an. Der Bürgermeister saß in der Mitte und drehte seinen Kopf wie eine Marionette hin und her.
»Und was, wenn uns die Leute für Idioten halten und glauben, daß wir den Präsidenten umgebracht haben?« fragte der Pressesprecher.
»Ich versichere Ihnen, daß Ihre Stadt in diesem Streifen ausgezeichnet wegkommen wird. Wir werden alles bringen, was Sie wollen«, sagte der Regisseur.
Wieder steckten die Männer gegenüber die Köpfe zusammen und berieten sich. George Earl Gadson sah zu der Sekretärin hinüber, die die Sprechpause sichtlich genoß.
»Haben Sie schon einmal vor der Kamera gestanden, Sir?« fragte Clive Robinson und blickte zum Bürgermeister hinüber.
Jenkins sah Robinson giftig an.
»Nein, habe ich nicht. Warum fragen Sie?«
»Weil wir noch vergessen haben zu erwähnen, daß wir Sie gerne in der Limousine zusammen mit dem Präsidenten haben würden. Im Film, meine ich natürlich. Wenn Sie sich also diese Rolle zutrauen, dann steht Ihrem ersten Auftritt als Filmschauspieler nichts mehr im Weg.«

»Sie scherzen wohl?« fragte der Bürgermeister und grinste zunächst Robinson und dann seinen Pressesprecher an.
»Keineswegs. Wie mir Mister Jenkins versicherte, will er den Film so realistisch wie möglich gestalten, und ich bin mir sicher, daß auch die anderen beiden Herren ihre tatsächlichen Positionen vor der Kamera perfekt darstellen würden. Denken Sie doch nur an die kostenlose Publicity. Also, was meinen Sie?«
Während Gadson innerlich in Abwehrstellung ging, da es sich nur noch um Sekunden handeln konnte, bis Jenkins auf Robinson losspringen würde, wurden die Männer aus St. Louis von einer neuen Vorstellung beherrscht. Mit wenigen geschickten Worten hatte es der gewiefte Agenturbesitzer geschafft, Träume im langweiligen Alltag der drei Männer zu wecken. Robinson sah in jedem Menschen in erster Linie den Schauspieler, und in diesem Fall sollte sich seine Denkweise als Volltreffer erweisen. Gerade als Jenkins etwas zu Robinson sagen wollte, erhob sich der Bürgermeister.
»Mister Jenkins, nachdem Mister Robinson auch in Ihrem Sinne zu sprechen scheint, möchte ich Sie im Namen meiner Mitarbeiter fragen, ob Sie uns diese Aufgabe zutrauen. Sie haben schließlich Erfahrung mit Schauspielern.«
George Earl Gadson bemerkte, daß die Hände des Mannes leicht zitterten.
Will Jenkins hatte schon unzählige Verhandlungen dieser Art geführt, so konnte er förmlich riechen, daß die Zukunft seines Projektes von seiner nächsten Antwort abhing.
»Selbstverständlich müßten Sie diese Aufgabe unentgeltlich übernehmen, meine Herren. Aber Mister Robinson hat recht. Bedenken Sie die kostenlose Publicity.«
Der Bürgermeister und der Pressesprecher grinsten, während der Polizeichef enttäuscht guckte.
»Aber das ist doch selbstverständlich, meine Herren«, sagte der Pressesprecher. »Wo denken Sie denn hin?«
Noch einmal steckten sie die Köpfe zusammen, um sich zu beraten. Der Bürgermeister ging hinüber zum Fenster.

Die beiden Männer folgten ihm. Mit großen Augen blickten sie auf die Straße hinunter, in der geschäftiges Treiben herrschte. Wortfetzen waren zu hören, während sie miteinander sprachen, und die Sekretärin wußte nicht so recht, ob sie alles mitschreiben sollte.
»Du bist wohl wahnsinnig«, zischte Jenkins kaum hörbar zu Robinson hinüber.
»Deine einzige Chance, Will«, sagte Robinson, ohne die Zigarre aus dem Mund zu nehmen.
Der Pressesprecher kam zu ihnen an den Tisch und verneigte sich fast vor dem Trio.
»Und wie viele Tage werden Sie für die Aufnahmen brauchen, Mister Jenkins?«
»Für die Wagensequenz etwa zwei Tage und einen Tag für kleinere Außenaufnahmen. Alles in allem muß sich das Team eine Woche bis zehn Tage in St. Louis aufhalten, denke ich.«
Wie ein Lakai eilte der Pressesprecher zurück zu seinem Boß und dem Polizeichef und überbrachte die Nachricht, die von beiden Männern mit einem Nicken aufgenommen wurde.
»Wahlkampf« war zu hören, dann »Wiederwahl« und schließlich »ausgezeichnete Persönlichkeitswerbung«.
Nach einer weiteren Minute kam der Bürgermeister, gefolgt von seinen Leuten, an den Tisch. Er streckte Jenkins die Hand entgegen. Sie schüttelten sich lange die Hände, und es dauerte einige Zeit, bis Robinson und Gadson die Bedeutung der Situation erkannten und sich erhoben.
»Meine Herren, ich darf Ihnen gratulieren, denn Ihre Argumente haben uns überzeugt. Wir freuen uns sehr, daß wir und unsere Stadt in dieser bedeutenden Produktion mitwirken dürfen. Ich darf Ihnen versichern, daß Sie zum gegebenen Zeitpunkt unsere volle Unterstützung genießen werden, und, wenn ich mir diese persönliche Bemerkung erlauben darf, wir drei freuen uns ganz besonders auf die Verwirklichung Ihrer Ideen.«
Dann schenkte er den Männern auf der anderen Seite ein schleimiges Wahlkampflächeln und schüttelte Robinson

die Hand. Zuletzt griff er die Hand von Gadson und grinste ihn ganz besonders freundlich an, ohne seine eigentliche Funktion zu kennen.
»Darf ich Ihnen den Präsidenten der Vereinigten Staaten vorstellen?« fragte Jenkins.
Er machte mit der Hand eine höfliche Geste, die nicht zu ihm paßte.
»Was?!« fragte der Bürgermeister und wollte die Hand des jungen Mannes gar nicht mehr loslassen. »Sehr erfreut, Ihre Bekannschaft zu machen.«
Er verneigte sich ein wenig vor dem unsicheren Gadson. Auch die anderen beiden Männer verneigten sich leicht und starrten dabei zu ihm hinüber. Der Blick des Pressesprechers blieb an seiner schiefen Nase hängen.
»Verzeihen Sie die Frage, aber sind Sie jüdischer Herkunft?«
Alle im Raum bis auf Gadson lachten.
Sogar die Sekretärin kicherte verlegen.
»Nein, nicht, daß ich wüßte«, antwortete er ernst.
»Nicht, daß ich wüßte. Ist er nicht ein lustiger Kerl, unser Präsident?« sagte Clive Robinson.
Er kaute heftiger als sonst an seiner Zigarre und gab Gadson einen freundschaftlichen Schlag auf die Schulter.
»Lustiger als unser Mann in Washington«, sagte der Bürgermeister und lächelte in die Runde. Als sein Lächeln nicht erwidert wurde, drehte er sich zur Seite zu der sichtlich erschöpften Sekretärin.
»Den letzten Satz können Sie streichen, Schätzchen.«
Die Männer aus Los Angeles wurden hinausgeleitet. Der Polizeichef brachte sie bis zu ihrem Wagen. Er gab ihnen noch Tips, wie sie schneller wieder zum Flughafen zurückkommen könnten, und half ihnen fast aufdringlich beim Schließen der Autotüren. Als der Wagen anfuhr, klopfte er an die Scheibe. Robinson hielt den Wagen an. Gadson kurbelte die Scheibe ein Stück herunter.
»Und passen Sie auf Ihren Kopf auf, Mr. Präsident!« sagte er, während er gleichzeitig ein Stück Kautabak in seinen Mund schob.

Die Luft war warm, eigentlich liebte es Gadson, bei offenem Fenster die Landschaft zu betrachten. Als sie an einer Kreuzung vor einer roten Ampel anhalten mußten, zuckte er zusammen und schloß das Fenster, so rasch er konnte. Er dachte an seine Begegnung mit dem Bauarbeiter. So ein Helm ist gar nicht so schlecht, dachte er, während der Wagen wieder anfuhr.

»Nur raus aus dieser verdammten Stadt«, sagte Jenkins.

Er sprach dem jungen Mann in diesem Moment aus dem Herzen.

10

In der zweiten Juliwoche des Jahres 1961 rückte Will Jenkins mit einem siebzig Mann starken Team in St. Louis an. Er schlug sein Lager in einem alten Hangar auf dem Lambert International Airport auf. Während die Techniker und Kameraleute zusammen mit einer Abordnung von Polizeibeamten in Richtung Stadt aufbrachen, trafen sich die Schauspieler am Flughafen, um gemeinsam mit der Regie das Drehbuch durchzugehen. Gleichzeitig rief der Bürgermeister im Fernsehen die Bevölkerung zu reger Teilnahme an einem »wichtigen Filmprojekt« auf, das »für jeden einzelnen Bürger von Amerika von monumentalem Interesse« sei.

Tags darauf erschien das lokale Fernsehen am Flughafen. Man stellte Jenkins Fragen zu dem Film, die er nur sehr zögernd beantwortete.

»Ja, Sie haben richtig gehört, Miss. Wir drehen einen Film, in dem ein bedeutender Politiker dieses Landes getötet wird. Natürlich eine fiktive Person, aber mehr möchte ich nun wirklich nicht verraten, denn sonst geht ja keiner mehr ins Kino, um sich diesen Film anzusehen. Je kürzer Sie sich fassen, Miss, um so schneller haben wir Ihre wunderschöne Stadt wieder verlassen. Da können Sie ganz sicher sein«, sagte er zu einer jungen Fernsehjournalistin, bevor er sie höflich von zwei Sicherheitsleuten vom Gelände bringen ließ.

Noch am gleichen Nachmittag erschienen zwei Leute vom FBI, die ihn ebenfalls sprechen wollten. Der eine Beamte, Cox, war sichtlich von dem ganzen Trubel, der im Hangar herrschte, angetan. Er versuchte Jenkins auf den Zahn zu fühlen.

»Sagen Sie, wer hatte denn eigentlich die Idee zu der ganzen Sache? Und wen wollen Sie denn eigentlich umlegen?«
Jenkins sah sich um, tat dabei sehr geheimnisvoll. Dann trat er an Cox heran, winkte ihn zu sich herunter, da ihn der FBI-Mann um gut fünfundzwanzig Zentimeter überragte.
»Versprechen Sie mir auch, es nicht weiterzuerzählen, Mr. Cox?«
»Das tue ich, Sir«, sagte der Beamte mit vertrauensvoller Stimme.
»Wir erschießen den Präsidenten der Vereinigten Staaten. Und das Ganze nach meiner Idee.«
Cox erschrak. Und Jenkins erschrak, weil Cox erschrak.
»Mache ich mich deswegen irgendwie strafbar, Mr. Cox?« fragte Jenkins nach einer Weile.
»Natürlich nicht, Sir. Aber die ganze Sache ist schon recht ungewöhnlich. Glauben Sie wirklich, daß man den Präsidenten einfach so erschießen kann? Das halte ich für vollkommen unmöglich.«
»Da haben Sie recht, Cox. Heutzutage ist es auch vollkommen unmöglich. Aber es sind immer die unmöglichen Geschichten, die den Leuten gefallen.«
Da lachte Cox plötzlich erleichtert auf. Er schien den Regisseur zu verstehen, denn so hatte er die ganze Sache natürlich noch nicht betrachtet.
»Aha, ich glaube, wir haben es bei Ihnen mit einem ziemlichen Schlitzohr zu tun. Sie meinen also, weil die ganze Sache so ungewöhnlich ist, wird sie den Leuten gefallen. Deshalb auch die ganze Heimlichtuerei.«
»Sie sind ein schlauer Mann, Mr. Cox. Wenn Sie und Ihr Partner Interesse haben, dann können Sie vielleicht noch als Statisten mitmachen. Wir haben sowieso zuwenig Sicherheitsleute hier.«
»Das ist ein Angebot, das wir gerne annehmen, Sir. Ich kläre das noch mit meiner Dienststelle. Wenn es Ihnen nichts ausmacht, rufe ich noch ein paar Leute vom CIA an. Die würden sich das ganze Spektakel sicher gerne an-

schauen. Vielleicht können wir ja alle noch was von Ihnen lernen.«
»Mit Sicherheit. Rufen Sie an, wen Sie wollen. Je mehr Leute hier sind, desto echter wirkt die Kulisse. Und wer weiß, vielleicht nützt es ja was für die Zukunft.«
Am nächsten Morgen waren gut fünfzehn FBI- und CIA-Leute auf dem Gelände des Hangars. Gegen Abend steigerte sich die Nervosität, denn niemand konnte ahnen, wie viele Menschen dem Aufruf des Bürgermeisters für den nächsten Morgen folgen würden.

Es war ein sonniger Sonntag mit Quellwolken, genau so, wie es sich alle erhofft hatten. Gegen acht Uhr drängten sich bereits fünftausend Menschen auf dem Platz vor der City Hall. Niemand wußte genau, worum es ging, aber jeder, der gekommen war, wollte bei diesem wichtigen Projekt mithelfen, egal, wen es zu beseitigen galt.
Natürlich war das Filmteam überwältigt von der Resonanz. Man begann damit, die Menge über eine mobile Lautsprecheranlage über den Ablauf zu informieren. Nur wenige Leute machten wieder kehrt, als sie hörten, worum es ging. Aus zwei Trucks wurden Luftballons, Plakate, Transparente, Hutschleifen und Konfetti verteilt. Binnen Minuten war die Szenerie in ein rotblauweißes Farbenmeer getaucht. Die Stimmung wurde durch drei weitere Trucks gesteigert, an denen freiwillige Helfer gratis Bier, Coca-Cola und Hot dogs verteilten. Auf allen Plakaten war Gadsons Konterfei zu sehen. Wären es keine Vorbereitungen für einen Film gewesen, man hätte von einem außerordentlich gut organisierten Besuch des Präsidenten in St. Louis gesprochen.
Etwa fünfhundert Leute wurden in Autobussen zum Flughafen chauffiert. Sie bildeten das Spalier für den Wagenkonvoi des Präsidenten. Gegen Mittag hatte man die Szenen draußen am Flughafen und entlang der Straße im Kasten und bereitete das große Finale auf dem Platz vor.
Gadson saß erschöpft in einem der Schminkwagen. Er wechselte zum dritten Mal sein verschwitztes Hemd. Das

Toupet, das er für diese Rolle tragen mußte, haftete kaum noch auf seinen schweißnassen Haaren und löste bei seiner Maskenbildnerin Fluchtiraden aus.
»Eine verdammte Hitze ist das da draußen, Will«, sagte Gadson.
»Ich weiß, Kleiner. Dafür ist das Licht für die Kameras erstklassig. Und du weißt genau, daß wir nicht mal halb so viele Leute hier hätten, wenn das Wetter schlechter wäre.«
»Da hast du recht. Trotzdem hoffe ich, daß der Tag bald zu Ende ist. Die verdammte Winkerei macht mich noch wahnsinnig. Jeder von den Verrückten schreit nach mir und will, daß ich ihn anschaue.«
Er ließ sich von der Maskenbildnerin ein Taschentuch reichen, mit dem er sich über die triefende Stirn fuhr, die von der Sonne schon stark gerötet war.
»Die Hinterwäldler hier sehen eben nicht jeden Tag den Präsidenten. Sicher sind ein paar Idioten dabei, die glauben, daß du der echte Präsident bist«, sagte der Regisseur. Er grinste belustigt in einen Schminkspiegel.
»Schon möglich, Will. Ich will bloß hoffen, daß nicht einer wirklich auf mich schießt.«
Er betrachtete sein Gesicht im Spiegel. Sein Magen rumorte, er wurde das Gefühl nicht los, daß ihm an diesem Nachmittag etwas zustoßen könnte. Fest drückte er seine beiden Handflächen in die Magengrube, lehnte sich zurück, schloß die Augen, um die kühle Brise der Klimaanlage zu genießen.
Keine vier Stunden später hatte man die Szene abgedreht. Das Filmteam machte sich daran, seine Habseligkeiten wieder einzupacken. Sechs Mal mußte Gadson sterben, sechs Mal auf die scheußliche Farbkapsel beißen, bis Jenkins zufrieden war. Die Schüsse wirkten so echt, daß sich viele Leute auch noch beim sechsten Mal verschreckt zu Boden warfen.

Am Abend dieses anstrengenden Tages gab der Bürgermeister einen großen Empfang, zu dem neben dem Filmteam

auch die High-Society der Stadt geladen war. Während sich alle auf dieser Party ausgelassen unterhielten, saß Gadson sichtlich gelangweilt in einer Ecke eines stilleren Nebenraums. Er suchte in der Dunkelheit die Ufer des Mississippi. Weil ihn sein Smoking beengte, hatte er seine Fliege abgelegt und das Hemd weit geöffnet. Der Drink schmeckte ihm nicht sonderlich, er war zu müde, um sich zu betrinken. Von draußen drückte der kühle Missouriwind gegen die Scheiben des kleinen Salons, in dem sich nur der junge Mann und ein verliebtes Pärchen befanden. Gadson beobachtete die beiden eine Zeit lang und fühlte sich einsam.
»Ist eine schöne Nacht, was, Kleiner?« fragte Robinson, der im Schatten einer großen Topfpflanze stand und ihn schon geraume Zeit beobachtet hatte.
»Geht ein toller Wind da draußen. Erinnert mich ein bißchen an zu Hause.«
»Ja, ja. Hast wohl Heimweh, was?«
»Nein. Ist bloß die Natur und das Ganze, was ich vermisse. Überhaupt an so einem Tag wie heute. Die Menschen und der ganze Trubel, das macht mich doch ziemlich nervös.«
Gadson senkte seinen Kopf und nahm einen kleinen Schluck von seinem Drink, verzog jedoch sofort danach sein Gesicht. Robinson kramte ein Streichholz hervor, steckte sich eine von seinen Zigarren an, deren Geruch sich sofort im ganzen Salon verbreitete. Das junge Mädchen in der anderen Ecke des Salons reckte ihre Stupsnase in die Luft, dann küßte sie ihren Liebsten wieder und kicherte in unregelmäßigen Abständen.
»Du warst gut heute. Ich hab dich nämlich genau beobachtet. Ich finde, du bist ein verdammt guter Schauspieler, Kleiner.«
Gadson blickte dankbar zu dem lächelnden Mann auf. Es tat gut, nach so einem Tag einen Satz wie diesen zu hören.
»Danke, Clive.«
»Du hast es verdient, denn du hast es dir selbst erarbeitet.«

Gadson stellte seinen Drink auf den Boden, um sich sein Hemd noch weiter aufzuknöpfen. Dann starrte er auf den Boden und kniff die Augen zusammen.
»Ich glaube nicht, daß das ganz richtig ist, Clive.«
»Was ist nicht ganz richtig?«
»Daß ich das alles so wollte, wie es gekommen ist.«
»Aber wieso denn nicht? Du wolltest doch immer zum Film, oder etwa nicht?«
»Ja, daß stimmt schon. Aber ich habe wohl damals nicht ganz die Wahrheit gesagt.«
Robinson sagte nichts und paffte nur an seiner Zigarre. Der Rauch stieg ihm direkt in die Augen, doch es schien ihm überhaupt nichts auszumachen.
»Wieso bist du eigentlich weg von zu Hause, Kleiner? Was ist passiert?«
»Hatte Probleme mit meinem Alten.«
»Mit deinem Alten? Ich dachte, du hattest keine Eltern?«
»Mein Alter hat mich immer verprügelt. Und meine Mutter auch, aber dagegen konnte ich nichts tun, denn er war einfach zu stark. War ein richtiger Bär, mein Alter, mit Schultern so hoch wie ein Kleiderschrank.«
»Kann ich mir vorstellen«, murrte Robinson. »Aber warum hat dich dein Alter dann gehen lassen, Kleiner?«
»Hat er nicht.«
»Aber wie bist du dann nach Hollywood gekommen?«
»Ich traf in einer kleinen Stadt in Kansas ein Mädchen, das mir vom Film und von Hollywood erzählt hat. War damals das erste Mal, daß ich in einer Stadt war. Mit sechzehn.«
»Du warst erst mit sechzehn zum ersten Mal in der Stadt? Du armer Kerl, was hast du denn bis dahin gemacht?«
»Mein Alter hat mich bewacht und meistens in der Scheune eingesperrt. In der Scheune habe ich auch geschlafen, auch im Winter.«
»Muß ein verdammt strenger Mann gewesen sein. Hast verdammtes Glück gehabt, daß du ihm entkommen bist.«

»Ich habe meinen Vater niedergeschlagen und weiß nicht mal, ob er es überlebt hat. Jedesmal, wenn ich in den Spiegel gucke und meine Nase sehe, erinnere ich mich an ihn. Schließlich war er es, der mir das Ding verpaßt hat«, sagte er und deutete auf seine Nase.
Robinson legte er ihm seine mächtige Pranke auf die Schulter.
»Nach all dem, was du erzählt hast, hat es dein alter Herr nicht anders verdient. Wer seine Frau und die Kinder schlägt, der kann kein guter Mensch sein.«
»Weiß ich nicht. Ich weiß gar nichts mehr«, sagte Gadson und starrte vor sich hin.
»Aber warum bist du dann nach Hollywood?«
»Dieses Mädchen hat mir davon erzählt, aber ich konnte mir nichts darunter vorstellen, weil ich ja noch nie vorher im Kino war. Eigentlich wollte ich das Land und die Menschen kennenlernen und irgendwo bleiben, wo es mir gefällt. Aber dann bin ich irgendwie bei euch hineingerutscht, und das Geld war auch nicht zu verachten.«
Robinson lachte etwas unpassend und verwirrte ihn dadurch.
»Warum lachst du, Clive?«
»Weil ich immer dachte, daß du um jeden Preis Schauspieler werden wolltest.«
»Das wollte ich eigentlich nie.«
Robinson schob seine Zigarre vom einen Mundwinkel in den anderen. Vor ihm saß ein junger Mann, dessen Talent so natürlich war, daß er es mit seinen geschulten Augen mit Professionalität verwechselt hatte. Zum ersten Mal nach langer Zeit hatte er sich in einem Menschen getäuscht, aber diesmal schien es ihm überhaupt nichts auszumachen.
»Auch diese Geschichte heute hat mich nachdenklich gemacht. Ich finde es ziemlich mies, den Präsidenten zu ermorden, auch wenn man nicht seiner Meinung ist.«
»Ich glaube auch, daß Will zu weit gegangen ist, aber er finanziert die Sache, und wir sollten ihm nicht dreinreden.«

»Ich will nur sagen, daß ich vom Film die Schnauze voll habe. Ich werde nach dieser Sache aufhören.«
Er griff wieder nach seinem Glas.
Robinson hatte es geahnt und reagierte gelassen.
»Ich weiß, Kleiner. Ist nicht angenehm, sich abknallen zu lassen. Aber ist ja nur ein Film. So was wird nie passieren, verstehst du. Ist wie ein verdammtes Märchen.«
Gadson schüttelte den Kopf und sah Robinson etwas mißtrauisch an.
»Märchen hin oder her. Versuch mich nicht zu überreden, denn in diesem Fall wird es dir nicht gelingen. Ich verdanke dir mehr als jedem anderen Menschen, aber es ist Zeit für mich zu gehen. Verstehst du nicht, ich habe auf einmal Angst, bekannt zu werden.«
Robinson hatte in seinem Leben schon viele Menschen getroffen, die alles getan hätten, um bekannt zu werden, um so mehr war er verblüfft. Er sah an diesem Abend ein, daß Gadsons Drang nach Freiheit und Unabhängigkeit zu groß war und er nicht in dieser Traumwelt bleiben wollte.
»Weißt du schon, was du nachher machen willst?«
»Ich kaufe mir von dem Geld ein Auto oder eine heiße Maschine und gehe auf Tour. So lange, bis ich ein Fleckchen finde, wo ich bleiben möchte. Mit einer Frau und Familie und so.«
»Klingt vernünftig«, sagte der Agent. »Weiß Will eigentlich schon von deinem Vorhaben?«
»Ich habe gedacht, du kannst vielleicht mit ihm reden.«
»Hmm. Wenn wir hier fertig sind, werde ich mit ihm sprechen.«
»Ich bin dir sehr dankbar, Clive«, sagte Gadson und schüttelte ihm die Hand. Dann stand er auf und ging in Richtung Tür.
Robinson erhob sich ebenfalls und sah seinem Schützling nach.
»Warte!« rief er ihm nach.
Gadson blieb stehen und drehte sich um.
»Hätte ein verdammter Star aus dir werden können!«

Der junge Mann lächelte spitzbübisch. Dann drehte er sich wieder um und verließ das Gebäude.
Draußen nahm er ein Taxi und ließ sich in Richtung Flughafen chauffieren, denn er wollte die Nacht in einem der gemieteten Busse verbringen.
Er betrat das Filmlager, grüßte die beiden Nachtwächter und steuerte auf den Wohnwagen mit den grün-roten Streifen zu. Als er die Tür öffnete und das Licht anknipste, erschrak er, denn an der Decke hingen die mit Filmblut verschmierten Hemden, die er auf dem Set getragen hatte. Sie flatterten im Wind, der durch die offenen Fenster eindrang. Sie hatten etwas an sich, was ihn beunruhigte.

11

Es sind immer die verschlossenen, die verbotenen Dinge, die uns am meisten interessieren.

Nolan und ich verbrachten seit dem Unfall seiner Mutter viel Zeit in meinem Zimmer. Nolan begann mein Zimmer in Beschlag zu nehmen. Das fing mit Kleinigkeiten an, wie etwa den Steinen oder Muscheln, die er an der Küste gefunden hatte und die er »aus Platzmangel« in meinen vier Wänden deponierte. Obwohl ich die Dinger nicht ausstehen konnte, wäre es egal gewesen, aber mich störte die Selbstverständlichkeit, mit der er seinen Kram anschleppte. Zuerst beanspruchte er das Regal über dem Bett für sich. Als dieser Platz nicht mehr reichte, überredete er mich, ihm eine meiner Schubladen zu überlassen. Zunächst kümmerte ich mich nicht weiter um Nolans Spinnereien.

Der Tag, an dem ich Nolans Geheimnis entdeckte, fing an wie jeder andere Ferientag in Stapelton. Ich saß in meinem Zimmer und ließ mir die Vormittagssonne auf den Bauch scheinen, während ich in einem unwichtigen Buch blätterte, das mir keine Antworten auf meine brennenden Fragen gab. Nolan trat aus dem Kino auf die Straße. Er sah zu mir hoch.

»Guten Morgen, Eddie!« rief er und starrte zu mir herauf. Er trug seine miesesten Jeans und ein blaues, ärmelloses T-Shirt. Seine Haare waren kurz geschnitten und mit Pomade nach hinten gezogen, was ihn wie einen italienischen Straßengangster aussehen ließ. Auf seiner knolligen Nase hatte er eine dunkle Sonnenbrille mit viel zu großen Gläsern. Die ersten Bartstoppeln bedeckten sein Gesicht.

»Was treibst du denn heute, Eddie?«

»Ich werde wohl zu Hause bleiben und ein dämliches Buch lesen. Außerdem muß ich später meiner Mutter helfen, denn sie kriegt eine Lieferung.«
»Verstehe. Ich habe gedacht, du hast Zeit und gehst vielleicht mit an den Strand Muscheln sammeln.«
»Heute nicht, Nolan!« rief ich und schüttelte den Kopf.
Ich hatte wirklich keine Lust, mit ihm den Strand entlangzugehen, mir dabei vielleicht seine Sprüche anzuhören. Seit dem Unfall seiner Mutter nervte er alle Leute mit Zitaten aus diesem drittklassigen Cowboyfilm. Nein, ich wollte mir diesen Ferientag nicht von ihm versauen lassen.
»Vielleicht komme ich dann später vorbei, wenn der neue Film da ist.«
Er stieg verlegen von einem Bein auf das andere und wartete auf eine Antwort.
»Komm vorbei, wann du willst«, sagte ich unüberlegt und winkte mit einer gelangweilten Handbewegung ab. Ich wollte ihn möglichst schnell loswerden.
Auf seinem Gesicht war ein Lächeln zu sehen. Ich sah hinter meinem Vorhang, wie er sein Lederbeutelchen, das er immer an den Strand mitnahm, gut gelaunt über die linke Schulter schleuderte.
»Wir werden uns die größte Farm in der ganzen Gegend leisten können, mein Bruder!« schrie er laut die Main Street hinunter.
Ich wußte genau, daß es wieder so ein verrücktes Zitat aus dem bescheuerten Film war.
Ein Auto fuhr unter meinem Fenster vorbei, und ich erkannte, daß es nicht von hier war.
»Wir werden uns die größte Farm in der ganzen Gegend leisten können, mein Bruder!« schrie Nolan dem fremden Auto nach.
Dann folgte er dem Wagen mit schnellem Schritt. Seine Hand fuchtelte in der Luft, so, als ob er versuchte, ein lästiges Ungeziefer zu verscheuchen. Ich schüttelte bloß den Kopf und entdeckte dabei Marty Longerman, der unsere Unterhaltung mitgehört hatte und jetzt zu mir nach

oben sah. Ich wußte, daß auch er sich wünschte, daß Nolan den Film nie gesehen hätte.

Die Veränderung, die Nolan durchgemacht hatte, war wahrscheinlich nur mir wirklich aufgefallen, denn in den Augen der anderen Leute war Nolan der kleine, knollennasige Sohn eines toten Säufers und jener Frau, die mit ihrem Kino den Leuten im Ort die Zeit vertrieb. Wenn ich sage, daß Nolan für die Menschen um ihn herum uninteressant war, so übertreibe ich nicht. Er war keiner, der es in ihren Augen einmal zu etwas bringen würde. Nolan war das letzte Glied in einer Kette von braven, unauffälligen Leuten. Seine Geschichte ist nicht die Geschichte eines Helden. Blicken Sie zurück in Ihre Vergangenheit, in Ihre Jugend, und ich bin sicher, Sie werden einen Menschen finden, von dem Sie einst glaubten, ihn auf irgendeine Art zu beeinflussen. Vielleicht können Sie sich dann besser in meine Lage versetzen. Eines Tages wachen Sie frühmorgens auf, und alles sieht aus wie immer. Die Vögel zwitschern wie gewöhnlich, und Ihre Schuhe kommen Ihnen so unbequem wie tags zuvor vor, aber plötzlich wird Ihnen klar, daß jener Mensch Ihnen überlegen geworden ist. Dann sehen Sie sich mit einer mittelschweren Niederlage konfrontiert, und Sie wissen nicht, wie Sie reagieren sollen. Sie fühlen sich schwer wie Blei.

Daß mir diese Dinge später zu schaffen machen würden, war mir damals noch nicht klar, als Nolan die Straße hinunterschlenderte und dabei verrückte Filmzitate vor sich hin plapperte. Ich beobachtete ihn, bis er aus meinem Blickfeld verschwunden war. Als ich ihn nicht mehr sehen konnte, schlüpfte ich in meine Hose und griff mir das nächstbeste T-Shirt. Barfuß ging ich aus dem Zimmer. Die Treppe knarrte, und ich fürchtete schon die fragende Stimme meiner Mutter.

»Nein, ich will nur ein bißchen barfuß die Main Street auf und ab laufen«, war die einzige Ausrede, die mir durch den Kopf ging.

Meine Mutter bemerkte mich nicht, denn sie war gerade hinten im Lager beschäftigt. Ich versicherte mich, daß

Marty Longerman nicht vor seinem Laden stand, und huschte über den Asphalt der Main Street zum Kino hinüber. Die Eingangstür war halb geöffnet. Zu meinem Glück stand auch die Bürotür von Nolans Mutter einen Spalt offen. Ich konnte hören, wie sie drinnen mit jemandem sprach. Leise huschte ich an der Tür vorbei, stieg über die Kette, die vor der Verandatür gespannt war, und wunderte mich darüber, daß sie nicht abgenommen war.
War wohl noch niemand im Garten seit gestern, dachte ich und hielt einen Moment inne. Mrs. Tompkins' Stimme, die ich noch immer hören konnte, machte mir ein wenig Mut.
Vorsichtig stieß ich die Doppeltür zur Veranda auf und stieg behutsam auf die ersten Bretter des Holzbodens. Vor mir lag der blühende Garten. Rechts von mir stand das große, bequeme Sofa, auf dem Mrs. Tompkins stets ihr Mittagsschläfchen hielt und auf dem niemand sonst Platz nehmen durfte. Links standen der Verandatisch und die tiefen Korbsessel mit den grünen Samtsitzkissen. Fast täglich saßen meine Mutter und Mrs. Tompkins seit dem Tod ihrer Männer an diesem Tisch. Manchmal aßen sie sogar hier zusammen, manchmal nickten sie gemeinsam nach dem Essen ein. Im Herbst ließ Mrs. Tompkins immer kitschige Plastikfenster mit häßlichen Blümchen um die Veranda einsetzen. So konnte man hier auch noch im strengsten Winter mit einem dicken Pullover sitzen.
Ich trat ein paar Schritte in den Garten, drehte mich dann vorsichtig um und sah etwa vier Meter über mir Nolans Fenster mit den weit geöffneten Flügeln. Ich ging zurück zur Veranda und kletterte an einem der Stützpfeiler hoch. Auf dem Dach der Veranda spürte ich einen stechenden Schmerz in meiner Fußsohle. Ein fingernagelgroßer Span hatte sich tief in meine Sohle gebohrt. Mit zittrigen Händen versuchte ich ihn zu entfernen, ohne gleichzeitig vor Schmerz loszubrüllen. Schließlich gelang es mir, und ich erreichte die Kante von Nolans Fensterbrett. Nachdem kein ungewöhnlicher Laut zu hören war, stieg ich in sein Zimmer ein.

Nolan hatte sich in der letzten Zeit kaum aus seinem Zimmer bewegt, er kam nicht einmal mehr zu mir herüber. Von meiner Mutter wußte ich, daß er nicht krank gewesen war.
Nolan brauchte keine Kirche. Seine Kirche war sein kleines Zimmer. Plötzlich verstand ich, warum er nicht mehr hinauswollte. Respektlos kletterte ich in sein Gotteshaus, stieg in den Teil seines Lebens ein, in dem ich nichts verloren hatte. Im nächsten Moment bekam ich alles zu Gesicht, was ihm wichtig war. Als erstes stach mir der Schrein ins Auge, den Nolan rund um den kleinen Spiegel neben seinem Bett errichtet hatte. Um den rechteckigen Spiegel, an dessen linker oberer Ecke ein Stück abgebrochen war, hatte er kleine Kerzenhalter befestigt, die man sonst eigentlich nur zu Weihnachten verwendet. In den Kerzenhaltern steckten rote Kerzen, die alle leicht zum Zentrum des Spiegels geneigt waren. Auf der schmalen dunkelbraunen Ablage unter dem Spiegel hatte sich eine Wachsschicht angesammelt, die entlang der Spiegelränder bereits die Ausmaße kleiner Hügel angenommen hatte. In der Mitte des Spiegels hing das Foto eines jungen Mannes, der mir irgendwie bekannt vorkam. Es war eine Schwarzweiß-Aufnahme von sehr guter Qualität, mindestens genauso gut wie das Foto von Mr. Tompkins in Mrs. Tompkins' Büro, und der Typ sah ihm mit ein bißchen Phantasie sogar ähnlich. Der junge Mann auf dem Foto, Mr. Tompkins und auch Nolan hatten die gleiche Knollennase im Gesicht. Sonst war keinerlei Ähnlichkeit zu erkennen. Der junge Mann auf dem Foto trug einen Cowboyhut. Er grinste unverschämt in das Objektiv. In der linken unteren Ecke des Fotos entdeckte ich einen kleinen, kaum lesbaren Schriftzug, der meine Aufmerksamkeit weiter erhöhte. Ich trat ganz vorsichtig an den Spiegel heran, da ich nichts berühren oder unabsichtlich verändern wollte.
›George Earl Gadson jr. in *Westwind*. Im Verleih der Jenkins Group, Los Angeles, Cal.‹
Ich las den Satz einige Male, ohne mich zunächst an den

Namen zu erinnern. Dann fiel mir ein, daß Nolan ihn damals in meinem Zimmer erwähnt hatte. Jetzt dämmerte mir einiges. Das war also der Grund, warum Nolan sein Zimmer so ungern verließ, warum er in letzter Zeit so verschlossen wirkte. Nolan mußte diesen Gadson von irgendwoher kennen. Mein Blick schweifte durch Nolans Zimmer. Ich sah an den Wänden noch andere Fotos, die Gadson in verschiedenen Posen zeigten. Über Nolans Bett hing ein Bild, das ihn mit nacktem Oberkörper und gezogenem Revolver zeigte. Seine strahlendweißen Zähne kamen mir auf dieser Abbildung ziemlich unecht vor. Ich warf mich auf Nolans Bett, um nachzudenken.
Im nächsten Moment fuhr ich vor Schreck hoch. Etwas Hartes unter seinem Kopfkissen gab ein sonderbares Geräusch von sich und ließ mich für einen Moment erstarren. Vorsichtig schob ich das Kopfkissen zur Seite. Auf dem Laken lagen zwei schwere Filmrollen in ihren Metallgehäusen. Ich öffnete sie und fand darin die Teile I und II von *Westwind.* Die Gehäuse hatten auf den Laken und den Bettkanten starke Einschnitte hinterlassen, da Nolan offenbar auf diesen Rollen schlief. Ich zog die Bettdecke zur Seite und kontrollierte Nolans Laken nach verdächtigen Flecken. Das Laken war absolut sauber, viel sauberer als mein eigenes. Behutsam drehte ich mich auf den Rücken und starrte an die Decke. Über mir hing das riesige Filmplakat von *Westwind.* Es zeigte Gadson und einen anderen Typen zusammen in einer Regenlache stehen. Die beiden sahen aus wie begossene Pudel, und ich fragte mich, wieso man sie in den Regen gestellt hatte. Wieder fiel mein Blick auf Gadsons Namen. Dann fiel es mir wie Schuppen von den Augen. Plötzlich wurde mir klar, warum Nolan ständig diesen verrückten Film zitierte; auf einmal fielen mir auch wieder Einzelheiten aus dem Film ein. Jetzt verstand ich, warum die beiden Typen auf dem Filmplakat im Regen standen. Dann fielen mir die Augen zu.

Als ich wieder erwachte, stand Nolan bereits im Zimmer. Er stürzte sich auf mich. Nolan ließ mir keine Chance. Er entschied den Kampf nach kurzer Zeit für sich. Er saß auf meiner Brust und drückte mit seinen Händen meine Arme gegen die Matratze. Seine Beine waren halb auf meinen Bauch gestützt, seine Füße drückten gegen meinen Unterleib.

»Keinen Laut, Eddie. Sonst kannste deine Eier vergessen.«

Sein Gesicht war rot angelaufen.

»Schon gut, schon gut. Hör auf, Nolan. Du tust mir weh.«

»Gib mir dein verdammtes Ehrenwort, daß du das Maul hältst.«

»Worüber, verdammt noch mal?«

Nolans Druck auf meinen Unterleib wurde noch stärker. Ich sah ein, daß er wirklich keinen Spaß verstand.

»Ich mach dich fertig, verstehst du. Wirst du das Maul halten?«

Ich wartete noch einige Sekunden, aber nachdem ich eingesehen hatte, daß ich keine Möglichkeit hatte, mich aus dieser Situation zu befreien, beschloß ich nachzugeben.

»O.k., Nolan, o.k. Ich verspreche dir, was du willst. Aber geh bloß endlich runter von mir.«

Ohne auch nur eine Sekunde an meinem Versprechen zu zweifeln, sackte er wie ein erschöpfter Liebhaber über mir zusammen. Sein Kopf fiel auf meine rechte Schulter. Er atmete tief.

Nach einiger Zeit, ich weiß nicht, wie lange es tatsächlich gedauert hat, gelang es mir, ihn auf die Seite zu rollen. Ich setzte mich auf. Nolan vergrub seinen Kopf in das Kissen, er beachtete mich überhaupt nicht. So vergingen weitere Minuten, bis ich plötzlich sein Schluchzen wahrnahm. Zuerst war es kaum merkbar, dann steigerte es sich rasch zu einem Heulkrampf. Behutsam legte ich meine Hand auf seine Schulter.

»He, Nolan, alter Junge. Ist ja gut. Jetzt hör endlich auf zu heulen und sag mir, was los ist.«

Er räusperte sich noch ein paarmal, dann sah er mich an. Seine große Nase war leicht geschwollen.

»Wieso hast du das getan, Eddie? Ich habe dir vertraut, und du brichst bei mir ein. Und jetzt wirst du sicher alles erzählen. Ich dachte, du bist ein Freund.«

»Jetzt mach's mal halblang, Nolan. Nachdem du dich nicht mehr hast blicken lassen, mußte ich nachsehen, was los ist.«

»Aber jetzt hast du alles gesehen und weißt alles. Jetzt weißt du, daß ich ein Dieb bin und wirst mich irgendwann verpfeifen. Dabei brauch ich ihn doch so, verstehst du? Denn er ist der Größte, und wenn es ihn nicht gäbe, hätte das Leben keinen Sinn mehr für mich.«

»Sprichst du von diesem Schauspieler, der hier überall herumhängt?«

»Ich habe dir von ihm erzählt. Das ist der Mensch, den ich liebe.«

Ich holte kurz Luft und sah ihn wohl ungläubig an.

»So, so. Du liebst ihn also. Woher kennst du den Typen eigentlich?«

»Natürlich aus dem Kino, Eddie.«

»Ach, aus dem Kino.«

»Ich hab ihn noch nie in meinem Leben getroffen. Trotzdem liebe ich ihn über alles. Von der ersten Sekunde an, wo ich ihn gesehen habe, weiß ich, daß ich ihn liebe. Frag mich bitte nicht, warum, Eddie. Ich weiß es nicht, und ich kann es dir auch nicht erklären. Alles, was ich weiß, ist, daß in dem Moment, wo ich ihn das erste Mal sah, irgendetwas mit mir passiert ist, was ich nicht beschreiben kann. Ist schon verrückt, was?«

Ich starrte Nolan an und wußte nicht, wie ich reagieren sollte. Diesmal war ich mir sicher, daß er mich nicht auf den Arm nehmen wollte.

»O.k., Nolan. Du hast im Kino gesessen und hast Gadson in dem Film gesehen. Daraufhin hast du dich in ihn verknallt und aus Malones Wagen die Filmrollen und die Fotos geklaut. Dann hast du dein Zimmer in eine Wallfahrtsstätte verwandelt und himmelst seitdem den Typen

an. Glaubst du eigentlich, daß er sich was aus deinen Gefühlen macht?«
»Du kannst sagen, was du willst, Eddie. Ich spreche jeden Tag zu ihm und weiß, daß er mich gern hat. Auch wenn ich ihn niemals wirklich zu Gesicht bekomme.«
»Aber was wird deine Freundin eines Tages dazu sagen. Die wird sich ganz schön wundern, wenn ein Typ in deinem Zimmer hängt, meinst du nicht?«
Nolan wandte sich von mir ab und blickte auf seinen Schrein. Ein Ausdruck der Zufriedenheit war in seinem Gesicht zu erkennen.
»Ich sage dir was, Eddie. Es gibt Dinge, die es einfach nicht gibt. In *Westwind* stirbt Gadsons Bruder in seinen Armen, ohne jemals die Regengrenze gesehen zu haben. Obwohl es sie nicht gibt, hätte er sie immer so gerne gesehen. Ist schon verrückt, was?«
»Die Regengrenze? Was soll denn das sein? Und was hat das mit deiner Freundin zu tun?«
Nolan schloß die Augen. Seine schmalen Lippen bewegten sich kaum merklich, und er fing zu murmeln an.
»Weißt du, Jake, seit ich denken kann, möchte ich die Regengrenze sehen ... Was meinst du damit, Allen? ... Ich möchte in der Prärie stehen und die Stelle sehen, an der sich Regen und Trockenheit begegnen. Ich möchte mit meinem Pferd hineinreiten oder hineinlaufen. Ich möchte, daß die Grenze durch meinen Körper läuft und ich zur Hälfte naß bin und zur Hälfte trocken ... Ich dachte immer, wir wollen zusammen die größte Ranch weit und breit haben? ... Beide Dinge sind unerreichbar weit weg für mich, Jake. Eines Tages, wenn ich die Regengrenze sehe, dann weiß ich, daß ich am Ziel bin. Die Ranch können sie mir wieder nehmen, die Regengrenze nicht mehr.«
Nolan schüttelte den Kopf und öffnete die Augen wieder.
»Verstehst du, Eddie, was ich damit sagen will? Eine Frau kommt für mich überhaupt nicht in Frage. Ist das gleiche wie mit der Regengrenze. Wenn sein Bruder die Regengrenze zu Gesicht bekommen hätte, wäre er glücklich ge-

storben, weil es sein innigster Wunsch war, ihr einmal im Leben zu begegnen. Ich bin viel bescheidener, denn ich will Gadson gar nicht begegnen. Ich wüßte auch gar nicht, was ich ihm sagen sollte. Es gibt ihn, und das ist das Wichtigste in meinem Leben.«

»Du bist verrückt, Nolan. Vollkommen verrückt«, sagte ich und sah ihn entgeistert an. »Weißt du überhaupt, was du da redest?«

»Ich habe dein Ehrenwort«, sagte er. »Ich hoffe, du weißt, was das bedeutet.«

Ich sah in seine Augen und erkannte, daß er zu allem fähig war.

»Was machst du, wenn ich mein Ehrenwort breche und dich verpfeife? Und wenn deine Mutter dem Spuk hier ein Ende macht?«

Nolan grinste mich an.

»Sie können mir die Fotos und den Film wegnehmen. Sie können mich für verrückt erklären. Aber sie können Gadson nicht aus meinem Herzen reißen.«

Die Art, wie er mich ansah, machte mir angst. Plötzlich hatte ich es sehr eilig, sein Zimmer so rasch wie möglich zu verlassen.

Von diesem Tag an machte ich einen großen Bogen um Nolan. Wenn mir zu diesem Zeitpunkt jemand erzählt hätte, was ich noch alles mit ihm erleben sollte, ich hätte ihn ausgelacht. In der Schule sah ich mich nach einem anderen Sitznachbarn um, denn mit Nolan war nichts mehr anzufangen. Selbst wenn ihn die Lehrer fragten, kam er mit seinen verrückten Zitaten und kassierte einen Verweis nach dem anderen. Manchmal tauchte er tagelang nicht mehr in der Schule auf, doch seine Mutter schaffte es immer wieder, die Schulleitung zu beschwichtigen.

Mit Nolan ging ein Freund für mich verloren. Er ignorierte mich die meiste Zeit, doch ich bin mir nicht sicher, ob er es absichtlich tat. Er war so mit seiner Obsession beschäftigt, daß er alles andere um sich vergaß. Nur die Ar-

beit im Kino schien ihm noch Spaß zu machen. Natürlich hoffte er, irgendwelche Neuigkeiten über Gadson zu erfahren.
Ich begann mich in dieser Zeit für Politik zu interessieren. Zum ersten Mal las ich unsere Verfassung ernsthaft und beschäftigte mich mit den Leuten, die für sie eintraten. Meine und Nolans Mutter waren eher demokratisch eingestellt, und der einzige Mann, der ihnen wirklich etwas zu bedeuten schien, war Präsident John F. Kennedy, nicht zuletzt deshalb, weil er aus Massachusetts stammte und alle Leute in unserer Gegend mächtig stolz machte. Es hatte zumindest den Anschein, denn er war sehr beliebt, und man hörte niemanden etwas Schlechtes über ihn sagen. Seine Eskapaden, über die vor allem in Massachusetts gemunkelt wurde, wurden von seinem Charisma und seinem Charme überstrahlt. Er war sich seiner Macht bewußt und kostete sie aus. Aber ich glaube, daß er für sein Land etwas tun wollte. Es ist schwer zu sagen, was in so einem Menschen vorgeht, ob er sich überhaupt noch in normalen Sphären bewegt.
Während Präsident Kennedy vielleicht gerade mit seinem Mitarbeiterstab eine Reise nach Texas plante, lief in Los Angeles *Das Verbrechen des Jahrhunderts* an. Wenn ich an den Film denke, den ich Jahre später nur über Beziehungen zu sehen bekam, fällt mir immer Präsident Kennedy ein. Nicht wegen der Handlung, das ist ja offensichtlich. Es ist das kurze Leben, das der Film und Kennedy gemeinsam haben. Auch wenn dieser Film schlecht war, traf er den Nerv der Zeit. Der Regisseur hatte sich an ein Tabuthema herangewagt und erntete nur Hohn und Spott. Nach dem Tod des Präsidenten in Dallas erinnerte sich niemand mehr an diesen Film, und gewisse Leute waren sehr damit beschäftigt, ihn für immer in der Versenkung verschwinden zu lassen.
Will Jenkins kam bei einem mysteriösen Autounfall ums Leben, der niemals geklärt wurde. An der Stelle bei Monterey, Kalifornien, wo er mit seinem Fahrzeug über die Klippen gestürzt war, waren laut Polizeiprotokoll keine

Bremsspuren zu finden. Freunde von Jenkins sagten aus, daß er noch eine Stunde vorher von großen Plänen und einem neuen Filmprojekt gesprochen hatte.

12

Auf der Reise von St. Louis nach Birmingham, Alabama, ließ sich Gadson zum ersten Mal seit Wochen wieder richtig Zeit. Obwohl er mehr als genug Geld besaß, war er wieder mit dem Bus unterwegs, und er fühlte sich wohl dabei. Jenkins hatte kein großes Aufsehen um die Trennung von Gadson gemacht. Er hatte ihm sogar noch eine erhöhte Gage ausbezahlt. Gadson hatte sich vertraglich verpflichtet, zu Promotionzwecken vor der Premiere jederzeit bereitzustehen. Der junge Mann spürte schon nach wenigen Stunden, daß er wahrscheinlich nur Clive Robinson vermissen würde, der irgendwo auf dieser Welt eingehüllt in seinen Zigarrenrauch saß und laute Reden schwang. Robinson hatte Gadson versprochen, den Verkauf seines Hauses zu übernehmen und ihm das Geld nachzuschicken, egal, wohin es ihn verschlug.
Von Birmingham wollte Gadson zum Golf von Mexiko. Aber er hat den Golf von Mexiko niemals erreicht.

Nachdem er den Bus verlassen hatte, landete Gadson in einem der Vororte von Birmingham. An einer großen Kreuzung beschloß er, sich in der Gegend ein wenig umzusehen, doch schon bald übermannte ihn die Müdigkeit, und er kehrte in einem kleinem Motel in einer Nebenstraße ein.
Erst laute Motorengeräusche und kleine Explosionen rissen ihn am nächsten Morgen aus dem Schlaf. Als er die Vorhänge neben seinem Bett zur Seite schob, traute er seinen Augen nicht. Auf der anderen Seite der Straße, auf dem flachen Dach eines Motorradhändlers, stand es in

großen roten Leuchtbuchstaben, die komischerweise immer noch brannten.
Fahren wie mit dem Westwind – mit Mason-Bikes.

»Ihre Leuchtschrift brennt noch«, sagte Gadson zu dem Verkäufer und deutete mit der Hand nach oben, als er zwanzig Minuten später im Eingang des Ladens stand.
»So, so«, sagte der Verkäufer, trat aus dem Schatten des Vordachs in die Vormittagssonne und blickte skeptisch nach oben.
»Hey, Moses, Niggerboy. Dreh gefälligst das verdammte Licht da oben ab!« plärrte er ins Innere des Ladens.
»Sofort, Mister Mason«, antwortete eine leise, unterwürfige Stimme.
Im Laden huschte eine Gestalt hinter die Theke. Sekunden später gingen die Lichter aus.
»Verdammter Dreckskerl. Das nächste Mal ziehe ich es dir vom Lohn ab, hast du verstanden!«
Der Verkäufer nahm seinen Hut ab und fuhr sich mit der Hand über die gerötete Glatze. Der Hutrand war vom Schweiß dunkel gefärbt. Sein Besitzer machte auf Gadson einen schäbigen Eindruck, aber er interessierte sich mehr für die Motorräder, die aufgereiht vor ihm standen.
»Wohl neu in unserer Gegend hier?« fragte der Verkäufer.
»Aus L. A. Waren Sie schon einmal in Kalifornien?«
»Ich habe Bekannte dort. Irgendwo bei San Diego. Hatte leider noch nie die Gelegenheit, sie zu besuchen.«
»Sollten Sie tun«, sagte Gadson und tat so, als ob er sich auskennen würde. »Kalifornien ist ein schönes Fleckchen zum Leben.«
»Warum sind Sie denn dann hier?« fragte der Mann mißtrauisch. »Ist doch bestimmt schöner bei Ihnen als in Birmingham.«
Ein älterer schwarzer Mann schlurfte an dem Geschäft vorbei, ohne die beiden Männer eines Blickes zu würdigen. Er schien im Gehen zu schlafen, so müde sah er aus. Der Verkäufer deutete auf den Mann.

»Außerdem gibt es in Kalifornien sicher nicht so viele Nigger.«
Der Junge aus dem Geschäft war zur Eingangstür gekommen und starrte die beiden Männer an. Als der Verkäufer ihn entdeckte, verzog er sein Gesicht zu einer wütenden Grimasse.
»Habe ich dir nicht schon hundertmal gesagt, du sollst dich hier draußen nicht blicken lassen? Dein schwarzer Arsch vertreibt mir noch die ganze Kundschaft! Mach bloß, daß du in den Laden kommst!«
Der Junge war ungefähr sechzehn Jahre alt. Er verzog sich sofort wieder ins Ladeninnere.
»Diese verdammten Mistkerle«, stöhnte der Verkäufer und blickte grimmig.
Gadson streifte wie ein hungriger Wolf um die chrombesetzten Motorräder. Er versuchte den alten schwarzen Mann ein wenig zu imitieren.
»Ist was dabei, das Sie interessiert, oder wollen Sie den ganzen Tag mit Glotzen verbringen? Ich habe nämlich noch andere Dinge zu tun.«
»Es ist allerdings was dabei, das mich interessiert.«
Er steuerte auf eine blitzende Harley Davidson zu. Es war die teuerste Maschine im ganzen Laden.
»So, so«, sagte der Verkäufer und musterte ihn von oben bis unten.
»Sie interessieren sich also für unsere Harley. Ist ein gutes Stück«, sagte er und grinste über den Lenker hinweg zu Gadson herüber.
»Klar ist das ein gutes Stück. Ich verstehe doch was von den Dingern«, log Gadson.
»Eine verdammt heiße Maschine und noch dazu ziemlich teuer. Soll es nichts Billigeres für Sie sein? Ich hätte hinten im Schuppen ein echtes Sammlerstück.«
Er griff in seine Hosentasche und zückte ein Stück Kautabak, das er in den Mund schob. Gadson hatte schnell begriffen, daß sich der Mann über ihn lustig zu machen begann. Er beschloß, ihm eine kleine Lektion zu erteilen.
»Ihr vergammeltes Sammlerstück interessiert mich nicht

im geringsten«, sagte er hochnäsig, griff in die Gesäßtasche und zog ein dickes Bündel mit Hundertdollarscheinen hervor. Dabei war das nicht einmal sein ganzes Geld, sondern nur ein Teil der Gage. Die Augen des Verkäufers weiteten sich.
»Jetzt hören Sie einmal genau zu. Wenn Sie wollen, daß ich bei Ihnen eine Klapperkiste kaufe, dann setzen Sie sich da hinten auf den Stuhl und halten den Mund. Ich möchte nämlich von Ihrem Assistenten bedient werden, haben Sie mich verstanden?«
Für einen Moment war es ganz still. Der dicke Mann, dessen Schweißperlen jetzt noch stärker hervorquollen, stand mit offenem Mund vor seinem Laden. Dann spuckte er den Kautabak auf den Boden und sah Gadson mit einem verächtlichen Blick an. Der schwarze Junge war vorsichtig zur Eingangstür geschlichen und musterte die beiden Männer. Als sich der Verkäufer umdrehte und den Jungen erblickte, wurde er sich seiner Demütigung bewußt.
»Sehen Sie, ich habe mehr Geld, als Sie sich vorstellen können, und wenn Sie sich nicht sofort verziehen, dann sehen Sie keinen einzigen Dollar davon«, sagte Gadson, während er ihm die Scheine vor die Nase hielt.
Der Verkäufer blieb wie angewurzelt stehen und starrte auf das Geldbündel. Für einen kurzen Moment senkte er seinen Kopf, dann stürmte er in seinen Laden, an dem Jungen vorbei, der es nicht gewagt hatte, ihn anzusehen. Der Junge nahm eine leicht gebückte Stellung ein, vielleicht, weil er den Groll des Verkäufers förmlich in seinem Rücken spüren konnte. Gadson steckte sein Geld wieder ein und stieg die Stufen zu dem Geschäft hinauf.
»Willst du mich nicht bedienen, mein Junge?«
Zum ersten Mal wagte der Junge, Gadson für einen kurzen Moment anzusehen. Gadson ging wieder vor den Laden, und der Junge folgte ihm. Langsam und schweigend schritten sie die Motorräder vor dem Laden ab und blieben schließlich wieder vor dem teuersten Stück stehen.

»Was meinst du, mein Junge? Wie heißt du eigentlich?«
»Moses, Sir.«
»Ich bin George Earl Gadson jr. aus Kansas, aber alle nennen mich George Earl.«
»Sehr erfreut, Sir.«
»Hör mal Moses, was hältst du von dem Ding da? Ist sie das Geld wert?«
Der Junge wußte nicht, was er sagen sollte. Obwohl er jede Maschine ganz genau kannte, fürchtete er, mit einer falschen Antwort das ganze Geschäft zu verderben und sich noch größeren Ärger einzuhandeln.
»Ist eine gute Maschine«, sagte er.
»So, so, ist also eine gute Maschine. Ist das alles, was du mir über das Ding sagen kannst? Jetzt hör mir mal gut zu, ich will dem fetten Schwein da drinnen eins auswischen, und ich will von dir nicht hören, ob die Maschine gut oder schlecht ist.«
»Hören Sie, Mister. Ich will keinen Ärger.«
Dann trat er einen Schritt an Gadson heran. Er hob sein zerschlissenes T-Shirt leicht nach oben, Gadson konnte an der linken Hüfte rotblaue Striemen erkennen, die sich wahrscheinlich bis hinauf zum Nacken zogen.
»Er schlägt mich ziemlich oft, und wenn Sie hier Ärger machen, dann kriege ich das zu spüren, verstehen Sie?«
Erstmals sah er Gadson länger als eine Sekunde in die Augen.
»Und wieso haust du nicht ab, Moses? Was hält dich denn hier?«
»Die ist wirklich ein gutes Stück!« sagte der Junge laut, um den Verkäufer im Laden in Sicherheit zu wiegen.
»Abhauen? Sie wissen wohl nicht, wo wir hier sind, Mister. Das hier ist Alabama. Ich habe es schon zweimal versucht und bin immer wieder hier gelandet. Ein schwarzer Junge allein in Alabama unterwegs, das ist verdammt gefährlich. Wenn mich der Clan erwischt, dann knüpfen die mich an den nächsten Baum.«
»Ist 'ne heiße Maschine!« rief Gadson.
Der Junge blickte ihn dankbar an.

»Ich bin zwar nicht schwarz, aber ich bin auch mal abgehauen. Von meinem Alten, damals in Kansas. Er hat mich auch immer verprügelt, der Mistkerl. Wo sind eigentlich deine Eltern?«

»Man hat mich in so einem Körbchen ausgesetzt, und eine alte Frau, die früher hier gelebt hat, hat mich gefunden. Die hat mir auch den Namen gegeben.«

»Und was hast du sonst noch in der Preisklasse zu bieten, mein Junge?!« rief Gadson wieder in Richtung Tür. »Und was ist mit der alten Dame passiert?«

»Sie ist leider vor ein paar Jahren gestorben, und da sich niemand mehr um mich kümmerte, wurde Mr. Mason mein Herr. Ich kann umsonst hinten im Schuppen schlafen, und er gibt mir zu essen. Manchmal rückt er sogar ein paar Cent raus.«

»Und was fährt das Ding so?!« fragte Gadson laut.

»Hast du denn nie darüber nachgedacht, es noch mal zu versuchen? Ich habe es auch erst beim zweiten Mal geschafft, abzuhauen. Bist doch ein kluger Junge, oder? Willst du dich denn dein ganzes Leben lang verprügeln lassen?«

»Wenn man schwarz ist in Alabama, dann kann man nichts dagegen tun«, sagte der Junge. »Ist dann wohl mein Schicksal.«

Mason erschien in der Tür, und ein leichtes Grinsen war in seinem Gesicht zu erkennen.

»Ich nehme dann wohl doch die Harley«, sagte Gadson.

Er blickte übertrieben freundlich zu Mason hinüber.

»Machen Sie schon einmal die Rechnung fertig.«

Dann wandte er sich wieder dem Jungen zu.

»Jetzt hör mir mal gut zu, Moses. Ich will mir Amerika ein bißchen ansehen. Ich will wissen, warum die Dinge so sind, wie sie sind, und wenn dich das auch interessiert, dann solltest du dich entscheiden und mit mir kommen. Ich habe genug Geld für zwei, und das Ding hier hat auch für uns beide Platz.«

Der Junge wich zwei Schritte zurück und machte ein entsetztes Gesicht.

»Ich glaube, Sie haben gar nichts verstanden, Sir. Das hier ist Alabama, und sie werden mich erwischen, wo immer ich auch hingehe. Es wird immer jemanden in diesem Land geben, der etwas gegen mich hat. Ist unser verdammtes Schicksal, und auch eine Harley und viel Geld können es nicht ändern. Jetzt kaufen Sie das verdammte Ding, und hauen Sie ab, solange Sie können. Wenn man uns noch mal zusammen sieht, dann sind auch Sie in Gefahr.«

Bevor Gadson etwas sagen konnte, machte der Junge kehrt und lief in Windeseile davon. Gadson wartete einen Moment, dann ging er ins Innere des Ladens. Triumphierend stand der Verkäufer hinter der Theke und fächerte sich mit einer Zeitung Luft zu.

»Ich sage Ihnen was, Mister. Sind alle gleich, die Nigger. Kannst keinem von denen trauen, glauben Sie mir. Ich habe mein ganzes Leben lang mit denen zu tun gehabt und weiß, wovon ich rede.«

»Hören Sie auf, sonst kauf ich mir woanders eine Maschine. Da haben Sie Ihr Geld.«

»Hier sind die Schlüssel, Mister. Wenn ich Ihnen einen Rat geben darf, dann verlassen Sie die Gegend so bald wie möglich. Ich kenne ein paar Typen hier, die es nicht gern sehen würden, wenn sich hier ein weißer Niggerfreund herumtreibt.«

Gadson war schon beim Ausgang. Er drehte sich noch einmal um.

»Zum Glück sterbt ihr alten Idioten langsam aus, sonst hätte dieses Land keine Zukunft. Auf Wiedersehen.«

Er ging hinaus, schwang sich auf die Maschine und ließ den Motor an. Der Verkäufer war hinter seiner Theke hervorgetreten, um ihn zu beobachten.

»Ich bin noch ein paar Tage in der Gegend, und wenn ich mit dem Ding nicht zufrieden bin, komme ich wieder, und dann werden Sie Ihr blaues Wunder erleben!«

Dann brauste er davon. Es dauerte einige Minuten, bis sich die Staubwolke verzogen hatte. Moses hatte in einiger Entfernung hinter einem Stapel alter Autoreifen ge-

sessen und alles belauscht. Er verhielt sich ganz still, denn er wußte, daß Mason wütend war.
»Wirst schon noch sehen, Niggerfreund. Wir kriegen euch alle«, sagte Mason und rieb sich die Hände, als er wieder in den Laden zurückging.

Der Junge öffnete vorsichtig die Eingangstür des Motels und schlich an der unbesetzten Rezeption vorbei. Im Hintergrund schnarchte der Mann, der die Nachtschicht hatte, seinen Rausch aus. Moses hatte Gadson genau beobachtet, als dieser spätabends zurückgekommen war, er hatte sich das Zimmer gemerkt, in dem das Licht an- und ausgegangen war. Nervös stand er vor der Zimmertür und lauschte gespannt. Nur aus einem Zimmer am anderen Ende des Flurs drang lautes Schnarchen durch die dünne Holztür. Über den schäbigen Spannteppich kroch eine Spinne. Moses trat einen Schritt zurück. Schließlich faßte er sich ein Herz und klopfte. Zunächst war nichts zu hören. Nach etwa einer Minute klopfte er noch mal, diesmal ein wenig lauter. Dann hörte er das Bett hinter der Tür knarren. Im nächsten Moment drangen die Geräusche von Schritten nach draußen. Jemand war zur Tür gegangen und stehengeblieben.
»Wer ist da?«
Der Junge atmete auf.
»Hier ist Moses, Sir, der Junge von heute nachmittag.«
Gadson öffnete die Tür.
»Weißt du eigentlich, wie spät es ist?«
Gadson sah verschlafen aus, sein Haar war zerzaust. Moses blickte links und rechts den Flur hinunter.
»Darf ich reinkommen, Sir? Ich will nicht, daß uns hier draußen jemand sieht.«
»Na, komm schon«, sagte Gadson, zog den Jugen in den Raum und schloß die Tür. Moses ging zum Fenster und spähte zu Masons Bike Shop hinüber. Dann setzte er sich auf den einzigen Stuhl. Gadson setzte sich auf das Bett und tastete nach der Nachttischlampe.
»Kein Licht«, zischte Moses. »Wenn Sie wollen, daß uns

nichts passiert, dann lassen Sie das. In Alabama kann schon das Aufdrehen von Licht tödlich sein, Sir.«

Noch vor dem Morgengrauen schlichen die beiden aus dem Motel zu der Harley auf dem Parkplatz und beluden sie mit ihrem Gepäck. Als Gadson die Maschine starten wollte, hielt Moses ihn davon ab.
»Wenn Sie einverstanden sind, schieben wir das Ding auf der Straße bis hinter die nächste Kurve. Masons Ohren sind ziemlich empfindlich.«
»Ist in Ordnung«, flüsterte Gadson und nickte.
Lautlos schoben sie die schwere Maschine hinaus auf den Highway, der zu dieser Stunde noch kaum befahren war. Moses zog die Kapuze seiner löchrigen dunkelblauen Regenjacke über den Kopf.
Gadson schwang sich auf die Maschine und ließ den Motor an. Das Geräusch erfüllte die feuchte Morgenluft, die Straße schien unter ihren Füßen mitzuvibrieren. Etwas ungläubig stand Moses neben ihm und starrte zurück zu Masons Laden.
»Was ist nun? Kommst du endlich?«
»Ich komme ja schon.«
Dann stieg er auf.
»Bist du bereit, Kleiner?«
Er sah sich nach Moses um. Dann legte er den ersten Gang ein.

Sie verbrachten den ganzen Tag außerhalb von Birmingham in einer menschenleeren Gegend. Am späten Nachmittag fuhren sie weiter. Als sie eine halbe Stunde unterwegs waren, begann die Harley zu stottern und verstummte kurz darauf. Moses sprang hastig vom Rücksitz und half Gadson dabei, die Maschine von der Straße zu schieben. Schließlich ließen sie sich an einer alten, verfallenen Scheune nieder.
»Mason, dieses verdammte Schwein«, sagte Gadson. »Ich habe doch gewußt, daß man von so einem Typen nichts kaufen darf.«

»Laß mich mal sehen«, sagte Moses. »Ist bestimmt nur eine Kleinigkeit. Ich bin sicher, das haben wir gleich.«
»Da bin ich mir nicht so sicher. Mason hat das Ding in der Nacht sicher manipuliert.«
»Hast du eigentlich genug Benzin in der Kiste?« fragte Moses. Er warf einen Blick auf die Nadel der Tankuhr und stellte beruhigt fest, daß der Tank noch über ein Viertel voll war.
»Ich denke, daß ich ein bißchen Werkzeug brauche, um mir das Ding genauer anzusehen. Der Vergaser hat manchmal Probleme gemacht, aber das war kaum der Rede wert. Mach es dir inzwischen da hinten im Feld bequem. Wird eine Weile dauern.«
Er kramte in seiner Tasche nach einem Werkzeugbeutel und machte sich an die Arbeit. Gadson ließ sich an der verfallenen Scheune nieder. Gleich darauf döste er ein.

Als er wieder aufwachte, saß Moses einige Meter von ihm entfernt, mit einer Taschenlampe in der Hand.
»Gut, daß du wach bist. Kannst du mir leuchten?«
Gadson blinzelte verstört.
»Sitzt verdammt tief hinten, das Ding, an das ich ran muß. Ich brauche beide Hände dazu, und es ist verdammt dunkel da drüben.«
»Klar. Ich komm ja schon«, sagte Gadson.
»Glaubst du, daß du das Ding reparieren kannst?«
»Ich denke schon. Ich kenne die Dinger ja auswendig. Wird nur noch eine Weile dauern, und bei der Dunkelheit ist es ganz schön schwierig.«
»Wir haben ja Zeit.«
Gadson starrte zum Himmel hinauf. Der Mond war inzwischen hoch über ihnen aufgestiegen, er erinnerte ihn an eine große Deckenlampe, die er einmal in Jenkins' Haus auf einer Party gesehen hatte.
»Du hast vorhin im Schlaf geredet«, sagte Moses, während er mit den Händen im Motorblock steckte.
»Ich habe noch nie im Schlaf geredet.«
»Und ob. Du hast geplappert wie ein Wasserfall. Hast von

einem Präsidenten erzählt und daß jemand auf ihn schießt. ›Nein, nicht auf mich!‹ hast du geschrien, und dann bist du aufgewacht.«

Seit er *Das Verbrechen des Jahrhunderts* gedreht hatte, erschienen ihm Szenen dieses Films regelmäßig im Traum.

»Sag mal, Moses, kennst du eigentlich unseren Präsidenten?«

»Meinst du Reverend King? Klar kenne ich den. Ist ein feiner Mann.«

»Ich meine doch nicht King. Ich meine Kennedy. Du weißt schon.«

»Ach den meinst du. Klar kenne ich den auch. Er soll eine steile Braut zu Hause haben. Was ist mit ihm?«

»Denkst du, daß man jemanden wie ihn abknallen könnte, einfach so auf der Straße?«

»Nein, das kann ich mir nicht vorstellen. Der wird doch sicher gut bewacht.«

»Denke ich auch, Moses. Aber noch vor ein paar Wochen war ich der Präsident, und die haben mich abgeknallt. Und jetzt werde ich das komische Gefühl nicht mehr los.«

»Verstehe ich nicht. Wieso sitzt du denn hier, wenn man dich abgeknallt hat?«

»Weißt du, was ein Schauspieler ist?«

»Na klar, weiß ich … nein, eigentlich nicht. Was macht so ein Typ eigentlich?«

»Hast du schon einmal was von Kino gehört? Bist du schon mal in einem gewesen?«

»Nein, noch nicht. Ich bin einmal an einem vorbeigegangen, aber ich hatte nie genug Geld, um reinzugehen. Außerdem hätte ich nicht gewußt, was ich da drinnen soll.«

»Ein Schauspieler macht Filme, die dann im Kino laufen. Das heißt, du hast eine große weiße Wand vor dir und siehst eine Menge Bilder flimmern.«

»Du meinst, da sind Typen vor der Wand, die mir was vorspielen?«

»So ähnlich. Bloß daß da keine Typen sind, sondern die Typen sind auf einem Film, und den Film spult ein Projektor ab, verstehst du?«

»Da sind also keine Typen, sondern nur eine Maschine, meinst du?«
»Ja genau. Ich glaube, du hast es kapiert.«
»Und der Schauspieler ist der Typ, der den Projektor bedient? Und so einer bist du früher gewesen. Echt stark.«
»Du hast mich nicht ganz verstanden«, lachte Gadson.
»Was habe ich denn nicht verstanden?«
»Der Schauspieler ist nicht der Typ, der den Projektor bedient, sondern der, der im Film mitspielt. Der Typ auf der Leinwand, verstehst du?«
»Und so ein Typ warst du?«
»Ich kann es dir beweisen.«
Gadson trat ein paar Schritte vor, imitierte einen Schuß, fiel dann seitlich mit verzerrtem Gesicht in den Staub. Moses sprang erschrocken auf und stürzte zu Gadson hinüber. Er schüttelte kräftig an seinem Oberkörper.
»Mach keinen Quatsch, Mann!« rief Moses hektisch.
Gadson wartete noch ein paar Sekunden, dann öffnete er mit einem hämischen Grinsen die Augen.
»Na, was sagst du jetzt?«
»Du bist verrückt. Völlig verrückt. Ich habe mir vor Schreck fast in die Hose gemacht. Mach so etwas nicht noch mal!«
»Jetzt reg dich mal wieder ab. Ich wollte dir doch nur zeigen, was ein Schauspieler so tut. Und dafür kriegt man auch noch Geld.«
»Man kriegt auch noch Geld dafür?«
»Sogar verdammt viel Geld.«
»Ist eine verrückte Welt«, sagte Moses.

Das immer schwächer werdende Licht der Taschenlampe machte die Reparatur der Maschine in dieser Nacht unmöglich. Moses wurde immer müder und konnte seine Augen kaum noch offenhalten.
»Willst du eigentlich heute noch weiterfahren?« fragte er.
»Nein. Heute geht wohl nichts mehr. Bin dafür, schlafen

zugehen. Die Scheune da drüben sieht bequem aus«, sagte Gadson.
»Wenn du noch fahren willst, dann mache ich das Ding fertig. Es kann aber noch eine Weile dauern, und ich bin nicht sicher, ob unsere Kerze noch so lange brennt.«
Die Taschenlampe leuchtete immer schwächer.
»Gibt nicht mehr viel her, das Ding, was?« fragte Gadson skeptisch.
Er schüttelte die Taschenlampe.
»Vielleicht sollten wir die Harley hinter die Scheune schieben und mit dem restlichen Licht die Bude nach Spinnen und Schlangen absuchen. Ich habe eine panische Angst vor den Viechern«, sagte Moses.
»Ja, es soll ein paar verdammt dicke Copperheads hier unten geben, wie bei uns drüben in Kansas. Aber die Dinger klappern wenigstens, bevor sie zuschnappen.«
Gadson war als Kind von einer ungiftigen Sandnatter gebissen worden. Später hatte er Klapperschlangen mit der bloßen Hand gefangen und hatte daher keine Angst vor ihnen.
Sie schoben die Harley hinter die Scheune und begaben sich ins Innere der Bretterbude. Gadson suchte den Boden ab, bis er schließlich Entwarnung geben konnte.
»Du kannst reinkommen! Keine Schlange hier drinnen. Ich habe alles ganz genau abgesucht.«
»Bist du auch ganz sicher? Ich habe keine Lust, tot wieder aufzuwachen.«
»Ich bin ganz sicher. Versuch ein wenig zu schlafen.«
»Wenn es hell wird, mache ich mich gleich an die Harley. Mehr als eine halbe Stunde werde ich nicht mehr dafür brauchen.«
»Das klingt gut. Ich würde gerne morgen bis New Orleans fahren und den Golf von Mexiko sehen.«
Gadson versuchte, sich mit einer Handvoll Stroh das Gesicht sauberzureiben.
»Mexiko soll jedenfalls ziemlich schön sein«, sagte Moses.
Er raschelte mit seinen Füßen im Stroh.

»Ja, das habe ich auch schon gehört«, sagte Gadson und rieb sich weiter mit dem Stroh das Gesicht.
Plötzlich knipste Moses die Taschenlampe wieder an und beleuchtete Gadsons Kopf. Etwas verdutzt hörte er auf, an seiner Stirn zu reiben.
»Du siehst aus wie ein Niggerboy aus Alabama. Steht dir irgendwie gut«, sagte Moses und lachte laut.
»Ach, ist doch alles gleich«, sagte Gadson, warf das Stroh zu Boden und setzte sich.
»Denkst du. Nichts ist gleich, wenn man schwarz ist.«
»Vielleicht hast du recht. Vielleicht hast du recht, und nichts ist gleich. Aber es wird eine Zeit kommen, in der alles gleich sein wird. Es gibt ein paar Leute, denen es nicht egal ist.«
»Ja, Reverend King zum Beispiel.«
»King ist in Ordnung«, sagte Gadson. »Aber unsere Hoffnung ist Kennedy.«
»Wieso soll sich ein weißer Kerl für einen Nigger den Arsch aufreißen?«
»Wegen der Gerechtigkeit. Eines Tages wird das Gute siegen.«
»Und was, wenn nicht?«
»Du wirst sehen. Und wir haben die Zeit und das bißchen Geld, um uns ein bißchen umzusehen. Und wenn das Geld alle ist, suchen wir uns einen neuen Job oder hauen ab nach Mexiko.«
»Ich hoffe, der Reverend und euer Kennedy schaffen es wirklich.«
»Wir sollten jetzt ein bißchen schlafen. Wir haben viel vor morgen.«
»Ja. Gute Nacht«, flüsterte Moses und drehte sich um.
»Gute Nacht«, sagte Gadson.
»Hey, Mister Gadson«, flüsterte Moses.
»Was denn noch?«
»Deine erste Nacht als Nigger.«
»Schlaf jetzt«, sagte Gadson und kniff die Augen fest zusammen.

Dunkelheit und Stille. Dann ein grelles Licht. Geblendet. Eine beklemmende Lähmung. Dann ein Schlag gegen den Kopf. Und noch einer.
Dann Dunkelheit.

13

Kalt und grau lag der November 1963 über Stapelton, Massachusetts. Ich weiß noch, daß mir seine Tage endlos vorkamen. Die Menschen werden mit der Zeit sehr vergeßlich, doch die meisten erinnern sich doch an ihren Geburtstag oder an die Geburtstage ihrer Kinder, an ihre Hochzeitstage oder die Todestage ihrer Eltern. Jene Menschen, die den 22. November 1963 bewußt miterlebt haben, vergessen nie, wo sie sich gerade befanden, als in Dallas die Schüsse fielen.
Jeder erinnert sich an die, mit denen man gerade beim Pokern war, oder an den Partner, mit dem man gerade das Bett teilte. Niemals vergißt man das Gesicht des Taxifahrers, das ebenso fahl wurde wie das eigene.
Zwei Monate zuvor war ich siebzehn geworden. Ich hatte von meiner Mutter zum Geburtstag einen ledernen Basketball bekommen. Mein Gesicht hatte gerade eine Pickelattacke überstanden, und ich hatte über den Sommer erstaunliche acht Pfund abgenommen. Meine Mutter hielt den Laden aus irgendeinem Grund an diesem Nachmittag geschlossen, sie war drüben bei Mrs. Tompkins, um mit ihr den Nachmittag zu verbringen. Nolan war unterwegs. Also blieb mir nichts weiter übrig, als mich wieder mal mit mir selbst zu beschäftigen und die Zeit totzuschlagen. Ich schnappte meinen Basketball und beschloß, Mr. Miller zu besuchen. Damals hielt ich mich oft an der Tankstelle auf, denn Mr. Miller hatte an der Hinterseite seiner Bude einen Korb montiert. Manchmal spielte ich dort mit ein paar anderen Jungs aus der Gegend. Auch wenn die Typen jünger waren als ich, kannten wir uns alle aus der Schule.

An diesem Tag war ich an der Tankstelle allein, ich übte Freiwürfe und Korbleger aus dem Lauf. Von Zeit zu Zeit kam Miller aus seiner Bude heraus. Er sah mir ein paar Würfe lang zu, ohne etwas zu sagen. Manchmal, wenn es regnete und ich bei ihm im Trockenen saß, erzählte er mir von einem Spiel, das er einmal im Garden in Boston zwischen den Celtics und New York gesehen hatte. Dann erinnerte er sich an die tolle Stimmung, die in der Halle herrschte, daran, wie stolz er auf seine Jungs (natürlich die Celtics) war, weil sie mit New York Katz und Maus gespielt hatten. Wenn er so mit funkelnden Augen erzählte, hörte ich ihm gerne zu, denn er war ein guter Erzähler. Auch wenn vielleicht nicht alles der Wahrheit entsprach, wurde mir doch nie langweilig beim Zuhören. In Stapelton, Massachusetts, gab es nicht viele Geschichten zu erzählen, schon gar keine neuen.
Mr. Miller hatte das Radio laut aufgedreht, so laut, daß man es bestimmt noch auf der anderen Straßenseite hören konnte. Ich weiß noch genau, daß eine Jazz-Nummer lief. Ich konzentrierte mich gerade auf einen neuen Freiwurf, als die Musik jäh unterbrochen wurde und eine sehr aufgeregte Stimme zu hören war.
»Wir unterbrechen das Programm für eine wichtige Durchsage«, sagte die Stimme und stockte für einen Moment. »Wie wir soeben erfahren haben, wurde auf Präsident Kennedy in Texas geschossen. Auf die Wagenkolonne des Präsidenten wurden in der Innenstadt von Dallas vor etwa fünfundzwanzig Minuten Schüsse abgegeben. Der Präsident und Gouveneur Conelly wurden verletzt in ein Krankenhaus in Dallas eingeliefert. Über den Zustand der beiden ist im Moment nichts Näheres bekannt. Wir werden Sie sofort informieren, wenn es Neuigkeiten aus Dallas gibt.«
Ich hielt den Ball in der Hand. Mr. Miller war aus seiner Bude herausgekommen. Er sah mich wie ein Wesen von einem anderen Stern an. Im gleichen Moment fuhr ein Wagen in die Tankstelle ein. Es war ein grüner Chevy mit einem Kennzeichen aus Rhode Island. Die Nummer war

ONG 263, ich habe sie bis heute nicht vergessen. Der Fahrer, ein Mann um die Fünfzig, sicher über eins achtzig groß, schlank, hatte blondes Haar und ein glattrasiertes Gesicht. Er schien in Eile zu sein, zumindest schloß ich das aus der Art, wie er von der Hauptstraße abgebogen war. Obwohl er hastig ausstieg und auf mich und Mr. Miller zulief, kam mir alles wie in Zeitlupe vor.

»Habt ihr das gehört, Leute? Sie haben auf Kennedy geschossen«, sagte er mit etwas näselnder Stimme.

»Kommt mit rein«, sagte Mr. Miller.

Der Mann beachtete sein Auto nicht weiter und folgte mir und Mr. Miller ins Innere der Tankstellenbude. Die Männer hockten sich auf die beiden klapprigen Stühle. Wir starrten alle gebannt auf das Radio.

Dann meldete sich der Sprecher wieder und berichtete weitere Einzelheiten von dem Attentat. Wir lauschten seinen Worten, keiner von uns wagte es, etwas zu sagen. Plötzlich klingelte Millers Telefon. Er hob blitzschnell den Hörer ab, eine Schnelligkeit, die ich niemals wieder bei ihm gesehen habe.

»Ja, ich habe es gehört, Larry. Ja, in Dallas. Die verdammten Cowboys haben ihn auf dem Gewissen. Warte, Larry, es kommt gerade eine neue Meldung rein, ich melde mich später.«

Er legte den Hörer auf.

»Wie wir soeben aus Dallas erfahren haben, soll der Präsident in den Kopf getroffen und schwer verletzt worden sein. Sein Zustand ist äußerst ungewiß«, sagte der Sprecher.

Dann kam der Nachsatz, der mich heute noch manchmal verfolgt: »Bitte sprechen Sie ein Gebet für unseren Präsidenten, wo immer Sie sich jetzt gerade befinden.«

Ich umklammerte meinen Basketball und sah die beiden Männer an. Ich fühlte mich hilflos und erwartete von ihnen eine Reaktion. Mr. Miller hatte Tränen in den Augen. Er stützte seinen Kopf auf seine Arme, die er auf den Tisch aufgesetzt hatte. Der fremde Mann hielt die Hände ver-

schränkt und ließ das Radio keine Sekunde aus den Augen.
»Er hätte nicht da runter fahren sollen. Das hätte er nicht tun sollen«, seufzte er nach einer Weile.
Ein paar Leute aus dem Ort kamen von der anderen Straßenseite zu uns herüber, Gesichter, die ich kannte, die aber vorher nie eine Bedeutung für mich gehabt hatten. Trotzdem prägten sie sich in diesen Minuten für immer ein. Es hielten auch noch zwei weitere Autos an, was an sich schon einer mittleren Sensation gleichkam, denn mehr als zwei Wagen standen nie vor der Tankstelle.
Ich erinnere mich, daß ich mich nach jemandem sehnte, an dem ich mich hätte festhalten können. Ich sehnte mich nach meiner Mutter, auch nach Mrs. Tompkins und ganz stark nach meinem Vater. Nie wieder habe ich ihn so vermißt wie in diesem Augenblick. Nolan war irgendwo da draußen und bekam von der ganzen Sache nichts mit, aber wahrscheinlich hätte er sich auch nicht weiter dafür interessiert.
So standen wir also zusammen, dicht gedrängt, ratlos. Manche murmelten sich etwas zu, aber die meisten schienen zu keiner Reaktion fähig. Irgendwann kam dann die Meldung vom Tod des Präsidenten.
»Ich muß nach New York«, sagte der Mann mit dem grünen Chevy apathisch, stieß die Leute in der Tür leicht zur Seite und lief zu seinem Wagen.
Ich nutzte die Gelegenheit und folgte ihm. Als ich neben seinem Wagen stand, atmete ich tief durch, öffnete die Beifahrertür und nahm meinen ganzen Mut zusammen.
»Können Sie mich bis zu dem Kino da vorne mitnehmen?«
Da der Mann mich nicht weiter beachtete, sprang ich einfach in den Wagen und warf die Tür zu. Am Rückspiegel baumelte ein Christophorus an einer langen Silberkette. Der Mann startete den Motor und fuhr hinaus auf die Main Street. Viel zu schnell raste er die zweihundert Meter zum Star Cinema hinauf und hielt mit quietschenden Reifen.

»Bist du von hier?« fragte er abfällig, als ich ausstieg.
»Besser als aus Dallas«, sagte ich.
Er sah mich noch einmal an. Dann gab er Gas und fuhr in Richtung Süden davon.

Eigentlich hätte die Neuigkeit aus mir heraussprudeln sollen, aber ich schlich mich wie ein Dieb durch die Eingangstür des Kinos. Ich vermutete meine Mutter und Mrs. Tompkins im Arbeitszimmer bei einer Tasse Tee, und ich wußte, daß das einzige Radio des Hauses im Schlafzimmer von Mrs. Tompkins stand.
Vorsichtig ging ich über den Flur auf Mrs. Tompkins' Büro zu und ließ die Türklinke nicht aus den Augen. Über der Tür stand auf einer Messingtafel das Wort ›Büro‹ in roten Lettern. Ich hatte Mutter und Mrs. Tompkins selten bei ihren nachmittäglichen Sitzungen gestört und eigentlich nie nach dem Grund ihrer Verschwiegenheit gefragt. Sie verstanden sich gut, das wußte jeder hier im Ort. Sonst gab es darüber eigentlich nichts zu erzählen. Aber wenn jemand den Präsidenten auf offener Straße erschießt, dann hatte ich doch einen triftigen Grund, die beiden zu unterbrechen.
Trotz angestrengten Hörens vernahm ich keinen Laut aus Mrs. Tompkins' Büro. Nach einigen Sekunden war ich mir ziemlich sicher, daß sich die beiden nicht in dem Raum befanden. Trotzdem drehte ich vorsichtig an der Klinke und öffnete die Tür. Der Raum war leer, wie ich es vermutet hatte. Auf einem kleinen Beistelltischchen standen zwei Tassen Tee. Die rote Strickjacke meiner Mutter hing über einem Sessel. Ein Fenster war geöffnet. Erst als ich die Tür hinter mir wieder schließen wollte, fiel mir etwas auf, das meine Bewegung stocken ließ. An der Wand, an der das große Porträt von Mr. Tompkins hing, bemerkte ich ein großes, weißes Tuch. Ich kannte dieses Tuch, es war das Tischtuch des kleinen Beistelltischchens, auf dem der Tee dampfte. Kopfschüttelnd schloß ich die Tür hinter mir. An diesem Tag konnte mich nichts mehr erschüttern.

Wie von magischen Kräften angezogen, ging ich den Gang entlang und steuerte auf die Veranda zu. Ich steckte meinen Kopf durch die leicht geöffnete Tür. Niemals vorher war mir der Garten der Tompkins' schöner vorgekommen als an diesem 22. November. Das farbenfrohe Bild aus Blättern nahm mich für einen Moment gefangen. Die Verglasung der Veranda war längst aufgezogen worden. Ich ging wieder zurück auf den Gang und sah zur Treppe empor. Natürlich hätte ich rufen oder mich durch eine vorgetäuschte Ungeschicktheit bemerkbar machen können, aber die Neugier hatte mich schon einmal in dieses Haus gezogen. Diesmal konnte ich beruhigt die Treppe nehmen. Mein Herz pochte. Ich sah Bilder vor meinen Augen, Präsident Kennedy mit einem Loch im Kopf, aus dem Blut hervorquoll, die Menschen an Millers Tankstelle, einen Mann ohne Gesicht mit einem Gewehr in der Hand. Dann sah ich die Zähne des Mannes, die beim Grinsen widerlich zwischen den Lippen blinkten, dann sah ich Polizisten mit Cowboyhüten, die hektisch herumliefen. Ich sah Kennedys Frau mit einem weißen Kleid, auf dem riesige dunkelrote Blutflecken zu sehen waren.
An der letzten Stufe der Treppe blieb ich stehen und sah mich um. Mir war, als ob ich hinter mir Schritte gehört hätte, aber ich konnte niemanden entdecken. Ich ging den Flur des Obergeschosses entlang, starrte aus dem Fenster hinunter auf die Main Street. Auf der anderen Seite des Flurs lagen Nolans und Mrs. Tompkins' Zimmer. Ich hatte Angst hinüberzugehen, an der Tür von Mrs. Tompkins anzuklopfen und ihr und meiner Mutter die Hiobsbotschaft vom Tod unseres Präsidenten zu übermitteln.
Schließlich faßte ich mir ein Herz. Je näher ich der Tür kam, desto lauter wurden die Stimmen, die ich hinter der Tür hören konnte. Sie klangen fremd und unheimlich. Ein seltsames Stöhnen, eine Art Quietschen war zu hören. Ich hielt mein Ohr an die Tür. Ich hörte zwar kein Radio, doch ich war mir sicher, daß die beiden alles über Kennedy gehört hatten und wahrscheinlich aus Schmerz das Radio wieder abgestellt hatten.

Als ich nach der Türklinke tastete, legte mir Nolan seine Hand auf meine Lippen. Erschrocken starrte ich ihn mit großen Augen an. Mit dem Zeigefinger gab mir Nolan zu verstehen, daß ich mich still verhalten sollte. Dann nahm er mich bei der Hand, genauso, wie man ein kleines Kind über die Straße führt, und stieg mit mir die Treppe hinunter. Wir gingen den unteren Flur entlang und über die Veranda ins Freie. Nolan sah mich ernst an.

»Du solltest mit mir hinauf in mein Zimmer steigen«, sagte er und deutete mit einer Hand nach oben. »Mittlerweile weißt du ja, wie das geht.«

Ich war verwundert. Denn er hatte seit einigen Monaten zum ersten Mal wieder etwas zu mir gesagt, das nicht aus dem dämlichen Film stammte. Trotzdem gab ich mich nicht so einfach zufrieden.

»Wieso sollte ich das tun? Ich habe was viel Wichtigeres zu erledigen«, sagte ich.

Nolan lächelte einfach nur. Ein Lächeln, das mich in den Wahnsinn treiben konnte.

»Du wolltest doch sehen, was unsere Alten so treiben. Das kannst du von meinem Zimmer aus gut sehen, Eddie. Besser als von anderswo.«

»Ich bin nicht zum Scherzen aufgelegt, Nolan«, sagte ich ernst. »Es ist nämlich was verdammt Schreckliches passiert, verstehst du? Jemand hat Kennedy in Texas erschossen, mitten auf der Straße. Jemand hat unseren Präsidenten erschossen, hörst du?«

Nolan hörte mich genau, aber er lächelte immer noch. Er zog blitzschnell seine herunterbaumelnden Hände in die Höhe und imitierte einen Westernhelden beim Abfeuern seiner Pistolen. Dann steckte er seine imaginären Colts wieder ein und deutete erneut auf das Fenster seines Zimmers.

»Das ist sicher eine Neuigkeit, die unsere Mütter interessiert«, sagte er emotionslos und zuckte leicht mit den Schultern.

Er ging an mir vorbei und war mit drei eleganten Schritten, die ich ihm gar nicht zugetraut hätte, am Sims seines

Fensters angelangt. Er zog sich daran hoch und drehte sich dann zu mir um.
»Es war sicher ein Cowboy, der Kennedy abgeknallt hat.«
Er grinste unverschämt.
Wütender als zuvor erklomm ich das Vordach über die Veranda und stieg zu Nolan hinauf.
»Wieso steigen wir eigentlich durch das Fenster ein? Wir könnten die Tür benützen wie jeder andere normale Mensch auch.«
»Laß dich überraschen«, sagte Nolan. »Ab jetzt keinen Laut mehr.«

Nolans Zimmer sah genauso aus wie beim letzten Mal. Mit dem einzigen Unterschied, daß auf der Wand neben seinem Bett ein Foto von Gadson hing, das ich bis jetzt noch nie gesehen hatte. Nolan steuerte auf sein Bett zu und kniete sich darauf. Er krümmte seinen rechten Zeigefinger und gab mir zu verstehen, daß ich mich neben ihn knien sollte. Ich tat, was er von mir verlangte. Als das Bett kaum merklich knarrte, sah er mich mit seinen kleinen Augen böse an, und mir wurde klar, daß jedes weitere Geräusch die ganze Aktion gefährden würde.
So knieten wir einige Zeit regungslos auf seinem Bett und starrten das Bild des Schauspielers an. Erst bei näherer Betrachtung fiel mir auf, daß das Bild beschädigt war, und zwar genau an jener Stelle, an der Gadsons Reißverschluß zu sehen war. Plötzlich fuhr Nolan mit dem Zeigefinger auf das Loch im Bild zu und drückte gleichzeitig meinen Kopf an die Wand.
Ich tauchte ein in eine andere Welt. Ich sah plötzlich Arme und Beine, ineinander verwickelt und splitternackt. Ich sah die nackte Scham meiner Mutter und die mir wohlbekannte Scham von Mrs. Tompkins. Ich sah die Küsse meiner Mutter auf Mrs. Tompkins' nacktem Körper. Ich sah Hände, die sich an allen Stellen des anderen Körpers rieben, ich sah lusterfüllte Gesichter, keine Spur von Trauer. Was ich sah, wollte ich nicht glauben. Meine Mutter wirkte glücklicher, als ich sie je zuvor in meinem Le-

ben gesehen hatte, aber Mrs. Tompkins schien das ganze Spiel akribisch zu überwachen. Sie zeigte erstaunlich wenig Gefühl. Ich würde sogar sagen, daß meine Mutter von Mrs. Tompkins beherrscht wurde.
Bevor ich die beiden länger beobachten konnte, zog mich Nolan an der Schulter zurück. Verdutzt sah ich zu ihm auf. Nolan richtete das Foto wieder an seinem Platz ein. Dann kam sein Gesicht näher, bis ich seinen Atem an meinem Ohr spürte.
»Ich glaube, jetzt haben die zwei genug Spaß gehabt«, flüsterte er. Er drückte mit gewisser Anteilnahme meine Hand.
Er stand behutsam auf und ergriff den Baseball, der auf seinem Tisch lag, ich glaube, daß es sich um einen der Bälle handelte, die er bei irgendeiner Gelegenheit aus meinem Zimmer entwendet hatte. Dann streckte er seine Hand aus und musterte mich von oben bis unten. Mit einem lauten, dumpfen Knall schlug der Ball auf dem Boden auf und kullerte danach in eine Ecke des Zimmers. Kurz darauf waren hektische Geräusche aus Mrs. Tompkins' Zimmer zu hören. Nolan setzte sich zu mir auf das Bett. Er fuhr mit verschmitztem Gesichtsausdruck durch sein zerwühltes Haar. Schließlich hörten wir, wie die Tür des Nebenzimmers geöffnet wurde und jemand auf den Flur hinaustrat.
»Nolan, mein Junge, bist du schon wieder zurück?!« fragte Mrs. Tompkins' Stimme.
Nolan lächelte und stieß mich mit dem Arm in die Seite.
»Vorbei der Spaß, meine Turteltäubchen«, flüsterte er und zwinkerte mir zu.
Mrs. Tompkins klopfte an der Tür.
»Nolan, mein Junge, bist du da drinnen?!«
»Ja, Mum, ja doch! Mach doch nicht so einen Krach!« sagte er mit gespielter Langeweile.
»Ich habe dich gar nicht kommen hören! Außerdem hast du doch den Krach gemacht! Ist alles in Ordnung bei dir, mein Junge?!«
»Ja, klar, bei mir ist alles in Ordnung! Aber bei Mister

Kennedy ist nichts mehr in Ordnung! Hast du es schon gehört, Mum?!«
»Gehört?! Was soll ich denn gehört haben, mein Junge?! Ist das wieder so eine Verrücktheit aus einem Film?!«
Nolan sprang vom Bett auf und ging zur Tür. Er griff in seine Hosentasche, fuhr mit seinem Finger fast zärtlich über den Schlüssel, der seine Welt für alle Außenstehenden versperrt hielt. Dann steckte er den Schlüssel ins Schloß und drückte seine Stirn gegen die Tür.
»Geh fünf Schritte von meiner Tür weg, Mum, dann kommen Eddie und ich raus! Eddie hat euch etwas Wichtiges zu sagen!«
Er wartete noch einige Sekunden, bevor er aufschloß. Dann machte er eine schnelle Handbewegung, und ich drängte mich dicht hinter ihm aus dem Zimmer. Seine Mutter, die tatsächlich einige Schritte zurückgewichen war, kam uns bereits wieder entgegen. Sie versuchte, einen Blick in Nolans Zimmer zu werfen, doch er kam ihr wieder einmal zuvor und ließ die Tür hinter sich blitzschnell ins Schloß fallen.
Mrs. Tompkins sah perfekt wie immer aus, und nichts deutete darauf hin, was sich noch vor wenigen Minuten in ihrem Bett abgespielt hatte. Sogar ihre Brille saß wieder auf ihrer Nase und verlieh ihr diesen typischen Blick, hinter dem ich nie ein Geheimnis dieser Art vermutet hätte.
»Hallo, mein Junge, hallo Eddie«, sagte sie und versuchte, ihrem Sohn durchs zerzauste Haar zu fahren.
Nolan drehte sich von ihr weg und lehnte sich neben mich an die Wand. Ich nickte Mrs. Tompkins verhalten zu, konnte aber nicht anders, als auf ihre Brüste zu starren, die nun wieder unter ihrem Kleid verborgen waren. Im nächsten Augenblick öffnete sich die Tür ihres Zimmers, und meine Mutter kam tränenüberströmt auf den Flur. Mrs. Tompkins fuhr erschrocken zusammen. Im selben Moment vernahm ich das Radio. Da wußte ich, daß meine Mutter alles über den Tod des Präsidenten gehört hatte.

»Ruth, was ist los?« fragte Mrs. Tompkins, aber meine Mutter schlug nur die Hände vor dem Gesicht zusammen.
»Es ist wegen Präsident Kennedy, Mrs. Tompkins«, sagte ich.
»Was ist mit Kennedy?«
Sie legte ihren Arm um die Schulter meiner Mutter.
»Man hat ihn in Dallas ermordet«, sagte ich.
Ich musterte die beiden Frauen.
»Ermordet? Wer? Und warum?« fragte Mrs. Tompkins verstört.
Ihre Lippen zitterten kaum merklich.
Ich zuckte mit den Schultern. Nolan tat einen Schritt nach vorn und schob sich zwischen mich und unsere Mütter.
»Habt ihr beiden denn da drinnen nicht Radio gehört? Es ist doch schon lange keine Sensation mehr. Ein Cowboy hat Kennedy abgeknallt«, sagte er in aggressivem Ton.
Blitzschnell holte Mrs. Tompkins aus und gab Nolan eine Ohrfeige. Im nächsten Moment legte sie wieder zärtlich ihren Arm um die Schulter meiner Mutter. Nolan wurde rot und stürmte die Treppe hinunter.
»Das wirst du noch bereuen!« schrie er beim Hinunterlaufen.
Wir alle wußten, daß es sich wieder um ein Zitat aus dem Film handelte. Ich rannte Nolan hinterher und hatte kaum zwei Stufen genommen, als mich die Stimme meiner Mutter innehalten ließ.
»Eddie!«
Ich blieb stehen und drehte mich nach ihr um. Ich sah das Gesicht einer Frau, von der ich mich an diesem Nachmittag ein großes Stück entfernt hatte. Die meisten jungen Männer entfernen sich auf irgendeine Art von ihren Müttern, aber wenn ich ehrlich bin, hätte ich lieber eine andere Gelegenheit gewählt. So aber tat ich nichts anderes, als den Blick meiner Mutter für eine Sekunde zu erwidern, um anschließend die Treppe hinunterzustürmen.
»Wir sehen uns dann später!« rief ich im Laufen. Dann machte ich mich auf die Suche nach Nolan.

Nolan war in den Zuschauerraum des Kinos gelaufen und saß auf seinem Stammsitz. Seine Füße waren über die Lehne des Vordersessels gestreckt, und er starrte trotzig auf die kahle Leinwand. Ich ging langsam auf ihn zu. Trotz der Dunkelheit konnte ich den Handabdruck seiner Mutter auf seiner rechten Backe erkennen. Ich setzte mich hinter ihn und legte ihm die Hand auf die Schulter. Nun waren wir endgültig so etwas wie Verbündete, nachdem ich über unsere Mütter Bescheid wußte.
»Wie lange weißt du schon von den beiden?« fragte ich ihn nach einer Weile.
»Damals, als du in mein Zimmer eingestiegen bist, kam mir die Idee. Irgendwie war ich neugierig, was die beiden so im Zimmer neben mir tun, und da kam mir der Einfall mit dem Loch. Außerdem darf ja keiner mein Zimmer betreten.«
Er redete in einem fast belehrenden Ton, als ob ich nicht wüßte, daß sein Zimmer für niemanden außer mir zugänglich war.
»Und was sollen wir jetzt machen?« fragte ich ratlos.
»Vielleicht sollten wir mit den beiden reden?«
Nolan fuhr herum und faßte meinen Arm.
»Das werden wir auf keinen Fall tun, Eddie«, sagte er bestimmt.
»Es ist gut, wenn die beiden ihr Geheimnis haben. Das lenkt sie von unseren Geheimnissen ab und bringt sie nicht auf dumme Gedanken. Solange sie sich vor uns verstecken müssen, können wir tun und lassen, was wir wollen, verstehst du?«
Ich nickte. Aber das Verhältnis zwischen meiner und Nolans Mutter einfach zu ignorieren, konnte ich mir nicht vorstellen. Deshalb war ich nicht ganz sicher, ob Nolan es wirklich ernst meinte, oder ob es sich wieder einmal um eine Szene aus dem Film handelte. Schließlich war es fast unmöglich, einen Unterschied zu erkennen.
»Wie meinst du denn das, Nolan? Meinst du, wir sollen einfach darüber hinwegsehen, daß unsere Mütter gemeinsam im Bett liegen? Meinst du, wir sollen das einfach

ignorieren und so weitermachen wie bisher, oder ist das bloß wieder irgendein blöder Spruch aus deinem Film? Wenn es nämlich einer ist, dann ist er in diesem Fall ziemlich unangebracht«, sagte ich wütend.
Nolan ließ den Kopf hängen. Dann drehte er sich wieder um und sah mich an.
»Wo ist denn da der Unterschied, Eddie? Ist nicht alles wie ein schlechter Film? Unsere Mütter haben was miteinander, na und? Ihre Männer sind lange tot, und nachdem, was ich aus den Erzählungen so weiß, ist es nicht besonders schade um unsere Väter.«
Er schluckte und kämpfte mit den Tränen.
»Auch wenn die beiden nicht viel getaugt haben, hast du kein Recht, so über sie zu reden. Du solltest dich was schämen, Nolan.«
»Ist doch so, daß sie uns im Stich gelassen haben. Sieh doch bloß, was aus uns allen geworden ist ohne sie. Ist doch nicht normal, wie wir leben, oder etwa doch?«
Mir wurde klar, daß Nolan auf seine Art recht hatte. Natürlich erschreckte mich, daß meine Mutter offensichtlich eine andere Frau liebte. Ich hatte noch den größten Teil meines Lebens vor mir, während meine Mutter bereits ein Alter erreicht hatte, in dem man sich nicht mehr so gerne auf die Suche macht. Außerdem war Stapelton ein Ort, in dem es praktisch unmöglich war, neue Bekanntschaften zu schließen. Meine Mutter und Mrs. Tompkins kannten sich jetzt ein halbes Leben lang und wußten, woran sie waren. Nolan und ich fanden zwar nicht gut, was unsere Mütter miteinander taten, aber auf der anderen Seite wollten wir uns auf gar keinen Fall einmischen.
»Ich würde auch nicht wollen, daß jemand sich in meine Angelegenheiten einmischt«, sagte ich zu Nolan.
Er zuckte bloß mit den Schultern.

Wir saßen noch eine Weile in dem Saal und schwiegen. Dann stand ich auf und ging zum Ausgang.
»Eines Tages wirst du die Regengrenze finden, mein Bruder, das verspreche ich dir«, sagte Nolan theatralisch.

Er streckte seine Hand zum Gruß in die Luft.
Ich blieb noch einmal stehen und lachte, aber mir fiel nichts mehr ein, was ich Nolan auf sein blödes Filmzitat hätte erwidern können.
Als ich aus dem Saal kam, stand ein großer Mann vor mir. Für einen Moment dachte ich, daß mir mein Vater erscheinen würde, dort, wo man ihn vor vielen Jahren an mir vorbeigetragen hatte. Nur der Klang der Stimme kam mir fremd vor, dann erkannte ich den Mann schließlich wieder.
»Ist wohl dein Basketball. Mir ist der Sprit ausgegangen«, sagte er.
Makellos weiße Zähne lächelten mich an. In der rechten Hand hielt er die große Kugel, die er mir wie auf dem Präsentierteller entgegenstreckte, in der linken baumelte ein kleiner Kanister. Kein Zweifel, es handelte sich um den Mann mit dem Kennzeichen aus Rhode Island.

14

Als Gadson erwachte, herrschte um ihn herum völlige Dunkelheit. Man hatte ihm einen Leinensack über das Gesicht gestülpt. Sein Kopf schmerzte, seine Hände und Füße waren gefesselt. Undeutlich hörte er fremde Stimmen. Der Sack über seinem Kopf roch nach Stallmist. Dann hörte er ein Motorengeräusch. Und dann ein teuflisches Lachen. Er lag offenbar auf der Ladefläche eines Lastwagens. Er konnte Countrymusik und Verkehrsgeräusche hören. Stimmen mit starkem Südstaatenakzent. Dann hörte er jemanden husten. Und plötzlich war da noch ein anderes Geräusch, kein menschliches, eine Art Hecheln, dann ein Knurren. Eine Kette rasselte.

»Sitz, Georgie! Sitz!« rief eine Stimme laut.

Wieder war das Rasseln der Kette zu hören.

»Braver Georgie, brav. Du kriegst schon noch ein Stück von den Niggern«, sagte die Stimme.

Der Wagen bremste scharf, und der Motor wurde abgedreht. Männer stiegen aus dem Wagen, schlugen die Türen kräftig zu. Nach einigen Sekunden wurde eine hintere Klappe des Wagens geöffnet. Kühle Abendluft drang ins Innere.

»Raus hier, Georgie!« brüllte die Stimme.

»Das muß ja schon schlimm gestunken haben, bei den Niggern da drinnen, was Georgie?« sagte eine andere Stimme und lachte.

»Los, holt sie endlich raus! Die anderen warten schon auf sie!« befahl die erste Stimme streng.

Gleich darauf wurde Gadson ins Freie gestoßen. Er wagte

weder zu sprechen noch sich zu wehren. Dann traf ihn ein Schlag in die Magengrube.
»Los, da rüber! Sind alle da drüben und warten. Wo habt ihr denn so lange gesteckt, Frank?«
»Es hat lange gedauert, bis wir sie gefunden haben. Sind aber zwei verdammte Prachtexemplare.«
»Keine Namen!« rief jemand im Hintergrund.
»Warum denn nicht, Kelly?« rief ein anderer und begann lauthals zu lachen.
»Ist ein schönes Plätzchen für eine kleine Feier, was, Leute?«
Wieder war ein Lachen zu hören. Irgendwo wurden Bierdosen aufgerissen. Im nächsten Augenblick löste jemand Gadsons Fesseln.
Dann wurde er an einen Baustamm gebunden. Wieder rasselten Ketten, aber diesmal war kein Knurren zu hören. Gadson spürte, wie jemand eine dicke Kette um ihn spannte. Die Kettenglieder bohrten sich in seinen Körper. Dann trat Ruhe ein. Das einzige, was man hören konnte, waren Schritte auf dem Grasboden. Die Schritte schienen überall zu sein, hinter ihm, vor ihm, zu beiden Seiten. Gadson war wieder halbwegs zu sich gekommen.
»Hey, Moses, bist du da?« flüsterte er mit zittriger Stimme.
Nichts war zu hören. Außer Schritten auf dem Gras, die nun immer näher kamen.
»Dein Freund ist ganz dicht bei dir«, sagte derjenige, den sie Frank genannt hatten.
Gadson konnte spüren, daß Franks Gesicht keine zehn Zentimeter von dem Leinensack über seinem Kopf entfernt war. Er konnte seinen Atem spüren.
»Laßt uns doch!« rief Moses plötzlich.
»Euer Urteil wird gleich verkündet, Niggerboys. Nur Geduld«, zischte Frank.

Die Schritte entfernten sich wieder. Von hinten kamen neue Schritte auf den Baum zu. Gleich darauf war ein seltsames Geräusch zu hören, als ob eine Whiskeyflasche

entkorkt würde. Dann wieder Schritte, ein Rascheln. Das Rascheln ging in ein Glucksen über. Moses schrie auf. Gadson stieg der Geruch von Spiritus in die Nase.
»Was habt ihr Schweine vor?!« schrie Moses.
Plötzlich wurde ihm mit einem Ruck der Leinensack vom Kopf gerissen.
Er kniff die Augen zusammen. Nachdem er sich an das Licht gewöhnt hatte, erkannte er einen Kreis von Gestalten in weißen Gewändern mit weißen Kapuzen. Fast jeder trug eine Fackel in der Hand. Die beiden Leute, die ihm und Moses die Leinensäcke abgenommen hatten, warteten auf ein Handzeichen von Frank, dann begaben sie sich wieder an ihre Plätze im Kreis.
Frank räusperte sich, dann zog er aus seinem Umhang eine Papierrolle, die er routiniert mit ausgestreckten Armen auseinanderwickelte.
»Im Namen eines weißen und unbefleckten Amerika sind wir heute zusammengekommen, um unserer Idee ein Opfer darzubringen. Unser Land, das Land unserer Väter und Großväter, muß sauber bleiben und duldet keine andere Rasse. Es ist unsere Pflicht, unseren Nachkommen den Unterschied zwischen Gut und Böse, zwischen Weiß und Schwarz vor Augen zu führen, damit sie nicht vom rechten Weg abkommen. So laßt uns dieses Symbol setzen, für uns und für Amerika, und laßt diese Nachricht an die Ohren jener Menschen dringen, die in diesem Land leider noch immer etwas zu sagen haben. Als Zeichen unserer Freiheit und Unbeugsamkeit!«
Er griff nach der brennenden Fackel, die hinter ihm im Gras steckte und verbrannte den Urteilsspruch. Gadson schielte zu Moses hinüber. Die Gestalten hoben ihre Fackeln und rückten einige Schritte näher. Frank setzte sich ebenfalls in Bewegung. Ein paar Meter vor den beiden Gefangenen blieb er stehen und starrte Gadson mit ausdruckslosen Augen an.
»Hey, Frank, du machst einen Fehler! Es ist nämlich nur *ein* Nigger hier!« rief Moses.
Frank schien sich jedoch von seinem Vorhaben nicht

mehr abbringen zu lassen und hielt die Fackel näher zum Boden.
»Was du nicht sagst, Niggerboy. Gleich wirst du schmoren wie ein Spanferkel«, sagte er triumphierend.
»So, dann sieh dir doch das Gesicht von dem hier einmal genauer an! Er hat doch bloß Motorschmiere im Gesicht! Das will ein Nigger sein?! Daß ich nicht lache!« schrie Moses. »Hört ihr, Leute?! Ihr verbrennt einen Weißen! Ihr werdet eine Menge Ärger kriegen!«
Frank hielt inne. Im gleichen Moment löste sich eine der Gestalten aus der Menge und kam auf ihn zu. Nach einem kurzen Wortwechsel steckten sie ihre Fackeln in den Boden und gingen rasch auf Gadson zu. Frank zog ein Tuch unter seinem Gewand hervor und rieb an Gadsons Stirn, bis seine weiße Hautfarbe für alle deutlich sichtbar zum Vorschein kam. Ein Raunen ging durch die Menge.
»Na bitte, was habe ich euch gesagt! Was hab ich dir gesagt!« rief Moses.
Dann ließ er den Kopf wieder hängen. Frank wich einen Schritt zurück.
»Was hat ein Weißer wie du mit einem Nigger zu tun?« fragte er Gadson.
»Er ist ein Freund von mir«, sagte Gadson.
»Habt ihr gehört?!« rief Frank in die Menge. »Er da hat einen Nigger zum Freund! Und er ist auch noch stolz darauf! Das sind die Leute, die in Washington sitzen und Politik für Amerika machen! Das sind die Leute, die unsere Feinde sind!«
»Hör mal, mein Junge«, sagte die andere Gestalt mit beruhigender Stimme zu Gadson. »Vergiß deinen Niggerfreund und schließ dich uns an. Du kannst weit kommen mit uns. Wir opfern nicht gerne einen Weißen, verstehst du?«
»Das könnte euch so passen, ihr Mistkerle! Ihr könnt mich töten, aber nicht meinen Willen! Der Kerl hier ist ein besserer Mensch, als ihr alle es jemals sein werdet!«
»Ich hab es euch doch gesagt!« rief Frank triumphierend.

»Wer sich unserer Bewegung in den Weg stellt, egal ob schwarz oder weiß, macht sich schuldig! Auch er ist schuldig vor unserem Gericht und soll seiner gerechten Strafe nicht entgehen!«
Er nahm den anderen Mann beim Arm.
»Schuldig und stolz!« brüllte Gadson den beiden Männern nach, als sie wieder zu ihren Fackeln zurückgingen. Frank griff wutentbrannt nach zwei Fackeln und warf sie auf die beiden Gefesselten, die sofort Feuer fingen.

Acht Stunden später fand der Sheriff des zuständigen Bezirks aufgrund eines anonymen Anrufs die verkohlten Leichen von zwei jungen Männern. An einem der Bäume, haftete ein Stück Papier: »1963 ist ein gutes Jahr für unsere Bewegung.«
Der Sheriff und seine Gehilfen standen lange vor den beiden Bäumen. Sein Hemd mit dem dicken Sheriffstern war bereits vollkommen durchgeschwitzt. Ständig fuhr er mit der Hand durch die Luft, doch es war unmöglich, die Moskitoschwärme zu vertreiben. Der Sheriff ging in einigem Abstand um die beiden Bäume herum, und während er nur brummend den Kopf schüttelte, kümmerten sich seine Helfer um die Sicherstellung von Beweisstücken.
Irgendwann trat er trotz des Gestanks und der Moskitos näher an die Opfer heran und reckte seinen Kopf zu dem Stück Papier, das ihn zu faszinieren schien.
»Die armen Idioten«, sagte er und spuckte auf den Boden.
»Was wollen die denn damit bezwecken?«

15

Die ersten Wochen des Jahres 1964 kamen mir wie eine Erlösung vor. Seit dem Attentat lag das ganze Land, vor allem Massachusetts, in einer Art Tiefschlaf, aus dem es anscheinend kein Erwachen gab. Obwohl ich mich in letzter Zeit oft mit Fluchtgedanken beschäftigt hatte, wußte ich, daß ich allein nicht mutig genug sein würde, um Stapelton den Rücken zu kehren, und für ein Studium an einer Universität fehlte uns das Geld. Ich hatte mich bereits an den Gedanken gewöhnt, den Laden meiner Mutter eines Tages zu übernehmen.

»Wenn du achtzehn bist, Eddie, dann kriegst du von mir den Laden überschrieben, damit du dir eine eigene Existenz aufbauen kannst. Dein Vater hätte das sicher auch so gewollt«, hatte meine Mutter am Weihnachtsabend zu mir gesagt, doch anstatt mich zu freuen, wurde ich daraufhin nur noch schwermütiger.

»Vielleicht lernst du ja auch bald ein nettes Mädchen kennen, das dir im Laden zur Hand geht. Es wäre doch schön, wenn du mich irgendwann zur Großmutter machst«, bekam ich immer öfter von meiner Mutter zu hören. In solchen Situationen gelang es mir nur mit größter Mühe, Wutausbrüche zu vermeiden und mit gespielter Anteilnahme zu lächeln.

Was dieses Thema betraf, befand ich mich in Stapelton wirklich in einem Sperrgebiet. Die wenigen gleichaltrigen Mädchen in meinem Ort waren uninteressant, ich mied ihre Gesellschaft. Blieb noch Orange, der Ort, an dem ich zur Schule gegangen war. Es war die einzige größere Siedlung in unserer Gegend, und ich fuhr tatsächlich öfters mit dem Bus oder per Anhalter dorthin, weil ich auf der

Suche nach einem Abenteuer war. Manchmal begleitete mich Nolan, aber außer daß er hin und wieder große Augen machte, wenn er ein Mädchen sah, das ihm gefiel, war ihm kaum eine menschliche Regung zu entlocken. Er ging überhaupt nur dann mit, wenn er Lust hatte, Pool-Billard zu spielen. Seit er *Westwind* gesehen hatte, wo eine Szene vorkam, in der Gadson Pool-Billard spielte, war Nolan von diesem Spiel besessen. Ich selbst konnte mit dem Queue kaum umgehen, zog jedesmal den kürzeren, wenn Nolan mich herausforderte.

Wir müssen schon ziemlich komisch ausgesehen haben in ›Sams Poolhalle‹ nahe unserer Schule, umgeben von den vielen Tischen mit ihrem schlechten Filz, eingehüllt in die verrauchte Luft. Nolan trug in letzter Zeit immer einen alten Cowboyhut, den er irgendwo erstanden oder gefunden hatte. Dazu rauchte er seit neuestem filterlose Zigaretten, die fürchterlich stanken. Meistens hielt er die Zigarette im Mundwinkel und sog von Zeit zu Zeit daran, ohne die Finger dabei zu benutzen. Ich muß zugeben, daß er diese Technik bald ausgezeichnet beherrschte, und obwohl ihm der Rauch ziemlich oft in die Augen stieg, konnte man ihm nicht absprechen, daß er irgendwie lässig wirkte.

Ständig in Cowboystiefeln und Jeans, den Queue im Anschlag, fegte er um den Pooltisch, lochte eine Kugel nach der anderen mit großer Sicherheit ein. Dazu gab er in regelmäßigen Abständen hirnrissige Zitate aus *Westwind* von sich und dies so laut, daß uns der Aufpasser in dem Laden einige Male pro Abend zurechtwies, weil Nolan es einfach übertrieben hatte.

Auf diese Art gingen unsere gemeinsamen Abende in Orange über die Bühne.

Was die Mädchen in Orange betraf, war die Lage ziemlich aussichtslos. Ich war wohl nicht das, was man einen Mädchenschwarm nennt, und die interessanten Mädchen waren entweder unerreichbar oder vergeben. Natürlich gab es in Orange immer noch die Schule, es waren auch einige niedliche Mädchen dabei, aber ich sehnte mich bereits mehr nach einer richtigen Frau als nach den kichernden Gören, die sich vor dem Schulgebäude drängten. Manchmal stahl ich mich nachmittags allein davon und fuhr per Anhalter zur Schule, wo ich mich gegenüber dem Haupteingang aufstellte und so tat, als ob ich jemanden abholen würde. Solche Aktionen konnte ich nicht oft und schon gar nicht regelmäßig machen, denn auch Orange war ein vergleichsweise kleiner Ort. Ich weiß noch, daß ich immer enttäuschter zurückkehrte und in dieser Zeit aus Verzweiflung sehr oft Hand an mich legte, um mir wenigstens diese Befriedigung zu verschaffen. Ich ließ mich gehen, wusch mich tagelang nicht, wechselte meine Kleidung nur äußerst selten. Jede Gesellschaft war mir zuwider. Es gab Tage, an denen ich so schlecht gelaunt war, daß mir meine Mutter verbot, mich in den Laden zu stellen und die Leute zu bedienen. Erst viel später kam der Tag, der kommen mußte, der Tag, an dem ich erweckt wurde.

Meine Mutter war wieder einmal drüben bei Mrs. Tompkins, und ich saß, ausnahmsweise frisch gewaschen und gekämmt, an einem späten Aprilmorgen in unserem Laden und starrte durch die schmutzige Fensterscheibe hinaus auf die Straße. Die Eingangstür ging auf, ich erkannte den Mann zuerst gar nicht, obwohl ich ihn schon seit Jahren kannte.

»Hast du eine Flasche Cola für mich, Junge?« fragte er.

»Klar, Mister«, sagte ich gedankenverloren, ohne ihn zu beachten.

Ich stand auf, ging zu der Kühlbox hinter der Kasse, öffnete den Deckel und knallte das eiskalte Getränk lustlos auf die Theke.

»Hey, Vorsicht, mein Junge«, sagte der Mann und wich einen Schritt zurück.

»Du willst mich wohl so erschrecken, daß ich tot umfalle und keine Filme mehr liefere«, sagte er und lächelte.

»Wieso Filme?« fragte ich erstaunt und sah ihn zum ersten Mal an.

Ich erkannte Mr. Malone nicht gleich, denn seit ich ihn das

letzte Mal gesehen hatte, war sein Bart beträchtlich gewachsen und sein Haar dünner geworden. Er sah schlechter aus als zuletzt. Ich versuchte, freundlich zu reagieren.
»Mr. Malone, was für eine Überraschung, Sie mal wiederzusehn«, sagte ich überschwenglich.
»Jeden zweiten Montag, wie gewöhnlich«, sagte er und imitierte mit seinen Händen das Lenkrad seines Lieferwagens, den er tagein tagaus durch die Gegend steuerte.
»Wie geht es denn so, mein Junge?« fragte er und schnippte mir die Münze für das Getränk in hohem Bogen zu.
»Ganz gut, Sir«, log ich, während ich das Geldstück auffing und mit der anderen Hand unsere schwere Kasse öffnete.
»Und Sie, Mr. Malone?«
»Ganz gut, mein Junge, danke der Nachfrage. Ist ein schöner Tag heute, was?«
»Hmm, ja, hmm, ein schöner Tag heute. Sie bringen wohl das schöne Wetter mit, Mr. Malone«, sagte ich und lächelte zum ersten Mal seit Tagen wieder.
»Es war schon die ganze Fahrt hier runter schön. Nur ein paar Meilen weiter westlich hab ich ein Wölkchen gesehen«, flunkerte er und zwinkerte mit einem Auge.
Er trank einen großen Schluck aus der Flasche, die danach fast leer war.
»Ist Mrs. Tompkins da?« fragte er mich, nachdem er zweimal laut aufgestoßen hatte.
»Ich denke schon«, sagte ich und nickte. »Sie ist wohl mit meiner Mutter irgendwo drüben. Besser, Sie rufen im Flur nach ihr.«
Seit dem Tag, an dem ich meine und Nolans Mutter durch das Loch in der Wand beobachtet hatte, hatte ich mir geschworen, jedem Besucher zu empfehlen, nach meiner Mutter und Mrs. Tompkins zu rufen. Allein der Gedanke daran, daß jemand anders außer mir und Nolan die beiden Frauen so zu Gesicht bekam, ließ mich beinahe in Grund und Boden versinken.
»Das werde ich tun«, sagte Mr. Malone.

Er trank den Rest der braunen Flüssigkeit aus und war schon wieder auf dem Weg zur Tür, als er stehenblieb und sich noch einmal umdrehte. Ich stand zwar noch immer auf dem Platz an der Theke, aber ich war mit meinen Gedanken bereits wieder versunken.
»Ob Nolan wohl auch drüben ist?« fragte er und sah mich zweifelnd an.
Etwas in seinem Gesicht sah bedrohlich aus, ich wußte nicht, wie ich diese Miene deuten sollte. Sofort schoß mir in den Kopf, daß er etwas über den Diebstahl der Filmrollen in Erfahrung gebracht hatte.
»Was wollen Sie denn von ihm?« fragte ich und bemühte mich, so gleichgültig wie nur möglich zu wirken.
»Ich habe eine schlechte Nachricht für ihn«, sagte er bedrückt. Er hielt den Kopf ein wenig gesenkt und sah auf den Boden.
»Eine schlechte Nachricht? Was denn für eine schlechte Nachricht?«
»Es ist was passiert, was er nicht gerne hören wird.«
»Ich bin ein guter Freund von Nolan. Wahrscheinlich sogar sein bester«, sagte ich, obwohl ich mir natürlich nicht sicher war, welche Rolle ich in Nolans Leben spielte. Aber Mr. Malone hatte mit seiner Heimlichtuerei meine Neugier geweckt, und nachdem mein Leben sowieso gerade in eine Sackgasse lief, wollte ich unbedingt alles erfahren, was er wußte.
»Ich spreche lieber selbst mit Nolan«, sagte er unerbittlich und mit dem Ernst eines Erwachsenen in der Stimme.
»Wenn ihr so gute Freunde seid, wird er dir nachher sicher alles erzählen«, versuchte er mich zu beruhigen.
»Ja, ja sicher, Mr. Malone. Sicher wird mir Nolan alles erzählen. Aber es könnte doch gut sein, daß Sie etwas wissen, was wirklich wichtig ist. Sie müssen wissen, daß Nolan ziemlich sensibel ist und sehr heftig auf gewisse Dinge reagiert.«
Ich sah Malone, der hellhörig geworden war, mit großen Augen an, doch das schien keinen besonderen Eindruck auf ihn zu machen.

»Weißt du, mein Junge, so schlimm ist es nun auch wieder nicht.«
Er seufzte laut.
»Solche Dinge passieren halt«, sagte er und trat hinaus auf die Main Street.
Da ich meine Chance, etwas zu erfahren, entschwinden sah, beschloß ich, noch einmal nachzusetzen.
»Nolan ist wohl wieder etwas Schlimmes passiert. Der arme Kerl hat aber auch nie Glück«, seufzte ich und blieb erwartungsvoll vor unserem Laden stehen.
Malone wollte über die Straße gehen, als der Schulbus mit Jordan am Steuer die Straße heraufgefahren kam. Die Scheiben blitzten in der Sonne, ich winkte Jordan zu, obwohl ich sein Gesicht nicht sehen konnte.
Nachdem der Bus vorbeigefahren war, überquerte Malone die Straße und ging auf den Eingang des Star Cinema zu.
»Nicht Nolan ist etwas Schlimmes passiert«, rief er im Gehen zu mir herüber, »aber jemandem, den er sehr gerne hatte!«
Dann verschwand er im Kino und ließ mich mit meiner Neugier allein. Ich lief zurück in den Laden und holte meine Schlüssel, sperrte die Vorder- und Hintertür ab – eine Maßnahme, die wir erst ergriffen hatten, als zu Weihnachten erstmals seit dem Tod meines Vaters etwas aus unserem Geschäft entwendet worden war – und eilte, so schnell ich konnte, ins Kino.

Malone stand vor dem Tresen gleich neben der Kasse und trommelte mit den Fingern auf das abgenutzte Klappbrett des Durchgangs. Mrs. Tompkins kam mit meiner Mutter gut gelaunt aus dem Büro. Die beiden begrüßten Malone herzlich.
»Mr. Malone! Wie schön Sie wiederzusehen!« rief Nolans Mutter quer über den Gang.
Sie trug ein Strickkleid und hatte ihre Haare hochgesteckt, irgendwie erinnerte sie mich an ein männliches Wesen. Unter ihrem Ärmel sprießten dunkle Härchen hervor.

Natürlich trug sie ihre Brille, die sich in diesem Moment ziemlich nahe an der Nasenspitze befand und ihr wieder das Aussehen einer strengen Oberlehrerin verlieh, die man gerade bei einer wichtigen Sache gestört hatte.
Meine Mutter folgte ihr auf dem Fuß. Sie kam mir dabei ziemlich dämlich vor. Ich dachte, daß sie von Tag zu Tag schöner wurde, auch wenn sie sich gehenließ und ihr Äußeres vernachlässigte. Sie hatte ihre immer noch perfekte Figur in hautenge Jeans gezwängt und trug dazu einen grünen Pullover mit Rollkragen, der ihre tollen Rundungen noch stärker betonte. Ihr Haar war zerzaust.
Als die beiden Frauen uns gegenüberstanden, mit ihren freudig überraschten Gesichtern, konnte ich nicht anders, als ebenfalls freundlich zu lächeln und ihnen und Malone ins Büro zu folgen. Ich war so weit, daß mir wirklich alles egal war, Hauptsache, ich erfuhr, was die Sache mit Nolan auf sich hatte.
Die Frauen und Malone hatten viel miteinander zu besprechen. Sie erzählten sich alte Geschichten und lachten andauernd. Das Ganze ging mir ziemlich auf die Nerven. Mrs. Tompkins schenkte Malone einen Spezialkaffee mit reichlich Whiskey ein, mit dem Resultat, daß er schon nach dem zweiten Schluck rote Wangen und eine schwere Zunge bekam. Er erzählte von Boston, von den Kinobetreibern auf seiner Tour, die Mrs. Tompkins alle zu kennen schien. Sie sprachen auch über Politik und die Dinge, die sich seit dem November des Vorjahres verändert hatten.
»Drüben in Vietnam spitzt es sich ganz schön zu«, sagte Mr. Malone und erzählte von einer Familie aus seinem Bekanntenkreis, die den einzigen Sohn verloren hatte.
»Unsere Söhne sind Gott sei Dank noch nicht so alt«, sagte meine Mutter.
»Noch nicht, aber die Jungs werden im Sommer beide achtzehn. Ich hoffe, die Army nimmt sie uns nicht weg«, erwiderte Mrs. Tompkins und warf mir einen liebevollen Blick zu.
Ich hatte keine Lust, zur Army zu gehen, am Ende vielleicht nach Vietnam verlegt zu werden. Aber das alles war

so weit weg für mich. Jedenfalls konnte ich mich nicht in einer Uniform vorstellen. Was Nolan betraf, war ich mir gar nicht sicher, ob die US-Army eine Uniformgröße besaß, die ihm paßte. Er war sicher mutiger als ich, aber bestimmt nicht erpicht auf einen Vietnameinsatz. Nolan war zu sehr damit beschäftigt, Gadson nachzueifern und sich jeden Kinofilm, der im Star Cinema lief, anzusehen.

So plätscherte die Unterhaltung zwischen den dreien dahin, nur einmal unterbrochen von einem Telefonanruf für Mrs. Tompkins, den sie mit kurzen Worten beendete. Meine Mutter war offensichtlich so erfreut darüber, sich endlich einmal wieder mit einem anderen Menschen unterhalten zu können, daß sie mich nicht einmal fragte, was ich hier tat und wer drüben auf den Laden achtete.

Malone erzählte auch von anderen Filmen, die gerade in den großen Kinos in New York und Los Angeles angelaufen waren und die, wenn überhaupt, erst in ein paar Monaten ihren Weg ins Stapelton Star Cinema finden würden. Meine Mutter schwärmte von einer Schauspielerin, die sie toll fand und von der sie viel in ihren Illustrierten gelesen hatte. Auch Mrs. Tompkins hatte einen Lieblingsschauspieler, der aber bereits vor einigen Jahren gestorben war.

»Immer, wenn ich an seine Filme denke, besonders an die Szene, in der er zurückkehrt und seine große Liebe leidenschaftlich in die Arme nimmt, dann kommen mir die Tränen«, sagte sie.

Malone erzählte, daß er seit einigen Monaten stolzer Besitzer eines Fernsehers war und nur noch selten ins Kino ging.

»Ich habe die meisten Kinos in der Gegend gesehen und wollte was Neues ausprobieren.«

Es klang fast wie eine Entschuldigung gegenüber Mrs. Tompkins, deren feindliche Einstellung zu Fernsehern bekannt war.

»Sie abtrünniger Schuft«, sagte Mrs. Tompkins scherzhaft und hob drohend den Zeigefinger.

Sie lachten. Malone erzählte von den Vorzügen des neuen Geräts, daß er sich nun alle Baseballspiele zu Hause auf seinem Sofa ansehen konnte und in keine Kneipe mehr gehen mußte.
»Macht doch viel mehr Spaß in einer Kneipe«, sagte Mrs. Tompkins, aber Malone brachte weitere Argumente für den Fernseher vor, die sogar meine Mutter aufhorchen ließen.
»Und bedenken Sie die Informationen, die Ihnen das moderne Fernsehen liefert, meine Damen. Die Nachrichten aus aller Welt berichten von sämtlichen Ereignissen, die von Bedeutung sind und über die man sonst kaum etwas erfahren würde.«
»Man müßte doch nur die Zeitung genauer lesen«, sagte Mrs. Tompkins.
»Dazu bleibt doch keine Zeit mehr. Dem Fernsehen gehört die Zukunft.«
»Und die Informationen über das Weltgeschehen sind besser als früher?« fragte meine Mutter.
»Besser und zuverlässiger. Was das Fernsehen überträgt, ist garantiert wahr«, sagte Malone aus tiefster Überzeugung und räusperte sich. »In diesem Zusammenhang möchte ich Ihnen gerne ein Geschichte erzählen, wenn Sie noch ein bißchen Zeit haben.«
»Haben wir, Mr. Malone. Worum handelt es sich denn?« fragte Mrs. Tompkins und beugte sich über ihren Schreibtisch.
»Ist Nolan auch da?« fragte er.
Nolans Mutter sah zunächst Malone und dann mich fragend an.
»Nolan? Mein Junge?«
»Ja, Nolan. Ich möchte Ihnen eine Geschichte erzählen, die ich im Fernsehen gesehen habe und die ihn sicher interessieren wird.«
»Ich bin mir nicht sicher, ob er zu Hause ist. Eddie, sei doch so gut und klopf einmal oben bei ihm an. Vielleicht ist er ja wirklich da und leistet uns ein bißchen Gesellschaft. Nolan ist nämlich viel beschäftigt.«

Ich stieg die Stufen empor, blieb vor Nolans Zimmertür stehen und lauschte. Kein Ton war zu hören. Schließlich klopfte ich an die Tür.
»Nolan! Ich bin's, Eddie! Du sollst runterkommen! Deine Mutter verlangt nach dir!«
Ich wartete einige Sekunden, aber es drang kein Laut aus seinem Zimmer. So versuchte ich mein Glück noch einmal.
»Nolan, verdammt noch mal! Wenn du da drin bist, dann komm raus! Der alte Malone ist da und will eine interessante Geschichte erzählen! Er glaubt, daß sie auch dir gefallen wird!« sagte ich, während ich mich wieder der Treppe zuwandte.
Ich war schon die ersten Stufen hinuntergegangen, als Nolan die Tür aufmachte und in Unterhosen und mit dem Cowboyhut auf dem Kopf herauskam.
»Malone ist da?« fragte er.
»Ja.«
»Sag, daß ich gleich komme.«
Er verschwand wieder in der Tür.

Fünf Minuten später erschien er in Jeans und in einem sauberen Hemd, eine Tatsache, die einer Sensation gleichkam. Natürlich hatte er seine Cowboystiefel an und trug noch immer den Hut, von dem er sich anscheinend nur trennte, wenn er schlief. Es wurde sofort still, als er den Raum betrat, offenbar handelte es sich dabei um etwas, das er von seiner Mutter geerbt hatte, die auch jede Konversation sofort zum Verstummen brachte. Malone, der mit dem Rücken zur Tür saß, fuhr herum.
»Tag, Mr. Malone. Sie haben Neuigkeiten für mich?«
Er ging, ohne die anderen anzusehen, auf den einzigen freien Sessel zu.
»Schön, daß du kommst, mein Junge«, sagte Malone und versuchte zu lächeln.
»Schießen Sie los, Mr. Malone, denn ich hab noch andere, wichtige Dinge zu tun und Sie sicher auch«, sagte er forsch.

»Nolan, was für einen Ton du gegenüber Mr. Malone anschlägst«, sagte meine Mutter streng.
Sie sah zu Mrs. Tompkins hinüber.
»Lassen Sie den Jungen nur, Mrs. Samson. Ist schon gut«, sagte Malone und lehnte sich in seinem Sessel zurück. »Nolan ist bloß so ungehalten, weil er nicht weiß, was ich ihm zu erzählen habe. Aber er wird sich gleich beruhigen, wenn ich ihm sage, daß ich Neuigkeiten von Gadson habe, an dem er doch sehr interessiert ist.«
Ich beobachtete Nolan. Als Malone den Namen aussprach, verzog er sein Gesicht für einen Augenblick, ehe er gleich danach wieder eine reglose Haltung annahm und seinen Hut ins Gesicht zog.
»Gadson? Wer ist das?« fragte Mrs. Tompkins.
»Niemand von Bedeutung«, sagte Nolan mit der teilnahmslosen Stimme eines Priesters, der gerade dabei ist, einen Toten einzusegnen.
»George Earl Gadson ist irgend so ein Schauspieler, über den Ihr Sohn jede erdenkliche Information sammelt«, sagte Mr. Malone.
»Er ist der größte Schauspieler des ganzen Universums«, zischte Nolan zu ihm hinüber.
Seine Augen funkelten böse.
»Seit drei Jahren schicke ich Nolan jede noch so kleine Zeitungsmeldung über Gadson zu, die ich in die Finger kriege. Nolan ist von dem Mann ziemlich angetan, er möchte einfach alles über ihn wissen – na ja, Sie wissen, wie die Kinder heutzutage sind«, sagte er und zuckte mit den Achseln.
»Verräter! Warum müssen Sie das alles hier erzählen?« schimpfte Nolan und erhob sich von seinem Sessel.
»Stimmt das, was Mr. Malone sagt?« fragte seine Mutter und sah zu Nolan hinüber.
Da er schwieg, wandte sie sich mir zu.
»Stimmt das, was Mr. Malone sagt?«
Sie sah mich mit durchdringendem Blick an.
»Mr. Malone. Das hätten Sie mir vorher aber wirklich sagen können«, sagte ich.

»Wenn Gadson hier wäre, würde er Sie abknallen, und zwar auf der Stelle!« rief Nolan wütend.
»Er knallt niemanden mehr ab«, sagte Mr. Malone ruhig und senkte den Kopf.
Nolan sah ihn verwundert an.
»Was wollen Sie damit sagen?«
»Einen Verräter nennst du mich?«
Er umfaßte die Tasse und holte tief Luft.
»Es war letztes Jahr im Sommer, und es fällt mir immer noch schwer, daran zu denken. Edda, meine kleine Tochter, unser einziges Kind, ist ein aufgewecktes Mädchen. Sie war damals sechzehn. Sie hatte auch genügend Freunde in der Schule, und die Lehrer haben gesagt, daß sie durch ihr Verhalten nicht ungewöhnlich auffiel, und wenn, dann höchstens positiv.«
Er stand auf, um sich ein Taschentuch aus seiner engen Hose zu fischen.
»Edda hatte ständig ein Radio in ihrem Zimmer, so einen kleinen Transistor, den ich ihr das Jahr zuvor zum Geburtstag geschenkt hatte, und die ganze Zeit lief diese schreckliche Musik, Rock n' Roll, Sie wissen schon. Meine Frau sagt immer, das ist keine richtige Musik und macht bloß die jungen Leute verrückt, aber ich hab sie damals beruhigt und dem Mädchen alle Freiheiten gelassen, die sie haben wollte. Schließlich wollten wir immer gute Eltern sein und nie zu streng zu dem Kind. Die Kleine sollte eben selbst draufkommen, was gut und weniger gut für sie ist.«
Er schluchzte.
»Jedenfalls gab es da diesen Sänger, in den unsere Tochter vernarrt war und mit dessen Bildern sie sich ihr Zimmer volltapeziert hatte. Ich werde heute noch wütend, wenn ich an den Kerl denke. Jedenfalls kam letzten Sommer der Tag, an dem der Typ mit seinem Auto tödlich verunglückt ist. Er hat sich irgendwo in Indiana mit seinem Sportwagen um einen Baum gewickelt und sich das Genick gebrochen. Jedenfalls haben sie es im Radio gebracht, und als unsere Kleine davon hörte, hat sie total verrückt

gespielt und sich tagelang in ihrem Zimmer eingesperrt. Wir haben sogar einen Arzt geholt und die Tür aufgebrochen, doch sie hat immer nur geschrien, und schließlich hat ihr der Doktor eine Beruhigungsspritze verpaßt.«
Malone fing plötzlich an zu keuchen. Sein Kopf war rot angelaufen. Er nahm einen Schluck aus der Tasse. Dann lehnte er sich wieder zurück und erzählte weiter.
»Meine Frau und ich hatten Angst, daß die Nachbarn und Eddas Freunde von der ganzen Sache erfahren würden, Sie wissen ja, wie die Leute reden. Jedenfalls haben wir unsere Tochter eine Zeitlang aus dem Verkehr gezogen. Wir dachten, daß sie zu Hause am sichersten aufgehoben wäre. Eines Nachts konnte ich nicht schlafen und ging hinunter zum Kühlschrank, um mir ein Glas Milch zu holen. Als ich wieder in unser Schlafzimmer nach oben ging, sah ich, daß im Badezimmer und im Zimmer meiner Tochter Licht brannte. Ich wollte die Badezimmertür öffnen, doch sie war abgesperrt, und meine Tochter reagierte auf mein Klopfen nicht. In der Zwischenzeit war auch meine Frau aufgewacht, und mit vereinten Kräften gelang es uns, die Tür aufzubrechen. Edda lag auf dem Boden, überall klebte Blut. Sie hatte sich mit der Rasierklinge die Pulsadern aufgeschnitten. Ich schwöre Ihnen, Mrs. Tompkins, den Anblick werde ich nie vergessen. Auf dem Spiegel hatte sie mit ihren blutigen Händen etwas für uns aufgeschrieben: ›Damit ich ihm näher sein kann.‹ Meine Frau behielt die Nerven und rettete Edda so wahrscheinlich das Leben. Sie wurde mit dem Rettungswagen ins Krankenhaus gebracht, und natürlich haben alle Nachbarn mitbekommen, was passiert war. Edda war danach lange im Krankenhaus und anschließend bei einem Arzt in Behandlung. Der Mann ist so ein Psychologe und beschäftigt sich mit solchen Fällen. Er hat mir einmal gesagt, daß sich diese Vorfälle in letzter Zeit ziemlich gehäuft haben. Auch wegen Kennedy und ein paar anderen Leuten, die umgekommen sind. Ist doch irgendwie verrückt, die Welt, oder?«
Er lehnte sich zurück, bleich und älter, als ich ihn je zuvor

gesehen hatte. Meine Mutter hatte, während Malone erzählte, ihre Hände vor Schreck vor ihrem Mund gefaltet. Sie sah bestürzt aus. Mrs. Tompkins hatte feuchte Augen. Nolan hatte sich währenddessen nicht einmal bewegt. Mrs. Tompkins drehte die Bourbonflasche auf und goß Malone und sich selbst noch einen großen Schluck in die Tassen.

»Trinken Sie, Mr. Malone, nur zu.«

Dann nahm sie selbst einen großen Schluck.

»Willst du auch einen?« fragte sie meine Mutter, die jedoch nur den Kopf schüttelte.

»Und was hat das alles mit mir zu tun, Mr. Malone? Ist ja eine nette Geschichte, aber kommen Sie doch endlich zur Sache«, sagte Nolan teilnahmslos.

»Nolan, wie kannst du nur!« rief meine Mutter entsetzt und starrte wieder zu Mrs. Tompkins hinüber.

»Wieso erzählen Sie uns das alles?« fragte ich. »Was hat das alles mit Nolan zu tun?«

»Wir haben doch vorhin vom Fernsehen und seinen Vorteilen gesprochen«, sagte er, nachdem er einen großen Schluck aus seiner Tasse genommen hatte. »Ich habe letzte Woche in den Nachrichten eine Reportage gesehen. Es ging dabei um einen Mord, der im letzten Oktober unten in Alabama verübt wurde. Die Ku-Klux-Klan-Leute hatten zwei junge Männer entführt und im Wald verbrannt. Das FBI hat festgestellt, daß es sich bei dem einen Typen zweifelsfrei um George Earl Gadson handelte. Hat man anhand einer Röntgenaufnahme festgestellt. Jemand hat ihm in den Kopf geschossen und ihn und den zweiten Kerl anschließend verbrannt. Der zweite Kerl war übrigens ein Schwarzer, ein Junge aus Alabama, der offensichtlich mit ihm unterwegs war. Ich bin hier, um Ihnen diese Geschichte zu erzählen, weil ich weiß, daß dieser Gadson Nolan etwas bedeutet hat und ich nicht möchte, daß mit Ihrem Jungen das gleiche passiert wie mit meiner Tochter.«

Unsere Blicke richteten sich auf Nolan, der noch immer wie versteinert in seinem Sessel saß. Er bewegte sich nicht

und sagte keinen Ton. Dann, ich weiß nicht, wie lange es still war, beugte er sich leicht nach vorn und schnippte mit seinem rechten Daumen die Krempe des Huts nach oben. Zum Vorschein kam ein lächelndes Gesicht, das mir einen Schauer über den Rücken jagte.
»Sie sind vollkommen verrückt, Malone«, flüsterte er. »Sie müssen vollkommen verrückt sein, denn Gadson ist unsterblich.«
Er sprang auf und warf den Sessel mit einem lauten Krachen zur Seite.
»Ich höre mir Ihren Unsinn nicht länger an!« brüllte er so laut, daß man ihn auf der Straße hätte hören können. »Ich weiß von Ihnen, daß Gadson vorhatte, einen neuen Film zu drehen. Und zwar in Kalifornien. Ich weiß, daß er mit dem Film groß rauskommen wollte. Sie selbst haben es mir geschrieben, Malone!«
Nolan hatte einen hochroten Kopf.
»Du hast recht, du hast ja so recht«, sagte Malone verlegen. »Das stimmt auch alles, was ich dir geschrieben habe.«
Malone stand auf und kramte in seiner Hose. Er zog einen zerknitterten Zettel hervor.
»Ende September letzten Jahres hat er einen Film mit dem Titel *Das Verbrechen des Jahrhunderts* abgedreht. Laut meinen Informationen hat er dann bei seiner Filmfirma in Los Angeles gekündigt und ist verschwunden. Seine Spur verliert sich irgendwo bei St. Louis, also nicht allzu weit weg von Alabama.«
»Er hat einen Film fertiggedreht?« fragte Nolan mit leuchtenden Augen.
»Du kannst es gerne nachprüfen, Nolan. Aber du kannst sicher sein, daß ich dich niemals belügen würde. Es tut mir verdammt leid um deinen Freund, aber du mußt dich damit abfinden, daß er tot ist.«
Er legte den Zettel auf Mrs. Tompkins' Schreibtisch. Ich konnte erkennen, daß ein paar Wörter und Telefonnummern darauf standen.
»Außerdem haben sie es in der Zeitung gebracht«, sagte Malone, bevor er sich wieder setzte.

Nolan ging zum Schreibtisch und starrte auf den Zettel, bevor er ihn in die Hand nahm und sich Malone zuwandte.

»Sie können sicher sein, daß ich alles nachprüfen werde. Sie können ganz sicher sein. Und lassen Sie mich bloß mit Ihrem Fernsehen und den verdammten Lügen in Ruhe. Die einzige Wahrheit ist das Kino, das hat schon mein Vater gesagt.«

Dann ging er schnell an Malone vorbei, verließ den Raum, ohne sich umzudrehen, und knallte die Tür hinter sich zu.

»Vielleicht sollte sich jemand um den Jungen kümmern, Mrs. Tompkins. Ich hab nicht gewollt, daß es so kommt, aber ich dachte, es wäre besser, als es ihm zu schreiben«, sagte Malone mit brüchiger Stimme.

»Ich gehe zu ihm«, sagte ich und wollte den Raum so schnell wie möglich verlassen.

»Bleib hier, Eddie!« sagte Mrs. Tompkins in scharfem Ton, und ich gehorchte.

»Wäre es nicht besser, wenn jemand nach ihm sieht?« fragte meine Mutter.

»Nolan schafft das schon«, sagte Mrs. Tompkins und winkte ab. »Er ist ja schließlich kein kleines Kind mehr.«

Meine Mutter und ich leisteten Mrs. Tompkins beim Abendessen Gesellschaft. Natürlich gab es auch an diesem Tag eine Vorstellung, und wir beschlossen, nach dem Beginn des Films zu essen, da sonst die Zeit zu knapp geworden wäre. Nolan würde damit beschäftigt sein, die Filmrollen einzulegen, und wir müßten uns keine Sorgen um ihn machen. Seine Mutter hatte recht. Er war schließlich kein Kind mehr.

Das Eßzimmer der Tompkins' befand sich im Erdgeschoß, gegenüber dem Zuschauersaal, gleich neben der Kinokasse. Die Tür war tagsüber meist verschlossen, aber nicht aus Mißtrauen, sondern damit sich die Leute nicht ver-

liefen. Nolan war im Vorführraum und versah pflichtbewußt seinen Dienst.
Das Komische an dem Eßzimmer der Tompkins' waren die Stimmen, die aus dem Kinosaal durch die Wand herüberdröhnten. Ich weiß nicht, wie oft ich an diesem Tisch gesessen und große Portionen Kartoffelbrei und Fleisch in mich hineingeschaufelt habe, immer an dem gleichen Platz unter einem Bild von Mr. Tompkins' Mutter. Es war immer mein Platz gewesen, nie hatte an dieser Stelle jemand anders gesessen. Auch meine Mutter hatte ihren eigenen Platz mir gegenüber, an Mrs. Tompkins' Seite. Es war der Platz, an dem früher Mr. Tompkins gesessen hatte. Zwischen uns thronte Mrs. Tompkins und überwachte die Lage. Der Platz gegenüber von ihr war für Nolan bestimmt, doch da er schon lange nicht mehr mit seiner Mutter aß, blieb er stets leer, auch wenn für Nolan immer mitgedeckt wurde. Mrs. Tompkins hatte immer selbst gekocht, meistens half ihr meine Mutter bei der Arbeit in der Küche. Natürlich hätte sich Mrs. Tompkins eine Haushälterin leisten können, sie hätte sogar dringend eine gebrauchen können. Aber meine Mutter ging ihr ja stets hilfsbereit zur Hand. Sie hatte im Laden viel zu tun, doch sie liebte die körperliche Arbeit, ob im Laden oder in der Küche gegenüber.
Ich weiß noch, daß es an diesem Abend Hacksteaks mit Püree gab, ich kann mich sogar noch erinnern, wie es im ganzen Foyer danach duftete. Ich rieche sogar noch die angebrannten Zwiebelchen auf dem Püree, die meine Mutter beigesteuert hatte. Auch die Stimmen von drüben höre ich noch, wie die Leute lachten und wieder verstummten. So viele Stimmen, so viele Eindrücke, die meine Gedanken immer noch beschäftigen.
Keiner von uns bemerkte, wie Nolan plötzlich in den Raum schwebte, sich an seinen Platz setzte. Er sah bleich aus, als ob er tagelang nicht geschlafen hätte. Sein Hut saß schief auf seinem Kopf und war hinten vollkommen verdrückt.
»Was ist denn mit dir los, mein Junge?« fragte seine Mut-

ter besorgt. Ihr freudig erregtes Gesicht, das sie aufgesetzt hatte, weil Nolan nach langer Zeit wieder einmal das Eßzimmer betreten hatte, verschwand, als sie Nolans besorgte Miene sah.
»Ich habe nachgeprüft, was Mr. Malone gesagt hat«, sagte er mit abwesender Stimme.
Er starrte immerfort auf den Teller an seinem Platz.
»Und was hast du rausgefunden?« fragte meine Mutter interessiert.
Sie rückte ihren Teller zurecht, nachdem sie alle Schüsseln aus der Küche ordentlich wie gewohnt auf dem Tisch verteilt hatte.
»Daß er die Wahrheit gesagt hat«, sagte Nolan. »Er hat die Wahrheit gesagt«, wiederholte er flüsternd.
Mrs. Tompkins räusperte sich und sah zu mir und meiner Mutter herüber. Sie lächelte uns mit einem mitleidigen Blick an, der überhaupt nicht zu ihr paßte und korrigierte den Sitz ihrer Brille.
»Weißt du, Nolan, solche Dinge passieren eben. Aber du solltest dir darüber nicht allzu viele Gedanken machen. Wenn du Probleme hast, dann kannst du mit uns offen darüber sprechen. Du sollst wissen, daß wir für dich da sind und dich unterstützen, wo immer wir können, und wenn du jetzt schon mal da bist, solltest du dich erst mal mit einem kräftigen Essen stärken. Danach sieht die Welt meist ganz anders aus.«
Nolan rührte sich immer noch nicht, aber ich wußte, daß ihm nicht nach Essen zumute war. Vielleicht wäre alles ganz ruhig und ohne Aufregung über die Bühne gegangen, aber Mrs. Tompkins glaubte wohl mal wieder, über den Dingen zu stehen und die ganze Sache im Griff zu haben.
»So«, sagte sie, »und jetzt laßt uns beten und dabei nicht den bedauernswerten Mr. Gadson vergessen, den unser Nolan so sehr mochte.«
Wir falteten die Hände, doch während die beiden Frauen den Kopf andächtig senkten, sah ich, wie Nolan den Kopf hob. Seine bösen Augen funkelten heller als jemals zuvor.

Erst Jahre später wurde mir klar, daß er soeben das Stichwort von seiner Mutter bekommen hatte, auf das er all die Jahre gewartet hatte.

Meine Mutter sprach ihr Gebet laut und deutlich.
»... und beschütze unsere Männer, die viel zu früh von uns gegangen sind, und den Schauspieler George Earl Gadson, der durch fremde Hand sein Leben lassen mußte. Mögen seine feigen Mörder ihrer gerechten Strafe nicht entgehen.«
Die beiden Frauen hoben ihre Köpfe wieder, und Mrs. Tompkins bemerkte sogleich, daß Nolan nicht an dem Gebet teilgenommen hatte, sondern immer noch mit scheinbar gleichgültiger Körperhaltung auf seinem Sessel saß.
Sie sah Nolan böse an.
»Es hätte dir nichts geschadet, wenn du mal wieder gebetet hättest. Du denkst wohl, daß du den lieben Gott nicht mehr brauchst, mein Junge.«
Nolan erhob sich langsam.
»Du weißt genau, warum ich nicht bete. Du glaubst immer noch daran, daß der liebe Gott den verdammten Mistkerl bestrafen wird, der Gadson erledigt hat.«
An seinem glücklichen Gesichtsausdruck merkte ich sofort, daß es sich um ein Zitat handelte. Meine Mutter wirkte leicht verstört.
»Was für ein Ton, Nolan. Schließlich sprichst du hier von einem Menschen. Von einem Menschen, den du sehr verehrt hast. Du solltest ihm diesen Ton nicht erlauben, Elisabeth.«
»Aber ihr versteht keine andere Sprache«, sagte Nolan. »Niemand macht ihn wieder lebendig, auch der liebe Gott nicht.«
»Aber natürlich nicht, mein Junge. Trotzdem wäre etwas mehr Achtung und Feingefühl angebracht«, belehrte ihn seine Mutter.
Nolan wurde wütend.
»Achtung?! Feingefühl?!«

Er stand auf und schmiß seinen Stuhl um. Meine Mutter zuckte zusammen, während Mrs. Tompkins ungerührt blieb. Nolan tat so, als würde er nach Worten ringen.
»Hätte das denn Gadson etwas geholfen, Mum? Hat euer Gott, eure Achtung oder euer verdammtes Feingefühl meinen Freund Gadson beschützt?«
Er machte eine Pause und beobachtete die Lippen seiner Mutter. Als sie schließlich etwas sagen wollte, kam er ihr zuvor.
»Du kennst die Antwort, Mum. Und Sie auch, Mrs. Samson. Nichts hätte Gadson etwas genützt. Er hätte wahrscheinlich eine Waffe tragen müssen, dann wäre er heute noch am Leben.«
»Jetzt reicht es aber, Nolan! Du gehst entschieden zu weit! Wie kannst du es bloß wagen, in diesem Ton mit uns zu sprechen?!« rief meine Mutter wütend.
Mrs. Tompkins beschwichtigte sie.
»Reg dich nicht auf, Ruth. Nolan hat es sicher nicht so gemeint. Er wird sich jetzt dafür entschuldigen, und dann werden wir in Ruhe essen.«
Nolan blieb ruhig.
»Einen verdammten Dreck wird Nolan tun. Nolan wird euch jetzt etwas über euren Gott und dessen Gebote erzählen. Ich kenne Gottes Gebote, und Gadson kannte sie auch. Sie haben mit dem Leben da draußen nichts zu tun. Welches Gebot soll ich heranziehen, wenn mein wehrloser Freund erschossen wird? Welches Gebot nützt mir dann noch? Und welches Gebot nützt dann verdammt noch einmal Gadson?«
Seine Mutter sprang auf wie von einer Tarantel gestochen und machte einige Schritte auf Nolan zu. Sie wollte ihm eine Ohrfeige geben, aber Nolan duckte sich geschickt. Er fing den Schlag mit der Hand ab und hielt die Linke seiner Mutter fest. Sie holte erneut zu einem Schlag aus, aber auch diesen fing Nolan ohne Mühe ab. Nun stand er vor ihr und hielt sie an beiden Armen fest, eine Situation, die Mrs. Tompkins offenbar schon lange nicht mehr erlebt hatte. Sie fing an, um sich zu treten, und traf Nolan dabei

einige Male. Sie war zwar einen Kopf größer als er, doch machtlos gegen seinen Griff.
Nolan keuchte.
»Du mußt schon früher aufstehen, Mum, wenn du mich kriegen willst. Eddie und ich lassen uns nicht mehr länger von euch sagen, was zu tun ist. Eddie und ich sind erwachsen, und wir werden tun, was wir wollen. Ich werde nach Alabama fahren und mir alles genau ansehen. Ich werde das Grab meines Freundes besuchen, und nichts und niemand wird mich davon abhalten.«
Mrs. Tompkins antwortete leise und bestimmt.
»Das wirst du nicht tun, mein Junge. Das verbiete ich dir, verstehst du?«
Nolan sah sie bloß eine Weile an.
»Eddie kann mich begleiten, wenn er will. Jedenfalls wird Nolan Tompkins nicht eher zurückkehren, bis er seinen Freund besucht hat.«
Und dann lachte er, laut und schallend, ich wußte, daß es gespielt war, ich lachte trotzdem mit, denn es war zwar schlecht gespielt, doch es war die Rolle seines Lebens, und ich lachte, weil ich mich für ihn freute, daß er sie jetzt in diesem Moment spielen durfte.
»Und Nolan Tompkins will von euch jetzt kein Sterbenswörtchen mehr hören«, sagte er.
Dann ging er um den Tisch herum, pflückte sich vom – wie durch ein Wunder stehengebliebenen – Obstkorb zwei Weintrauben und ging in Richtung Tür, ohne einem der Anwesenden einen weiteren Blick zu schenken. Ich folgte ihm, griff mir auch ein paar Weintrauben, blieb aber kurz vor meiner Mutter stehen, die erschöpft auf ihrem Stuhl saß, und strich ihr eine Haarsträhne aus dem Gesicht. Dann beugte ich mich über sie und küßte sie auf die Stirn, genauso, wie sie es als Kind immer bei mir gemacht hatte.
»Verzeih mir, Mum«, flüsterte ich und ging dann rasch an ihr vorbei, ohne sie anzusehen.

Als Nolan und ich vor dem Kino standen, fuhr Mr. Justice mit dem Auto vor, hielt an und stieg aus. Wir versuchten, möglichst unauffällig dreinzuschauen, er schien keinen Verdacht zu schöpfen.
»Wie geht es denn so, Jungs?« fragte er.
»Wissen Sie, wo wir ein Auto herkriegen können?« fragte ich in beiläufigem Ton.
»Ein paar Meilen die Straße runter gibt es einen Händler, den ich gut kenne. Er ist ein Freund von mir. Was wollt ihr Jungs denn mit einem Auto?«
»Ein bißchen rumfahren, wie jeder andere auch«, antwortete ich.
»Habt ihr Jungs denn genug Geld dabei?« wollte er wissen.
Noch bevor ich etwas sagen konnte, nickte Nolan beruhigend.
»Na, dann steigt ein, wenn ihr wollt. Ich fahre sowieso gerade nach Hause. Der Film heute hat mir nicht allzugut gefallen.«
Wir ließen uns nicht zweimal bitten und liefen zu seinem Wagen hinüber. Ich stieg vorne ein, um ein bißchen Konversation zu machen, während Nolan es sich hinten gemütlich machte und die Beine von sich streckte. So rollten wir durch diese denkwürdige Nacht, die wenigen Lichter von Stapelton verschwanden rasch aus unserem Blickfeld.
»Wie geht es denn euren Müttern so, Jungs? Die wissen doch wohl hoffentlich, was ihr vorhabt?« fragte Justice.
»Es geht ihnen gut, und sie wissen Bescheid. Sie reden nur manchmal zuviel, aber Sie wissen ja, wie Mütter sind«, sagte ich und lächelte.
Mr. Justice lächelte auch und begann einen Monolog über Mütter im allgemeinen und seine Mutter im besonderen. Er erzählte uns eine lange Geschichte, die ich hin und wieder mit einem Hmhm quittierte oder mit einem Aha unterbrach. Ich hatte mich leicht zur Seite gedreht und tat so, als ob ich ihm aufmerksam zuhörte,

doch in Wirklichkeit sah ich nach hinten und beobachtete Nolan, der in die Dunkelheit starrte. Nach langer Zeit, wir waren schon fast am Ziel unserer Fahrt, und vor uns tauchten bereits Lichter auf, blickte Nolan nach vorne und sah mich an. Ich sah, wie eine Träne über sein Gesicht rann.

16

Der alte Ford brummte durch das dichtbewaldete Pennsylvania bei Harrisburg. Nolan war neben mir auf dem Beifahrersitz eingenickt und schnarchte vor sich hin. Sein Haar stand wieder einmal wild in alle Richtungen. Hin und wieder öffnete ich das Fenster und ließ ein wenig klare Nachtluft ins Wageninnere, doch draußen war es so kalt, daß ich es nie länger als ein paar Sekunden aushielt. Wir waren jetzt den zweiten Tag unterwegs, die Nacht davor hatten wir in einem Motel verbracht. Wenn ich gewußt hätte, wie lange unsere Reise dauern würde, wäre ich sofort stehengeblieben und hätte Nolan gezwungen, in irgendeinem Laden an der Straße frische Klamotten zu kaufen.

Für das Auto hatten wir fünfundneunzig der sechshundert aus Mrs. Tompkins' Kasse gestohlenen Dollar ausgegeben. Der Händler, tatsächlich ein Freund von Jordan Justice, hatte versprochen, das Ding wieder zurückzukaufen, falls wir es nicht mehr haben wollten.

»Ist mein bestes Stück. Ich nehm es gerne wieder zurück«, hatte er gesagt.

Wir investierten noch ein paar Cent in einen Straßenatlas.

»Sieh mal, Eddie. Da ist sogar Mexiko drauf«, sagte Nolan voller Glück. Er schlug das Gebiet der Baja California auf.

»Das wär doch was!« sagte ich unternehmungslustig.

»Alabama hat Vorrang«, sagte Nolan ernst.

Er schlug die Alabama-Straßenkarte auf. Während im Radio irgendwelche Schlager liefen, blätterte er wie verrückt hin und her und schaute immer wieder in das Inhaltsverzeichnis.

»Ist gar nicht einmal so weit, wie ich dachte«, sagte er. »Selbst wenn wir uns Zeit lassen, müßten wir am Samstag in Montgomery sein.«
Es war Dienstag nachmittag. Der Verkehr hielt sich in Grenzen. Irgendwo weiter östlich lagen Boston und New York – zwei fremde Welten, die mich schon immer beschäftigt hatten. Noch nie war ich ihnen so nahe gewesen wie in diesem Moment. Aber zunächst galt es nach den Dingen zu suchen, die Nolan wichtig waren. Mir fiel die Rolle des Expeditionsassistenten zu. So fuhren wir weiter, entfernten uns mehr von meinen Träumen, um denen Nolans ein Stück näher zu kommen. Unser Wagen glitt dahin, über die Straßen von Massachusetts und New York, bis wir schließlich nach Pennsylvania kamen.
Die Erschöpfung stand Nolan ins Gesicht geschrieben. Man konnte die Barthaare um seinen Mund ausmachen, auch wenn es sich nur um ein paar Härchen unter der Nase und der Unterlippe handelte. Mir fiel auf, daß er zum ersten Mal seit Wochen seinen Hut nicht trug. Ich konnte deutlich den Rand erkennen, den er auf seiner Stirn hinterlassen hatte.
Wie Nolan so neben mir lag, erinnerte er mich an einen Schneemann mit einer Karottennase. Allerdings mit dem Unterschied, daß bei ihm jemand die Karotte verkehrt herum an ihren Platz gesteckt hatte und der dicke, hintere Teil weit nach außen stand.
Ich nahm den Fuß vom Gas, hielt auf dem Parkstreifen, öffnete die Tür und steckte mir eine filterlose Zigarette an. Ich hatte unterwegs von Nolans geklautem Geld ein Päckchen gekauft. Es war erst die fünfte Zigarette in meinem Leben. Die Dinger brannten unheimlich im Hals, aber es war immer schon mein Wunsch gewesen, zu rauchen. Daher ließ ich mich durch nichts von meinem Vorhaben abbringen.
Nolan erwachte ein paar Minuten später, als die kalte Waldluft bereits den ganzen Innenraum des Wagens erfüllt hatte.
»Willst du, daß ich erfriere, Eddie?«

»Ich bin verdammt müde. Wird Zeit, daß du ein Stück fährst.«
Nolan kratzte sich am Rücken, ich beobachtete ihn dabei genau, während ich den Rauch meiner Zigarette gleichgültig in den Himmel schickte.
Wir befanden uns auf einer Pilgerfahrt, einer Art Kreuzzug, aber jedenfalls nicht auf einer Vergnügungsreise. Ich malte mir aus, was ich tun würde, wenn die ganze Sache mit Nolan und Gadson vorbei wäre und ich endlich ein bißchen Zeit für mich und die Dinge haben würde, die in mir brannten.

Alles ging gut, bis wir nach Tennessee kamen. Wir stiegen in einem Motel ab und tranken in der Bar gegenüber ein paar Bier.
Unser Zimmer im Motel hatte zwei große Betten mit blitzsauberen Laken. Das Bad glänzte. Es roch stark nach Desinfektionsmitteln. Jemand mußte erst kurz vorher saubergemacht haben, denn der Boden war noch feucht, und der beißende Geruch kitzelte in meiner Nase. Ich packte unsere Sachen aus. Nolan saß auf dem Bett und hatte den Strumpf mit dem Geld neben dem Kopfkissen ausgeleert.
»Wieviel haben wir denn noch?« fragte ich, während ich in der Tasche nach einem Stück Seife suchte.
»Ich weiß noch nicht.«
Er zählte. »Wir haben günstig eingekauft«, sagte er nach einer Weile. »Wir haben immer noch über vierhunderteinundfünfzig Dollar, und die Übernachtung habe ich auch schon bezahlt.« Er war stolz, so als ob er gerade bei einem Handel einen guten Preis herausgeschlagen hätte.
»Und morgen sollten wir es bis Montgomery schaffen«, sagte ich zufrieden.
Ich warf die Seife mit Schwung in Richtung Badezimmer. Nolan zog den Vorhang zur Seite und sah hinaus auf die Straße. Von gegenüber drang laute Musik herüber. Alle paar Sekunden bebte der Boden von einem der Lastwagen vom großen Parkplatz nebenan.
»Kannst du eigentlich noch Pool spielen?« fragte Nolan.

»Ich denke schon.«
»Es wird wohl Zeit, daß wir beide was einlochen«, sagte er und stand auf. Der Vorhang fiel zurück, doch auch dahinter konnte man immer noch die verlockenden Lichter auf der gegenüberliegenden Seite erkennen.
»Wasch dich gründlich und zieh dich hübsch an«, sagte Nolan und griff sich eines der neuen Hemden von seinem Stapel. »Heute hauen wir auf den Putz, Eddie.«

Der bärtige Mann an der Tür musterte uns mit großen Augen.
»Was wollt ihr Milchgesichter denn hier?«
Nolan holte tief Luft. Es sah komisch aus. Für einen Moment dachte ich, daß er vorhätte, den Mann durch die Tür zu pusten.
»Wir wollen ein bißchen Spaß haben. Und vielleicht finden sich 'n paar Bräute für uns«, sagte er lässig.
Ich sog fest an meiner Zigarette und blies dem Mann den Rauch ins Gesicht. Er kniff die Augen zusammen. Schließlich blieb ich mit meinem Blick auf dem Türschild über dem Eingang hängen.
»Ihr Kröten seid doch sicher schon volljährig«, brummte der Mann nach einer Weile.
Er biß sich mit den Zähnen auf die Oberlippe.
»Genauso volljährig wie du, ohne das Gestrüpp in deinem Gesicht«, entgegnete Nolan.
Er deutete mit einem Finger auf sein eigenes Kinn.
»Na, dann viel Vergnügen«, sagte der Mann und gab den Weg frei, indem er einen Schritt zur Seite machte und uns gleichzeitig die Tür öffnete.
Ich ging hinter Nolan, wollte mich sogar noch bei dem Mann bedanken, aber plötzlich hörte ich nichts mehr. Die Lautstärke der Musik war ohrenbetäubend. Ich erkannte die Umrisse einer Tanzfläche, auf der sich dicht gedrängt die Leute tummelten. Dahinter befanden sich runde Tische, an denen Leute in meist verschwitzten Kleidern saßen und sich gegenseitig anschrien.
»Mächtig was los hier!« rief ich Nolan zu und lachte, doch

der hatte sich bereits in Bewegung gesetzt und drängte zielstrebig in Richtung der Bar.
Die Männer, an denen wir uns vorbeidrückten, waren größer als ich, jedenfalls sah ich keinen, der kleiner war als Nolan. Ich sah auch nur wenige Frauen, die kleiner waren als er.
Erst als wir an der Bar angekommen waren und in den riesigen Spiegel starrten, fiel mir die Band auf, die drüben auf einem kleinen Podest stand und gerade den Applaus entgegennahm. Die fünf Typen, die sich ›Tennessee Roadside Crew‹ nannten, steckten in grauen Anzügen und weißen Hemden. Der Schlagzeuger, ein kleiner, hagerer Mann mit schütterem Haar, Zahnlücke und eingedrückter Nase, war aufgestanden und streckte seine Hände in die Luft. Neben ihm saß ein glatzköpfiger, dicker Pianist mit schlanken Fingern. Sein Hemd war fast bis zum Nabel aufgeknöpft, er zwinkerte durch seine dicke Brille einer Dame im Publikum zu. Ich betrachtete seine Brusthaare. Die beiden Gitarristen waren offensichtlich Brüder. Sie sahen sich zum Verwechseln ähnlich, nur trug der eine einen Vollbart, während der andere einen Dreitagebart und vollere Lippen hatte. Ganz vorne hielt sich ein mittelgroßer Bursche mit kantigem Gesicht und einer Augenklappe am Mikrofon fest. Er blieb noch einen Augenblick vornübergebeugt, um im nächsten Moment mit einer brennenden Zigarette wieder aufzutauchen und sich mit einem Kußhändchen bei einem Mädchen in der ersten Reihe zu bedanken. Sein Oberkörper war nackt. Ich konnte die lange Narbe an seiner Brust erkennen, die sich von seiner rechten Schulter bis zu den linken unteren Rippen zog. Er war kein Weißer, sondern ein Mischling. Von seinen Eltern hatte er blonde Haare und dunkle Haut geerbt. Sein Gesicht erinnerte an einen Würfel, so scharf und markant wirkten seine Züge, und seine wulstigen Lippen glichen jenen einer Frau, die sich zu stark geschminkt hatte. Sein Körper machte schlangenartige Bewegungen, während er den Rauch beiläufig in die gedrängte Menge blies und mit seinen blitzendweißen Zäh-

nen grinste. Dann blickte er zur Seite zu dem bärtigen Gitarristen. Er sprach mit ihm scheinbar die Fortsetzung des Programms ab.
»Mein Auge sieht eine scharfe Puppe!« sagte er in das Mikrofon. Er lächelte das Mädchen an, das ihm Feuer gegeben hatte.
Dann zog er eine Mundharmonika hervor und begann die wilde Melodie des nächsten Songs zu spielen. Das Publikum begann sofort mitzusingen. Nolan stand eingeklemmt an der Bar, wurde gedrückt und herumgeschubst und mußte laut rufen und winken, bis er schließlich Gehör fand und die beiden Bierflaschen bestellen konnte, nach denen wir uns schon sehnten.

Sally war höchstens zwanzig, aber sie sah aus wie dreißig, war ziemlich stark geschminkt und vom Alkohol leicht aufgedunsen. Trotzdem konnte man in ihrem Gesicht immer noch erkennen, daß sie einmal ein hübsches Ding gewesen war, bevor sie von zu Hause ausgerissen war und damit begonnen hatte, ihr Leben in den Truckerbars entlang den Landstraßen in den Südstaaten zu verbringen. Sie erzählte uns, daß sie ursprünglich aus Minnesota stammte, aber da oben war es ihr viel zu kalt gewesen. Außerdem konnte sie nichts mit dem Leben anfangen, das ihre Eltern für sie geplant hatten. Und da war auch noch dieser Onkel aus Illinois gewesen, dessen Namen sie versucht hatte zu vergessen, denn sein Gesicht verfolgte sie immer noch, ein Alptraum, der nicht zu enden schien. Sie erzählte ihre Geschichte gerne, solange man sie nicht unterbrach oder nach Einzelheiten fragte. Es machte sogar den Eindruck, als ob sie ihren Spaß daran hätte. Der Onkel war der Bruder der Mutter, jener Mutter, die sie so geliebt hatte. Der Stiefvater wollte von Sally nicht allzuviel wissen, hatte er doch genügend andere Sorgen. Er schlug sich seine Zeit meist mit seinen Freunden beim Kartenspielen um die Ohren. Alle drei Monate kam der Onkel zu Besuch. Er brachte Süßigkeiten und Spielzeug aus Chicago mit. Sally wußte nicht mehr, wann er damit angefangen hatte, sie zu betasten, aber sie war vierzehn, als sie sich schließlich zur Wehr setzte, weil sie sich so schämte, daß sie es nicht mehr aushielt. Außerdem tat ihr der Onkel weh, wenn er versuchte, mit seinem großen Ding, das sie bis dahin nur in die Hand nehmen und küssen mußte, in sie einzudringen. Sie schrie und kratzte, lief davon, erzählte alles ihrer Mutter und sperrte sich in ihr Zimmer ein, doch der Onkel stritt alles ab und beteuerte, wie sehr er seine Nichte liebte. Schließlich bekam sie von ihrem Stiefvater für die vermeintliche Lüge noch eine Tracht Prügel. Sie packte ihre Sachen und trampte per Anhalter nach Atlanta, Georgia, wo sie ein paar Tage später Mr. Groove auf dem Bahnhof kennenlernte. Mr. Groove war gut zu ihr. Er gab ihr alles, was sie wollte und wonach sich ihr junges Herz sehnte. Dafür nahm er ihr endgültig ihre Jungfräulichkeit, doch es machte Sally gar nichts aus, denn es war so anders als mit dem Onkel. Mr. Groove war sehr einfühlsam und zärtlich und hatte bestimmt etwas für sie übrig.

Eines Tages stellte Mr. Groove sie ein paar anderen Mädchen vor. Sie verbrachte einige Zeit in einem Puff in einem Vorort von Atlanta. Die Männer waren meistens dick und weiß, und die Vorhänge hatten Löcher, durch die das Licht in den dunklen Korridor fiel. Eines Abends schlug ihr Mr. Groove vor, mit »auf Tour« zu gehen, was soviel bedeutete, wie durch die Fernfahrerbars mit ihren angeschlossenen Motels zu tingeln und ausgehungerte Herren der Landstraße zu bedienen, die meist schon weg waren, wenn man morgens aufwachte, die aber immer brav bezahlten und keinen Ärger machten.

»Ist wohl deshalb, weil sie meist die gleichen Routen fahren und wieder vorbeikommen wollen, wenn sie einsam sind«, sagte Sally und drehte ihren Kopf verspielt wie ein Kind.

»Mein Freund und ich sind auch ausgehungert«, sagte ich und zeigte hinüber zu Nolan, der immer noch an der Bar stand und zwischen den riesigen Männern wie ein Zwerg wirkte, der verlegen an einer Bierflasche lutschte.

Sally betrachtete Nolan lange von oben bis unten und schüttelte dann lachend den Kopf.
»Ist ein schwieriger Fall, der kleine Cowboy da drüben. Wir werden wohl warten müssen, bis Angie auftaucht. Aber dann geht die Post ab, Harry!«
Ihre Finger streichelten sanft über meine pralle Hose.
»Eddie!« sagte ich, aber eigentlich war es mir egal, wie sie mich nannte, denn es war durchaus möglich, daß sie meinen Namen bei diesem Lärm nicht richtig verstanden hatte.
Jedenfalls hatte sie Nolan gesehen und sofort verstanden, womit sie es hier zu tun hatte, und sie sprach nicht nur mit der richtigen Lautstärke, die mich alles verstehen ließ, sie hatte auch Verständnis für die Situation, in der wir uns befanden. Sie zeigte Mitleid mit uns, obwohl es ihr doch viel schlechter ergangen war als uns. Ich wußte zwar nicht, wer diese Angie war oder was sie konnte, aber ich sehnte sie herbei wie einen erlösenden Regen.
Angie war ein echtes Vollblutweib mit feurigem rotem Haar, üppigen Brüsten mit dicken Brustwarzen, die durch die enge Bluse deutlich zu erkennen waren, sowie einem wohlgeformten Hinterteil, das in dem engen roten Rock ausgezeichnet zur Geltung kam. All dies war verteilt auf einhundertfünfundvierzig Zentimeter, was bedeutete, daß Angie auf ihren roten Stöckelschuhen immer noch viel kleiner war als Nolan Tompkins. Alle Männer in der Bar schienen das Mädchen, das eigentlich eine fünfunddreißigjährige Frau war, zu kennen, denn sie johlten und begrüßten sie, als sie das Lokal betrat, und einer der Männer hob sie hoch und hievte sie auf die Bar, auf der sie unter dem Jubel der Zuschauer und der Musik der Band einen heißen Tanz hinlegte, der ziemlich genau vor Nolans Nase endete. Natürlich beachtete sie Nolan zunächst nicht, sondern stieg wieder von der Bar herunter. Sie begab sich in einen Raum hinter der Bar, doch auch Nolan schenkte ihr keine Beachtung. Er starrte in Richtung Tanzfläche, auf der es gleich danach etwas ruhiger zuging, denn die Band spielte einen Walzer, während der Sänger

eine Pause einlegte. Sally und ich hatten alles genau beobachtet, und ich muß gestehen, daß ich mich von Angie mehr angezogen fühlte als von Sally, doch meine Manieren und mein Stolz bestärkten mich darin, bei ihr zu bleiben. Sally schüttelte den Kopf, als sie Nolan so beobachtete und klopfte dann mit ihrem Finger auf ihre leere Bierflasche.

»Ist wirklich ein schwieriger Fall, der Kleine! Aber Angie ist schon mit ganz anderen Typen fertiggeworden. Bloß, das wird verdammt teuer«, warnte sie mich, lächelte aber gleichzeitig lüstern und drückte sich an mich.

»Geld spielt keine Rolle«, sagte ich weltmännisch und bestellte noch eine Runde Bier bei der Kellnerin.

Angie war zwar keines von Grooves Mädchen mehr, doch sie hatte früher für ihn gearbeitet und tat ihm ab und zu einen kleinen Gefallen. Sie war mittlerweile so erfolgreich geworden, daß sie sich selbständig gemacht hatte. Sie hatte sich bei Mr. Groove ausgekauft, nachdem es ihretwegen in Atlantas Unterwelt eine kleine Schießerei gegeben hatte, bei der zwei von Grooves Leuten draufgegangen waren. Angie war zu einer Legende unter den Fernfahrern geworden. Groove hatte schnell erkannt, daß es geschäftsschädigend für ihn gewesen wäre, Angie Steine in den Weg zu legen. Für die horrende Ablösesumme, die Angie zahlen mußte, konnte er sich ein paar neue Mädchen leisten, die ihm letztlich mehr einbrachten als sein altes Zugpferd. Seine Rechnung ging bereits nach kurzer Zeit auf, das machte ihn so glücklich, daß er überschwenglich wurde und Angie ein Auto schenkte. Einige Mädchen aus dem Geschäft, die eifersüchtig auf Angies Erfolg waren, glaubten, daß Groove schon immer in Angie verliebt gewesen war. Vielleicht war es auch wirklich so, aber Groove war auf seine Art ein echter Gentleman und außerdem verheiratet. Er machte nie Anstalten, Angie zu bedrängen oder sie unter Druck zu setzten.

»Im Gegenteil«, sagte Sally, »ich glaube, daß Groove sie immer noch beschützt, dafür tut sie ihm jeden Gefallen.

Eine Hand wäscht eben die andere, du weißt doch, Eddie!«

Eine halbe Stunde später saßen wir zu viert an unserem Tisch. Nolan erzählte Angie von Stapelton, von all den Dingen, die es dort gab, dem Kino und den Filmen, und Angie erzählte ihm, daß sie ebenfalls gern ins Kino ging, weil sie dort den ersten Kuß ihres Lebens bekommen hatte.

Ich hörte dem Gespräch der beiden nur am Rande zu, denn ich war die meiste Zeit damit beschäftigt, mit Sally zu knutschen und meine Hand unter ihre Bluse zu schieben. Eigentlich wollte ich nichts lieber, als mit ihr hinüber auf unser Zimmer zu gehen.

Obwohl Nolan sprudelte wie ein Wasserfall, verhielt er sich immer noch distanziert gegenüber Angie, die sich jedoch als äußerst geduldig erwies. Sie hatte im Laufe ihrer Karriere gelernt, Konversation zu führen. Schließlich bat ich Sally, die Band um ein paar langsamere Takte zu bitten. Der Sänger dankte ihr mit einem Kußhändchen. Sally und ich schleppten die anderen beiden auf die Tanzfläche. Angie drückte Nolan fest an sich, und von diesem Moment an dauerte es nicht mehr lange, bis wir aufs Zimmer gingen. Nolan warf sich auf sein Bett und begann sich auszuziehen. Sally knöpfte mein Hemd und meine Hose auf. Dann warf sie mich mit einem leichten Stoß auf mein Bett und verschwand gleich darauf im Badezimmer. Nolan schlüpfte hastig unter die Bettdecke. Angie sah ihn lange an, bevor sie sich von ihm abwendete und in ihrer schwarzen Lackhandtasche kramte. Sie steckte sich eine Zigarette an, stützte die Hand an die Hüfte und wartete. Als Sally wieder aus dem Bad kam, hatte sie bereits die Hose ausgezogen, und sie begann ihre Bluse aufzuknöpfen. Angie deutete mit dem Kopf in Richtung Badezimmer. Sally verstand sofort. Die beiden verschwanden für einige Sekunden hinter dem grellen Lichtkegel, der aus dem Badezimmer leuchtete.

»Und du bist sicher?« hörte ich Angie ungläubig fragen.

»Aber ich habe es doch mit eigenen Augen gesehen«, bekräftigte Sally und versuchte sie zu beruhigen.

Gleich danach erschienen beide Mädchen wieder. Sally kroch unter meine Bettdecke.
»Sally sagt, daß ihr Jungs in Ordnung seid und auch genug Piepen habt«, sagte Angie.
Ich fragte mich, wie oft sie diesen Satz in ihrem Leben wohl schon gesagt hatte, und drückte mich fester an Sally.
»Wir haben genug Geld«, sagte Nolan selbstsicher und gleichzeitig etwas ungeduldig.
»Na, dann laß mal sehen!« sagte Angie.
Nolan tastete nach seiner Hose, die neben seinem Bett am Fußboden lag, und zog ein Bündel mit Geldscheinen hervor.
»Das wird doch wohl reichen!«
»Ich glaube schon«, hauchte Angie zufrieden und pickte sich ihren und Sallys Tarif aus Nolans Händen.
»Meinst du nicht, daß das genug ist?« fragte Nolan ein wenig verärgert, nachdem das Rascheln der Geldscheine kein Ende nehmen wollte.
Er hielt nur noch ein paar Scheine in seinen Fingern.
»Ihr scharfen Jungs wollt doch das volle Programm«, sagte Angie geheimnisvoll, während sie gierig nach den letzten Scheinen griff.
»Gib ihr die verdammte Knete!« sagte ich, denn ich konnte es kaum noch erwarten.
Sally verteilte ihre Küsse auf meinem Körper. Ich schloß die Augen, blinzelte nur hin und wieder zu Nolan, der wie aufgebahrt auf seinem Bett lag und die Augen fest verschlossen hielt. Angie hatte ihre Kleider abgestreift und war unter die Decke gekrochen, um sich eingehend mit Nolan zu beschäftigen. Plötzlich begann Nolan wieder irgenwelche Dinge zu murmeln. Als ich die Wortfetzen hörte, wußte ich sofort, woher sie stammten. Mir wurde furchtbar heiß und ich wußte nicht, ob ich mich schämen oder vor Freude aufschreien sollte. Ich weiß, daß auch Nolan beeindruckt war, auch wenn er es nachher niemals zugegeben hat. Er murmelte weiter. Unter unseren Laken zeigten Angie und Sally uns endlich jene Geheimnisse, nach denen wir uns schon immer gesehnt

hatten. Irgendwann hörte Nolan auf zu murmeln und stöhnte laut auf.

Am nächsten Morgen weckte mich Nolan, der schon angezogen neben mir stand. Das Zimmer lag noch immer im Dunkeln, nur der Lichtkegel des Badezimmers leuchtete. Noch bevor ich ein Wort sagen konnte, gab mir Nolan zu verstehen, daß ich den Mund halten sollte. Sally schlummerte noch immer tief. Nolan deutete auf sein Bett, in dem Angie mit ängstlichem Blick lag. Ich war sprachlos: Nolan hatte sie an Händen und Füßen gefesselt und ihr einen Knebel in den Mund gesteckt. Er hatte ein blitzendes Messer in der Hand und fuchtelte damit herum. Angie zuckte zusammen. Ich wußte sofort, daß Nolan es nicht ernst meinte. Angie hatte in ihrem Leben vielleicht schon häufig solche Situationen erlebt, aber Nolan hatte es geschafft, ihr wirklich Angst einzujagen.
Sally schlummerte noch immer in meinem Arm. Nolan bedeutete mir, ihm ins Badezimmer zu folgen. Vorsichtig, ohne Sally zu wecken, ging ich ihm nach.
»Was soll das, Nolan?« flüsterte ich. Das grelle Licht der Lampe brannte in meinen Augen.
»Ich hab es mir genau überlegt. Mit unserem restlichen Geld schaffen wir es nie. Ich lasse mir das auf keinen Fall von den beiden vermasseln«, sagte er leise.
Natürlich verstand ich Nolan in diesem Moment. Natürlich war mir klar, daß die Sache mit dem Messer nur eine Show war. Aber etwas in seinem Blick machte mich unsicher, und plötzlich konnte ich das angsterfüllte Gesicht von Angie besser verstehen. Ich versuchte ihn zu beruhigen.
»Wir werden eine Menge Schwierigkeiten kriegen, wenn wir den beiden was tun«, sagte ich. »Du wirst ihnen doch nichts tun, oder?«
Nolan antwortete nicht. Er sah mich ungläubig an, so als ob er mich nicht verstehen würde. Dann schielte er wieder nervös in das dunkle Zimmer hinüber.
»Weck jetzt deine Kleine, damit wir sie auch ruhigstellen

können. Und merk dir, das hier ist sicherer, als eine Bank auszurauben.«
»Bist du dir da ganz sicher?« fragte ich.
»Man braucht auf jeden Fall weniger Mut«, sagte Nolan. »Und vielleicht brauchen wir unseren Mut ja noch.«

Sally war schnell überwältigt. Ich drückte ihr das Kopfkissen ins Gesicht und hielt sie fest, und noch bevor sie wußte, was mit ihr geschah, fand sie sich geknebelt und gefesselt neben ihrer regungslosen Kollegin. Da wir noch genug Stricke übrighatten, die wir in einem Laden in Virginia gekauft hatten, banden wir die beiden fest aneinander. Wenn sie sich nicht selbst befreiten, würden sie gegen Mittag gefunden werden. Die paar Stunden konnten wir ihnen zumuten.
Ich ging hinüber zu unserer Tasche, die gepackt auf dem Boden stand. Obenauf lagen ein sauberes Hemd und frische Unterwäsche, die Nolan anscheinend für mich bereitgelegt hatte. Ich streifte die Sachen über. Als ich mich wieder zu den Mädchen umdrehte, saß Nolan bei ihnen auf der Bettkante. In der rechten Hand hatte er das Messer, dessen Klinge er abwechselnd verspielt über die nackte Haut der Mädchen tanzen ließ. Im ersten Moment erschrak ich, aber Nolan deutete mir mit einer Handbewegung, daß ich mich heraushalten sollte. Nach einiger Zeit beugte er sich über die Köpfe der beiden Mädchen.
»Ihr habt wohl gedacht, daß ihr Nolan und Eddie abzocken könnt, was?« flüsterte er. »Ihr habt wohl gedacht, ihr könnt Nolan und Eddie aufhalten bei ihrer Mission nach Texas. Ihr habt wohl gedacht, das sind zwei Grünschnäbel, mit denen ihr schnell mal eine kleine Nummer schiebt, und die ihr dafür ausnehmt wie fette Weihnachtsgänse. Laßt euch eines gesagt sein, Mädchen: Nolan und Eddie sind nicht so dumm, wie sie vielleicht aussehen. Nolan und Eddie sind abgebrüht und wissen genau, was sie wollen. Und noch eins, meine Täubchen: Ihr solltet ganz still hier liegenbleiben und bis zum Morgengrauen keinen Mucks von euch geben. Wenn ihr zu

den Bullen geht oder uns verpfeift, dann kommen wir zurück. Dann verspreche ich euch, daß die Sache nicht mehr so glimpflich abgeht wie heute. Ich hoffe, ihr habt mich verstanden!«
Dann stand er auf und kramte in seiner Hosentasche.
»Da habt ihr zehn Dollar, schließlich soll es nicht umsonst gewesen sein. Aber eines sage ich euch noch: In Mexiko gibt es Mädchen, die die Sache umsonst und viel besser machen als ihr.«
Wir nahmen unsere Sachen und verließen das Zimmer. Der Flur war schwach beleuchtet, keine Menschenseele war zu sehen. Aus dem Nebenzimmer drang ein schnarchendes Geräusch.
Wir stiegen die schmutzigen, mit einem schäbigen Teppich belegten Stufen zum Eingang hinunter. Der schwarze Mann hinter der Rezeption schlief, die Beine auf dem Tisch, während im Hintergrund leise Musik aus einem alten Kofferradio ertönte. Als Nolan den Schlüssel auf die Theke knallte, wachte er auf und kippte mit seinem Sessel fast nach hinten.
»Die Mädchen schlafen noch, aber wir müssen schon früh weiter«, sagte Nolan, zog einen Fünf-Dollar-Schein aus der Hosentasche und hielt ihm dem Mann hin.
»Sie sorgen doch dafür, daß die Mädchen erst zu Mittag geweckt werden. Nach dieser Nacht brauchen die beiden ihren Schlaf, Sie verstehen«, sagte Nolan und grinste.
Geschickt rollte er den Schein zusammen und steckte ihn in den Ring des Schlüssels. Dann warf er ihn dem Mann zu und hob die Hand.
»Die Puppen können schlafen, solange sie wollen«, nickte der Mann und fing den Schlüssel mit erstaunlicher Sicherheit.
»Ich merke, wir verstehen uns«, sagte Nolan.
Ich drückte die Glastür auf. Der Benzingestank eines vorbeifahrenden Lastwagens drang ins Innere der Motelhalle.
»Beehren Sie uns bald wieder!« rief uns der Mann nach.

Einige Minuten später brausten wir mit unserem Wagen gen Süden.
»Sie werden uns finden und dafür einbuchten«, sagte ich.
»Oder Mr. Groove findet uns und schneidet uns die Schwänze ab«, witzelte Nolan und formte seinen Zeige- und Mittelfinger zu einer Schere. Wir brachen in lautes Gelächter aus.
Wir haben nie wieder etwas von den Mädchen gehört und wurden wegen dieser Sache auch nie von der Polizei gesucht. Für Nolan war nur wichtig, daß seine Mission nicht gefährdet war. Das Radio spielte ein Jazzkonzert aus New Orleans, das ausgezeichnet zu unserer guten Laune paßte. In der Nähe von Chattanooga, an der Grenze zu Alabama, hielten wir an, um den Wagen aufzutanken und zu frühstücken. Während ich zwischen Kaffee und Doughnuts in einer alten Zeitung blätterte, studierte Nolan bereits wieder besessen die zerfledderte Straßenkarte. Wir hatten die Hauptstraße verlassen, weil wir den Fernfahrern mit ihren riesigen Trucks aus dem Weg gehen wollten. Wir wußten, daß die Typen zusammenhielten. Die Gesichter in diesem Laden, Gesichter von schwarzen und weißen Menschen, wirkten ausgebrannt, obwohl der Tag erst begonnen hatte. Gesichter von Menschen, die keine Chance hatten.
»Wir haben es bald geschafft, Eddie«, sagte Nolan und klopfte mir auf die Schulter. »Jetzt ist es nicht mehr weit bis Birmingham.«
Er schob die Landkarte zu mir rüber und fuhr mit seinem Zeigefinger das Stück bis zu dem eingekreisten Ziel entlang.
Nach einer langweiligen Fahrt ohne weitere Ereignisse erreichten wir Birmingham in den Abendstunden. Den ganzen Tag über hatte ich ein Jucken in meiner Hose verspürt, das wohl von der Sache mit Sally stammen mußte. Nolan saß auf dem Bett unseres neuen Motelzimmers in einem Vorort von Birmingham und sah sich den letzten Teil unserer Route an. Währenddessen nahm ich eine

ausgedehnte Dusche, die mir endlich wieder das Gefühl vermittelte, sauber zu sein. Schließlich waren wir ja in der letzten Nacht Hals über Kopf geflüchtet. Seit dem Nachmittag hatte ich mir nichts sehnlicher gewünscht, als zu duschen und zu schlafen.
Als ich aus der Dusche kam, starrte mich Nolan komisch an.
»Was ist los? Fühlst du dich nicht wohl, Nolan?« fragte ich.
»Wir sind jetzt ganz nahe dran«, stotterte er.
»Vielleicht solltest du eine heiße Dusche nehmen. Das wird dir guttun, wenn du duschst und dich nachher in die Falle haust. Morgen wird ein anstrengender Tag.«
»Ich habe verdammte Angst vor morgen, Eddie. Ich weiß nicht. Manchmal glaube ich, daß er gar nicht tot ist und die ganze Sache nur eine Geschichte von Malone ist. Aber eins schwöre ich dir, wenn Malone geflunkert hat, dann gnade ihm Gott!«
»Ich glaube nicht, daß Malone gelogen hat«, sagte ich bestimmt. »Er hätte keinen Grund dazu, und du hast ihm nie etwas getan. Und was die Sache mit den Filmrollen betrifft: Ich glaube nicht, daß er jemals gemerkt hat, daß es sich um den Film mit Gadson handelte. Und selbst wenn, dann hätte er damals sicher zuerst deiner Mutter davon erzählt.«
»Ja ja, du hast ja recht«, sagte Nolan. »Eddie hat ja immer recht, wenn es darum geht, die Dinge zu beurteilen und zu sagen, was richtig und falsch ist. Eddie ist der oberste Gerichtshof, wenn es um diese Dinge geht. Um nicht zu sagen, Eddie ist das Maß aller Dinge.«
»Willst du Streit anfangen?«
»Keineswegs«, sagte Nolan.
Sein Gesicht war rot angelaufen wie eine reife Tomate.
»Ich habe wahrscheinlich nur zu oft gehört, daß du immer recht hast und immer das Richtige tust.«
»Wer sagt so was? Wer hat behauptet, daß ich immer das Richtige tue?«
»Meine Mutter hat das immer gesagt. Von dem Moment

an, wo ich denken kann, hat sie mir immer vor Augen gehalten, wie klug und hübsch Eddie von nebenan doch ist und daß seine Eltern stolz auf ihn sein können, weil Eddie von nebenan ein gescheiter und kluger Junge ist und immer das tun wird, was seine Mum von ihm erwartet.«

»Das hat sie gesagt? Und du hast ihr diesen Schwachsinn geglaubt?«

»Was sollte ich denn tun?«

Nolan sackte zurück und blieb regungslos liegen. Auf seiner Stirn standen Schweißperlen.

Ich dachte zurück an Stapelton, an die vielen einsamen Tage und Nächte, die ich mich nach einem Menschen gesehnt hatte, der mir zuhören konnte, den ich verstehen wollte. Unruhig schlief ich neben Nolan ein.

Als ich wieder erwachte, hatte ich genauso hohes Fieber wie Nolan. Er lag neben mir, geplagt von Fieberträumen, die ihn abwechselnd von Gadson, seiner Mutter, der Regengrenze und den anderen Dingen in seinem Leben murmeln ließen. Ich war traurig, denn ich wußte, daß er im Schlaf wohl niemals von mir sprechen würde.

17

Das Fieber kostete uns drei Tage und einige Dollar unseres Budgets.

»Hätten wir Angie und Sally nicht abgezockt, wären wir schon pleite«, sagte Nolan.

Er war in zwei frische Handtücher gewickelt und hatte sein nasses Haar nach hinten gekämmt.

»Du solltest dir die Haare trocknen, Mann. Wirst sonst wieder fiebrig.«

»Ich habe beschlossen, kein Fieber mehr zu kriegen«, sagte er überzeugt. »Fieber ist was für kleine Kinder und Idioten, und beides trifft auf mich nicht zu.«

»Ich hoffe, du hast recht«, sagte ich.

Auch meine Temperatur war gesunken, ich fühlte mich eigentlich wieder recht wohl in meiner Haut. Nolan hatte Schokolade besorgt, zwei große Tafeln mit Nußfüllung, die wir in uns hineinstopften. Dazu tranken wir bittersüße Limonade, die zusammen mit der Schokolade zwischen den Zähnen klebte. Nolan versuchte nicht, mich zu hetzen, aber seine Nervosität verriet mir, daß er diesen Ort so schnell wie möglich verlassen wollte.

Unser nächster Halt war an einer kleinen Polizeistation, die etwa zwölf Meilen von der Stelle entfernt lag, an der Gadson umgekommen sein mußte. Dort trafen wir auf einen Beamten, den wir nach dem weiteren Weg fragten.

»Außerdem hoffe ich, da drinnen ein paar nützliche Informationen zu bekommen«, sagte Nolan, als er den Wagen auf dem kleinen Parkplatz vor der Polizeibaracke zum Stehen brachte.

Mir war bei der ganzen Sache irgendwie mulmig zumute.

Zuerst die Sache mit den Mädchen und jetzt gleich auf eine Polizeistation, das fand ich ziemlich riskant.
»Meinst du nicht, daß wir woanders fragen sollten, Nolan? Wir müssen doch nicht gleich in die Höhle des Löwen steigen und uns bei der Polizei erkundigen. Hier gibt es doch sicher genug Leute, die über die Sache Bescheid wissen, oder?«
Nolan sagte gar nichts, ich glaube, daß er mich weder ansah noch mir zuhörte. Er warf einfach die Wagentür zu und stieg die niedrigen Stufen zur Eingangstür hinauf. Die Klingel an der Tür kreischte, als Nolan die Wachstube betrat. Es dauerte einige Zeit, bis aus dem Hinterzimmer ein junger Beamter herauskam, der uns zunächst von oben bis unten anglotzte, als hätte er noch nie vorher in seinem Leben ein menschliches Wesen gesehen. Der Mann war höchstens fünfundzwanzig Jahre alt und hatte kurzes, glattes schwarzes Haar, das er ebensostreng nach hinten geplättet hatte wie Nolan noch wenige Stunden zuvor im Hotel.
»Was kann ich für euch tun, Jungs?« fragte er nach einer Weile mit einer tiefen Stimme. »Ihr seid wohl nicht aus der Gegend hier, was?«
»Nein, Sir«, antwortete Nolan. »Wir kommen von der Küste, oben aus Massachusetts. Sind hier auf der Durchreise und suchen was.«
»Ihr sucht was?« sagte der Mann erstaunt. »Hoffentlich keinen Ärger. Den können wir hier in der Gegend nämlich nicht gebrauchen.«
Er drückte seine rechte Faust in die linke offene Hand und brachte so seine Fingergelenke auf erstaunlich laute Art zum Knacken. Erst jetzt fielen mir die schneeweißen Knöchel seiner Hände auf, die unter seiner hellrosa Haut wie weiße Pilze hervortraten.
»Nein, Sir, wir suchen bestimmt keinen Ärger«, sagte ich.
»Was sucht ihr Jungs denn?« fragte er skeptisch.
Ich bemerkte, daß er nervös war. Die Stimmung in dem stickigen Zimmer wurde noch angespannter, als ein Kol-

lege des jungen Mannes aus dem Hinterzimmer trat. Ich sah ihn mißtrauisch an. Er war wesentlich älter und dicker als der junge Mann und flößte mir ziemlichen Respekt ein.
Nolan beugte sich zu dem jungen Beamten nach vorn.
»Es soll hier letztes Jahr einen Mord an einem Nigger und einem Weißen gegeben haben. Wir wollten einmal sehen, wo das so war und wie die Sache passiert sein soll.«
Ich beobachtete ihn von der Seite. Er hatte ein diabolisches Grinsen aufgesetzt. Ich starrte zu dem älteren Beamten hinüber, über dessen Gesicht sich sofort ein breites Lächeln ausbreitete. Dann drehte er auf seinen Absätzen um und ging wieder zurück in sein Hinterzimmer.
»Die Jungs sind in Ordnung, Al!« rief er seinem jüngeren Kollegen im Weggehen zu.
Der junge Beamte stieß sich mit den Händen leicht von der grauen Wand ab, an die er sich die ganze Zeit über gelehnt hatte. Mit zwei großen Schritten trat er an das Pult vor, auf dem sich Nolan abstützte.
»So, ihr interessiert euch also für den toten Nigger und den Niggerfreund, denen im Wald ein bißchen zu heiß wurde.«
»Was meinen Sie mit zu heiß?« fragte ich und trat einen Schritt nach vorn.
»Ich war damals noch nicht im Dienst hier, aber meine Kollegen haben mir erzählt, daß jemand die Typen angezündet hat. Bei dem Weißen hat man außerdem eine Kugel im Kopf gefunden. Ich kann für den Kerl nur hoffen, daß man ihm das Ding vorher verpaßt hat. Wie kann man so was nur mit einem Weißen machen«, sagte der Mann und schüttelte ungläubig den Kopf.
»Sagen Sie, wir haben gehört, daß es sich bei dem weißen Typen um einen Schauspieler gehandelt haben soll. George Earl Gadson oder so ähnlich, habe ich irgendwo gelesen.«
Nolan stützte sich lässig auf dem Pult ab, wie bei einem Rendezvous mit einem Mädchen. Er machte auf mich den Eindruck, als hätte er für jede mögliche Antwort einen

passenden Plan zurechtgelegt, der sofort zum Einsatz kommen würde.

»Das ist genau richtig«, sagte der Beamte wie aus der Pistole geschossen. »Der weiße Typ war George Earl Gadson aus Kansas. Es war sogar ein Typ aus Hollywood hier, der ein paar Sachen von ihm identifiziert hat, die wir gefunden haben. Soll hier im Ort mächtig was los gewesen sein, als der mit seiner Limousine anrollte, aber ich hab euch ja schon gesagt, daß das vor meiner Zeit war. Der Nigger hieß Moses Soundso, aber nach dem fragt sowieso keiner mehr.«

»Ist doch klar«, sagte Nolan.

»War der Typ eigentlich ein bekannter Schauspieler? Ich habe noch nie vorher was von ihm gehört. Ich gehe nämlich gerne ins Kino, müßt ihr wissen«, sagte der Beamte interessiert und streckte seinen Oberkörper neugierig über das Pult.

»Er hätte einer der besten werden können, wenn man ihn nur gelassen hätte. Er hat bloß zwei Filme gedreht, sind aber echte Knüller«, erklärte ich stolz.

»Wie heißt denn das Ding?« fragte er.

»Verraten Sie uns dann, wie wir die Stelle finden, an der er umgekommen ist?« schlug ich vor.

»Wenn es euch wirklich interessiert«, sagte er.

Er zog eine große Straßenkarte der Gegend unter dem Pult hervor, auf der er uns die Stelle genau beschrieb.

»Wissen Sie auch, wo man ihn begraben hat?« fragte Nolan beiläufig.

»Ich weiß nur, daß man beide Leichen in die Hauptstadt gebracht hat. Das war ein Befehl vom Justizministerium.«

Er lächelte uns mit seinem schmalen, jungen Gesicht an. Erst in diesem Moment merkte ich, daß er kaum älter war als Nolan und ich. Ich kannte diesen Gesichtsausdruck sehr gut von meinem eigenen Spiegelbild. Als er vom Justizministerium sprach, verdrehte er die Augen und starrte für einen Moment an die Decke, unterwürfig und komisch zugleich.

Nolan blickte sich kurz nach mir um.

»Und wo in Montgomery können wir da fragen?« bohrte er nach.
»Nicht Montgomery, mein Junge, Washington hab ich gemeint. Hier, da genau an der Stelle hat das kleine Lagerfeuer stattgefunden.«
Wir gingen hinaus auf die Straße, und erst jetzt erkannte ich, wie trostlos die Gegend aussah. Der Mann war uns noch bis zur Tür gefolgt, blieb dann aber im sicheren Schutz seiner Baracke stehen.
»Haltet euch immer südlich, Jungs, dann könnt ihr die Stelle wirklich nicht verfehlen!« rief er uns nach, als wir den Parkplatz überquerten.
Als wir an ihm vorbeifuhren, kurbelte Nolan das Fenster herunter, um sich zu bedanken. Dann bog ich auf die Hauptstraße ein.
Das letzte Kapitel unserer Reise hat also begonnen, dachte ich, als ich den Wagen an den Gesichtern älterer Menschen vorbeilenkte, die unser Kennzeichen anstarrten.
»Washington wollte ich schon immer einmal sehen«, sagte Nolan und suchte im Atlas nach dem Stadtplan der Hauptstadt.
»Ist sicher eine tolle Stadt«, sagte ich.

Nolan blieb erstaunlich ruhig, als wir die Stelle erreichten, an der man seine große Liebe grausam ermordet hatte. Wir ließen unser Auto bei einem kleinen Waldweg stehen, den wir aufgrund der genauen Beschreibung tatsächlich ohne größere Mühe gefunden hatten.
»Hier geht der Weg entlang«, sagte Nolan, als ich in den Waldweg eingebogen war, und ich tat natürlich, was er von mir verlangte.
Es begann zu regnen. Binnen weniger Minuten goß es so heftig, daß unsere dünnen Jacken sofort durchnäßt waren. Nolan stürmte vor, fest entschlossen. Obwohl der Wald sehr dicht war, konnte er den Regen nicht abhalten, der wie wütend auf uns niederprasselte. Dann blieb Nolan plötzlich stehen.

»Da!« rief er laut und zeigte nach vorne. Nichts Auffälliges war zu sehen.
An der Stelle im Busch, auf die Nolan gedeutet hatte, wurde es heller. Hinter zwei Bäumen tat sich eine Lichtung auf.
»Ist das nicht ein perfekter Platz für eine Hinrichtung?« stöhnte Nolan mit kurzem Atem.
Da standen wir nun am Beginn dieser Lichtung, die die Form eines Kreises hatte und eigentlich künstlich aussah. Heute würde man das Ganze wahrscheinlich für einen Ufo-Landeplatz halten. Das einzige, was an dieser Lichtung nicht zu dieser Theorie paßte, waren die zwei großen Bäume in der Mitte der freien Fläche.
»Laß uns doch einfach mal zu den Bäumen gehen«, sagte ich schließlich vorsichtig.
Während Nolan stehenblieb, setzte ich mich langsam in Bewegung. Ich erinnere mich, daß das Gras an vielen Stellen fehlte, vielleicht weil hier öfter große Treffen stattfanden. Als ich die beiden Bäume erreicht hatte, drehte ich mich um. Nolan stand immer noch regungslos da und starrte zu mir herüber. Ich sah nach oben zu den Wipfeln der Bäume, die bereits abgestorben waren und kaum noch Blätter trugen.
»Willst du nicht rüberkommen?« rief ich.
Da er nicht reagierte, beschloß ich zu bleiben. Ich fand eine Stelle, die mir trockener erschien als der Rest des Bodens, an der ich mich schließlich niederließ. Mit dem Rücken gegen den Baumstamm gelehnt, an dem vor gar nicht allzu langer Zeit ein Mensch verbrannt worden war, überkam mich Kälte und Müdigkeit.
Es war Nolans Stimme, die mich weckte, laut, deutlich, aber immer noch aus der Entfernung des Lichtungsrandes.
»Eddie, hey Eddie, was ist mit dir? Bist du etwa eingepennt?«
Natürlich war ich nicht eingepennt, aber ich hatte wahrscheinlich ein paar Minuten gedöst. Seine Stimme riß mich aus dem Dämmerzustand, der erst endete, als mir zwei dicke Regentropfen ins Gesicht klatschten.

»Was ist?« rief ich zurück.
»Hey Eddie! Sag mal, regnet es noch bei dir drüben?«
Ich streckte meine Hand aus.
»Na, was denkst du denn?« rief ich.
Dabei konnte ich mir ein selbstmitleidiges Lächeln nicht verkneifen.
»Also, was jetzt?« rief Nolan ungeduldig zurück.
»Ja, verdammt noch mal, es regnet noch! Es regnet noch, und ich bin klitschnaß!« antwortete ich ärgerlich.
Dann hörte ich eine Zeitlang kein Geräusch von der Lichtung. Ich konnte Nolan von weitem sehen, er lief auf und ab und sah immer wieder zu mir herüber. Schließlich sah ich, wie er mit den Händen wieder einen Trichter vor seinem Mund formte.
»Du wirst die Regengrenze schon noch sehen, Allen!«

An diesem Tag bekam Nolan die Regengrenze nicht zu Gesicht. Er mußte weiter von seinen Illusionen zehren. Dabei wußte er, wie die Bilder aussahen, nach denen er sich sehnte, doch es war zu spät.
Bei vielen Menschen geht der sehnlichste Wunsch im Leben nicht in Erfüllung. Nolan aber konnte sich nicht damit abfinden.
Wenn ich heute an Nolan denke, fallen mir stets seine vielen Gesichter ein. Er war der Mensch, der von allen, die ich kannte, am stärksten liebte.
Erst viel später, als ich mich wirklich für seine Geschichte zu interessieren begann, begriff ich, was da von ihm Besitz ergriffen hatte.
»Dieses Kreuz steht für mein eigenes«, sagte er zu mir, als wir im Regen die beiden notdürftig gebastelten Holzkreuze auf der Lichtung in den Boden rammten. Dabei verzog er sein Gesicht so wie Gadson in *Westwind*, als er für seinen Bruder Allen, der immer die Regengrenze hatte sehen wollen, das Grab in der Prärie ausschaufelte. Ich bin überzeugt davon, daß sich Nolan damals tatsächlich so fühlte wie sein Idol in dem Film. Nolan war zu diesem Zeitpunkt längst eins mit der Geschichte aus *Westwind* ge-

worden. Vielleicht gab es eine Zeit, in der man ihn hätte aufwecken können aus seinem wahnwitzigen Traum, aber diesen Moment hatte ich verpaßt.
Nolan hatte sein Ziel immer fest vor Augen und sah nicht nach links und nach rechts. Er wollte immer mit dem Kopf durch die Wand. Heute könnte man mit einer Menge wissenschaftlicher Theorien und mit ein bißchen gesundem Menschenverstand vor Augen führen, was er doch für ein verrückter Kerl war und daß er selbst daran schuld war, wie alles gekommen ist. Aber er war entschlossener als alle anderen Menschen, die ich kennengelernt habe.

Die nächsten achthundert Meilen sagte Nolan kein einziges Wort, sondern saß nur apathisch auf seinem Sitz. Ich beschloß kurzerhand, südliche Gefilde anzusteuern.
»Florida wird dir gefallen. Es wird dich schon auf andere Gedanken bringen, du wirst schon sehen. Es gibt da unten immer Sonne, habe ich gehört, und die Leute kommen von weit her, um sich zu erholen«, sagte ich.
Jeden Kilometer, den wir weiter nach Süden kamen, konnte man die Wärme stärker spüren. Einige Meilen südlich von Jacksonville mieteten wir uns am Strand ein kleines Hotelzimmer, in dem wir vier Wochen verbrachten. Nolan blieb die meiste Zeit in unserem Zimmer. Er ging ganz selten hinaus ins Freie, meist nur dann, wenn es zu regnen anfing, aber das bemerkte ich erst am Ende der vierten Woche.
»Komm doch mit nach draußen. Es ist ein schöner Tag heute«, sagte ich jeden Morgen.
»Geh nur schon vor. Ich komme vielleicht später nach«, antwortete er, wenn er überhaupt etwas sagte. Natürlich konnte ich ahnen, was in ihm vorging. Er hatte sein Idol verloren, ohne ihm jemals begegnet zu sein. Aber er hatte ja schon zu Hause in Stapelton von Gadsons Schicksal erfahren. Hatte er nicht wahrhaben wollen, was passiert war? Hatte er gedacht, daß man ihn anlog?
Nolan saß teilnahmslos auf dem Bett und verzog keine

Miene. Es konnte nicht mehr lange so weitergehen. Eines abends nahm ich mir fest vor, ihn zur Rede zu stellen. Nolan war nicht im Raum. Auch im Bad war keine Spur von ihm zu entdecken. Ich zog mir rasch etwas über und wollte noch das Fenster schließen, da sah ich ihn draußen einsam am Strand in einem Liegestuhl sitzen. Ihm gegenüber stand ein leerer Liegestuhl. Ich drückte das Fenster zu und stürmte die beiden Stockwerke hinunter, schlich mich leise durch die menschenleere Lobby, in der Korbstühle etwas ungeordnet herumstanden. Der nasse Sand fühlte sich härter an als sonst. Die Poolbeleuchtung reichte gerade bis zu der Stelle, an der Nolans Liegestuhl stand. Der leere Stuhl neben ihm stand im Halbdunkel. Dann kam wieder der Lichtkegel vom Meer aus, der die Küste für einige Sekunden streifte und mir jetzt zum ersten Mal auffiel, der kreisende Scheinwerfer eines Schiffs.

»Hallo, Nolan«, sagte ich und ließ mich in den Liegestuhl fallen.

Wieder streifte uns das Licht. Für einen Augenblick streifte es Nolans Augen. Seine Pupillen waren weit geöffnet, die Augen gerötet. Er sah mich zum ersten Mal seit Wochen wieder richtig an.

»Fürchtest du dich immer noch vor dem Meer, Eddie?« fragte er mich nach einer Weile und beugte sich leicht nach vorn.

»Ich weiß nicht so recht, Nolan. Die Suppe ist ganz schön mächtig. Und der beste Schwimmer bin ich halt auch nicht, wie du ja weißt.«

Ich griff mir eine Handvoll nassen Sand und ließ ihn durch meine Finger rieseln. Nolan lächelte.

»Damals in Irving Lake hast du dich aber ganz gut über Wasser gehalten«, sagte er spöttisch.

»Erinnere mich bloß nicht daran. Ich ärgere mich noch heute, wenn ich daran denke.«

Für einen Augenblick herrschte eine eigenartige Stille zwischen uns.

»Ich habe, glaube ich, keine Angst vor dem Wasser mehr«, sagte Nolan dann nachdenklich.

»Nicht mehr? Wie hast du sie denn abgelegt?«
»Keine Ahnung. Ich bin eines Tages aufgewacht, und das verdammte Gefühl war nicht mehr da. Hatte sich in Luft aufgelöst.«
»Einfach so?«
Nolan nickte.
»Ist vielleicht auch deshalb, weil mich, glaube ich, nichts mehr erschüttern kann. All die Dinge, die in letzter Zeit passiert sind. Ich habe jedes Gefühl für andere Dinge verloren.«
»Denkst du nicht, daß das Leben weitergehen muß?«
Nolan grub mit seinen Füßen im nassen Sand, während uns der Scheinwerfer vom Meer aus wieder zuwinkte.
»Ich war immer ziemlich anspruchslos. Und dann kam *Westwind* und hat alles verändert. Und Gadson hab ich verehrt wie einen Gott, weil er mir vorkam wie ich, unbedeutend und unscheinbar, aber trotzdem unbeugsam und mit einem Haufen Prinzipien, auf die er stolz war. Und dann sind irgendwelche Schweine der Meinung, daß er genug Zeit auf der Welt verbracht hat.«
»Aber die Menschen sterben nun mal, ohne daß sie gefragt werden«, versuchte ich zu beschwichtigen. »Denk doch nur an unsere Väter. Oder an Präsident Kennedy.«
»Was kümmern mich unsere Väter oder Kennedy, der wahrscheinlich selbst genug Leute auf dem Gewissen hatte.«
Nolan saß vor mir in diesem Liegestuhl und weinte, aber ich wagte nicht, aufzustehen und ihn zu trösten.
»Weißt du, was das Schlimmste ist, Eddie?«
»Was denn?«
»Mir geht es wie Allen aus *Westwind*, Gadsons Bruder, der von hinten ohne Warnung erschossen wird. Allen hatte immer nur den Wunsch, mit seinem Bruder eine Farm zu haben und einmal die Regengrenze zu sehen. Aber dann haben sie ihn erschossen, als er noch fast ein Kind war, und keiner seiner Wünsche ist in Erfüllung gegangen. Und was bleibt mir jetzt noch vom Leben? Die verdammte Regengrenze werde ich wahrscheinlich auch nicht mehr zu Gesicht bekommen.«

»Jetzt hör mir mal gut zu, Nolan. Das blöde Drehbuch zu dem Film hat sich irgendein Idiot ausgedacht, der überhaupt nicht überlegt hat, ob es die verdammte Regengrenze gibt oder nicht. Er hat es einfach hingeschrieben, weil es ihm eingefallen ist und weil er damit Geld machen wollte. Du solltest endlich aufhören, nach diesen Bildern zu leben und an diese Dinge zu glauben, die du immer im Kino gesehen hast. Du hast schon recht, das Leben ist oft grausam und ungerecht, aber es kann auch schön und erfüllend sein. Was ich dir wirklich sagen will, ist, daß du dich von den Dingen lösen solltest, die in den Köpfen anderer entstanden sind. Hör auf, Phantomen nachzujagen.«

»Du meinst also, daß Dinge wie die Regengrenze gar nicht existieren? Du meinst, daß ich ein Spinner bin, der mit seiner Zeit nichts anzufangen weiß und sich deshalb nur für Dinge interessiert, die er im Kino gesehen hat?«

Im Prinzip hatte er recht. Ich griff zum einzigen Ausweg, der mir noch blieb.

»Und was, wenn es diese Dinge gäbe? Was, wenn du Gadson lebend gesehen hättest? Was, wenn du vielleicht sogar mit ihm gesprochen hättest? Was, wenn uns die verdammte Regengrenze hier am Strand begegnen würde? Was, wenn das alles so wäre? Sag es mir bitte!«

Eine Woge schlug gegen die kleine Kaimauer. Das Licht streifte an unseren Köpfen vorbei, lief hinter mir die Küste entlang und verschwand in der endlosen Dunkelheit.

Am nächsten Tag brachen wir unsere Zelte in Florida ab. Es war höchste Zeit, aus dem Hotel auszuziehen, denn unsere Reisekasse wurde immer leerer.

»Das reicht gerade noch aus, um nach Hause zu fahren«, sagte ich.

»Über Washington?« fragte Nolan.

»Natürlich fahren wir über Washington.«

Wir waren jetzt fast zwei Monate von zu Hause weg. Auch in Georgia und in South Carolina brannte die Sonne vom Himmel, immerhin stand der Juni vor der Tür.

Am 6. Juni 1964 trafen wir in Washington ein. Wir verzichteten darauf, uns in einem Motel einzumieten, obwohl wir die letzten paar Tage sparsam gelebt hatten und sicher waren, mit dem restlichen Geld nach Hause zu kommen. Die erste Nacht in Washington verbrachten wir in unserem Auto, ganz in der Nähe des Arlington-Friedhofs, auf einem abgelegenen Parkplatz einer großen Firma, der vollkommen unbewacht war. Tags darauf fragten wir uns durch halb Washington, hetzten von einer Polizeistation zur nächsten, von einem Amt ins andere, bis man uns schließlich die knappe Auskunft erteilte, die wir zu hören gehofft hatten. Die beiden Leichen waren auf Anordnung des FBI nach Washington gebracht und in einem Spital obduziert worden. Danach hatte man sie auf einem Friedhof in Virginia, einige Meilen außerhalb der Hauptstadt, beerdigt. Da wir vor dem Einbruch der Nacht den Friedhof nicht mehr erreichen konnten, beschloß ich, mir auf dem Arlington-Friedhof Kennedys Grab anzusehen und uns anschließend ein Plätzchen zum Schlafen zu suchen.
Wir erreichten den Friedhof eine halbe Stunde, bevor er geschlossen wurde. Ich ließ Nolan im Auto zurück und hetzte die Hügel hinauf.
Zum Glück waren keine anderen Friedhofsbesucher mehr zu sehen. Ich stand vor Kennedys Grab und betrachtete die ewige Flamme auf dem Stein, die im aufkommenden Abendwind hin und her flackerte.
Schließlich hörte ich das Signal der Friedhofswärter. Als ich kurze Zeit später unten am Tor angekommen war, hatte der Wärter die eine Torhälfte bereits geschlossen.
»Du willst doch nicht, daß wir dich einsperren, mein Junge?« fragte er und lächelte freundlich.
»Bloß nicht«, sagte ich und lächelte freundlich zurück.
Dann ging ich zum Parkplatz, aber ich konnte unseren Wagen nirgends entdecken.
»Sie haben wohl nicht zufällig meinen Freund mit dem Auto gesehen?«
»57er Ford?«

»Ja.«
Er zog eine Augenbraue nach oben, ein Gesichtsausdruck, der auf mich irgendwie einen kleinkriminellen Eindruck machte.
»Er ist in die Richtung gefahren. Richtung Denkmal. Du wirst ihn da unten schon irgendwo finden.«
Ich bedankte mich und lief die Straße hinunter, so schnell ich konnte. Mir behagte der Gedanke gar nicht, hier festzusitzen, während Nolan in der Gegend herumkurvte und verrückte Sachen anstellte.
Mir fiel ein Stein vom Herzen, als ich unseren Wagen auf dem Parkplatz beim Denkmal entdeckte. Nolan stand auf der Wiese vor dem Denkmal und fotografierte gerade bereitwillig ein japanisches Pärchen, das sich die Gelegenheit nicht nehmen lassen wollte, vor dem Denkmal zu posieren.
»Was ist dir eigentlich dabei eingefallen, mich einfach sitzenzulassen?!« brüllte ich ihn an, als sich die Japaner entfernt hatten. »Und warum fotografierst du diese Leute?«
»Tut mir leid, Eddie, aber ich konnte da oben einfach nicht bleiben. Und warum darf ich die Leute nicht fotografieren?«
»Du hast wohl in der Schule geschlafen, was? Das hier ist Iwo Jima! Das hier steht für den Krieg gegen die Schlitzaugen. Und unsere Jungs sind gerade wieder da drüben und verteidigen unser Land und unsere Freiheit gegen die Roten. Und du fragst mich, warum du die beiden nicht fotografieren sollst! Die sind wahrscheinlich Spione und haben zu Hause mit jemandem gewettet, daß sie es schaffen, sich hier von einem echten Yankee knipsen zu lassen!«
Während ich Nolan meine Standpauke hielt, hatte er mir den Rücken zugedreht und sich vor mir ins Gras gesetzt. Dann sprang er schließlich auf und ging auf mich zu.
»Ich weiß es jetzt«, sagte er. »Ich weiß jetzt endlich, was die Jungs da machen«, sagte er und deutete auf die Skulptur der Soldaten, die die amerikanische Fahne gegen den Feind aufrecht hielten.

»Ich hoffe es.«
»Die sind betrunken, Eddie. Die sind betrunken und halten sich an der Stange fest.«
Dann brach er in schallendes Gelächter aus, so laut, daß das japanische Pärchen, das gerade wieder am anderen Ende des Denkmals auftauchte, stehenblieb und aufhorchte.
»Du Idiot!« brüllte ich Nolan wütend an. »Unzählige Männer sind für dieses Land gestorben, und du machst dich lustig darüber!«
Ich wollte mich auf ihn stürzen, aber Nolan tat zwei Schritte zurück und streckte mir drohend seine Faust entgegen.
»Ich warne dich, Eddie! Du hast kein Recht, mich anzugreifen. Wenn du dein Land so sehr liebst, warum bist du denn dann noch hier und hast dich nicht freiwillig gemeldet?«
Nolan hatte recht, ich liebte mein Land nicht genug, um dafür mein Leben zu opfern.
»Iwo Jima steht nicht nur für unsere Jungs, es ist auch für deren Jungs da, Eddie. Wenn es um Krieg geht, dann sind doch immer die Soldaten diejenigen, die ihren Kopf für ein paar mächtige Politiker riskieren. Und genau das ist der Grund, warum du und ich nie den Hals für unser Land riskieren würden. Weil wir immer nur das Instrument von denen wären, die am Drücker sind. Weil wir immer wie die dummen Schafe in der Herde rennen würden und man uns abschlachten würde wie Vieh. Also mach mir bitte nichts vor und laß mich mit deiner idiotischen Liebe zu deinem Land in Ruhe.«
Ich ließ Nolan ohne ein Wort stehen und ging zu unserem Wagen zurück. Er hatte wieder einmal ins Schwarze getroffen.
Nolan kam hinterher, und wir fuhren wieder auf unseren Parkplatz zurück, wo wir auch die zweite Nacht verbrachten.

Gadsons Grab auf dem Friedhof in Virginia bestand aus einem kleinen, schiefergrauen Stein mit der Inschrift *Geboren in Kansas, 1938. Gestorben in Alabama, 1963.*
»Es müßte ›ermordet‹ heißen«, sagte Nolan.
»Du hast recht«, sagte ich.
Nolan blieb vor dem Grab stehen, während ich einen Spaziergang machte. Als ich wieder zurückkam, lag er auf dem Boden vor dem Grab.
»Du solltest lieber aufstehen, Nolan. Wenn dich jemand hier sieht, dann schmeißen die uns noch raus.«
Ich blickte um mich, konnte aber nur in der Ferne eine Gestalt erkennen.
»Augenblick noch, Eddie.«
Nach einer Weile erhob er sich wie ein alter Mann.
»Komm, wir fahren nach Hause«, sagte ich.
»Was meinst du mit ›nach Hause‹, Eddie?«
»Ich meine Stapelton.«
»Dort wartet nichts mehr auf uns.«
»Ich meine, wir sollten trotzdem fahren. Was meinst du, Nolan?«
Er stand vor mir mit einem grenzenlos traurigen Blick.
Wir standen noch eine ganze Weile da, regungslos und stumm. Der leichte Sommerwind bewegte die Äste der Pappeln über Gadsons Grab.

18

Überraschenderweise machte mir meine Mutter keine Szene, als ich in der Tür stand, müde und hungrig. Sie stand vor mir in ihrer weiß-blau gestreiften Bluse und den Jeans.

»Ich bin wieder zurück, Mum. Hast du noch ein Plätzchen für mich frei?«

Eigentlich hätte sie wütend sein müssen, aber ich glaube, daß sie sich innerlich sehr gut auf diesen Tag vorbereitet hatte. Sie stützte sich mit ihren Händen auf dem Herd ab.

»Schön, daß du wieder zurück bist, Eddie. Ich habe mich schon gewundert, wo du so lange bleibst.«

»Ich war mit Nolan unterwegs durch den Süden. Ein bißchen das Land ansehen, du weißt schon.«

Natürlich wußte sie Bescheid.

»Wie lange wirst du diesmal bleiben?« fragte sie.

»Für immer.«

Erst jetzt hob sie den Kopf und blickte zu mir herüber. Ich hatte den Army-Seesack mit meinen Sachen fallenlassen und war in der Tür stehengeblieben. Meine Mutter kam langsam auf mich zu. Ihr Gesicht war faltig, sie sah abgekämpft aus, bemühte sich aber um ein Lächeln.

»Nein, nein, mein Junge.«

Dann streckten sie die Arme nach mir, umarmte mich und drückte mich fest. Ein Schauer lief über meinen Rücken.

»Ich weiß, daß du bald wieder fortgehen wirst. Stapelton ist nichts für junge Menschen, und schon gar nichts für Menschen wie dich.«

Sie ließ mich wieder los.

»Aber Mum«, sagte ich und versuchte, überzeugend zu klingen. »Ich will hier leben und ein neues Leben anfangen. Und mit ein bißchen Glück macht Nolan auch mit. Er wird mir dabei helfen, die Sache in den Griff zu kriegen.«
Meine Mutter ging zurück an den Herd und rührte in einem ihrer Töpfe.
»Wenn ich dich so reden höre, könnte man glauben, daß du Nolans Bruder bist. Die Dinge, die du sagst, klingen wundervoll, aber wir wissen beide, daß die Wirklichkeit ganz anders aussieht. So, wie du es dir vorstellst, passiert es vielleicht im Kino da drüben, aber nicht im echten Leben.«
Mit diesen Worten ließ sie mich im Raum stehen und widmete sich wieder ihrem Kochtopf. Ich nahm meine Sachen und ging in mein Zimmer, das ich noch genauso vorfand, wie ich es verlassen hatte.

Schnell begann ich mich wieder einzuleben. Alles ging vom nächsten Tag an seinen geregelten Lauf. Tagsüber hütete ich den Laden. Mutter hatte einen neuen Eisschrank besorgt, in den ich mich an den heißen Sommernachmittagen am liebsten verkrochen hätte. Nachts starrte ich aus meinem Fenster hinunter auf die Main Street, wo ich die vorbeifahrenden Autos zählte. So ging es Tag für Tag, Nacht für Nacht. Ich dachte, daß diese Lethargie niemals enden würde, doch dann erlöste mich Nolan an diesem Unabhängigkeitstag des Jahres 1964.

Wir waren erst seit drei Wochen wieder zurück in Stapelton, aber es kam mir bereits vor wie eine Ewigkeit. Seit unserer Ankunft hatte ich Nolan nicht mehr zu Gesicht bekommen.
In der Mittagspause schloß ich den Laden ab. Der Asphalt auf der Main Street glühte unter den unerbittlichen Strahlen der heißen Sonne, und ich beschloß, einen Spaziergang nach Devil's Nose zu machen, um meine Füße an den nassen Felsen der Klippen zu kühlen. Gerade als

ich einige Schritte auf der Main Street in Richtung Norden gegangen war, hörte ich hinter mir die Tür des Star Cinema knarren. Ich fuhr herum, aber alles was ich sah, war jemand, der um die Ecke Church Road bog, Nolan. Obwohl es eigentlich viel zu heiß zum Rennen war, machte ich augenblicklich kehrt, um die Verfolgung aufzunehmen.

Oben am Friedhof holte ich Nolan schließlich ein, der keuchend vor dem Grab seines Vaters stand, mit Ringen unter den Augen und dem Cowboyhut, der an den Rändern schon völlig ausgefranst war. Dann nahm er den Hut ab und fuhr sich durch sein verfilztes Haar.

»Was ist mit dir los, Nolan? Kann ich dir irgendwie helfen?«

Aber Nolan beachtete mich nicht. Er kniete sich vor dem Grab auf den Boden und riß ein Grasbüschel aus, das er triumphierend wie einen Skalp in die Höhe hielt, bevor er seinen Mund öffnete und herzhaft davon abbiß.

»Bist du vollkommen übergeschnappt?« fragte ich und ging zwei Schritte auf ihn zu, doch er drehte nur seinen Kopf etwas zur Seite und starrte mich böse an. Langsam erhob er sich wieder und schleuderte den Rest des Grasbüschels zu Boden. Dann drehte er sich um, griff seinen Cowboyhut und ging die Church Road hinunter.

Ich blieb oben stehen, blickte ihm hinterher, sah noch, wie er die Main Street überquerte, in Richtung Star Cinema abbog und verschwand.

Ich habe ihn nie wieder gesehen.

Kühler Abendwind kam auf. Ich wußte, daß es Zeit war, Stapelton für immer zu verlassen. Verloren lief ich die Straße nach Süden hinunter. Am Himmel standen dunkle Wolken. Ein Wagen kam die Straße entlang. Ich brauchte nicht einmal den Arm auszustrecken. Die Frau am Steuer hatte offensichtlich Mitleid mit mir und hielt sofort an.

»Nach Süden?«

»Süden ist mir recht.«

Als ich in den Wagen stieg, fielen die ersten Regentropfen

auf die Scheibe. Die Frau war älter als meine Mutter, aber sie hatte trotzdem immer noch ein kindliches Gesicht.

»Bei dem Wetter geht man besser nicht zu Fuß, mein Junge. Die letzte halbe Stunde gab es vier Wolkenbrüche. Und nach dem nächsten Hügel schien wieder die Sonne. Ist das Wetter in dieser Gegend immer so verrückt?«

»Manchmal schon, Miss«, antwortete ich gleichgültig.

»Margaret. Meine Freunde nennen mich Mary«, sagte sie, drehte mir den Kopf zu und lächelte. »Ist eine kleine Schwindelei, weil Mary nicht von Margaret kommt, aber das geht nun schon mein halbes Leben lang so. Und wie heißt du?«

Zunächst hatte ich keine Lust, auf ihre Frage zu antworten. Ich hörte das Geräusch des Regens auf dem Dach des Wagens. Für einen Moment glaubte ich, daß er bloß auf Marys Teil der Windschutzscheibe fiel, aber sie betätigte sofort die Scheibenwischer, die auch meine Gedanken zur Seite schoben. Alles schien in mir in diesem Moment zu verschmelzen, jedes Gefühl, das ich jemals empfunden hatte. Jede Erinnerung.

»Ich heiße Nolan, Miss«, sagte ich und versuchte zu lächeln. »Sehr freundlich von Ihnen, mich ein Stück mitzunehmen.«

»Nolan ist ein schöner Name«, sagte sie.

In der Ferne tauchte vor uns der nächste Hügel auf, erst noch undeutlich, aber dann immer klarer.

Marlene Faro

Die Frau des Weinhändlers

Roman

166 Seiten. RBL 1618. 16,– DM
ISBN 3-379-01618-7

Ein schönes, kultiviertes Paar, so empfinden es die Freunde. Agnes liebt ihren Beruf als Restauratorin, während Simon, der prominente Weinhändler von Erfolg zu Erfolg, von Diner zu Diner eilt. Die beiden haben sich in einer Terrassenwohnung hoch über dem Rhein behaglich eingerichtet, und nichts deutet darauf hin, daß dieses Glück, so harmonisch komponiert wie ein Stilleben, jemals zerbrechen könnte.
Als Agnes jedoch den Auftrag erhält, eine Kapelle in St. Petersburg zu restaurieren, verschiebt sich unmerklich das Gefüge ihrer Beziehung. Sie lernt den russischen Alltag kennen, und sie lernt die ausgestoßenen Straßenkinder von St. Petersburg kennen. Diese Eindrücke setzen sich fest und wollen nicht mehr zur mondänen Geschäftigkeit ihres ›alten‹ Lebens passen. Eine Entscheidung bahnt sich an … und Agnes, die selbstbewußte Frau des Weinhändlers, weiß, was sie zu tun hat.
Marlene Faros neuer Roman beschreibt mit großer Prägnanz und untergründigem Witz, wie zwei Menschen, die sich lieben, ganz leise einander fremd werden – und wie es vielleicht doch noch gelingt, einen neuen Weg einzuschlagen.

RECLAM-BIBLIOTHEK

Robert Schneider
Schlafes Bruder

Roman

204 Seiten. RBL 1518. 16,90 DM
ISBN 3-379-01518-0

Ich habe *Schlafes Bruder* mit Staunen und Freude gelesen.

Elias Canetti

Dieser Roman wird wie eine Droge wirken.

Martin Doerry, Der Spiegel

Seite für Seite gewinnen Schneiders Visionen an derartiger Klarheit, daß einer, der diese geschaut hat, sie sehr schwer vergessen kann.

Paola Capriola, Corriere della sera

Der Autor besitzt eine stilistische Genialität, die den Roman in den Rang eines der besten dieser Jahre veröffentlichten Bücher erhebt.

Emma Rodriguez, El Mundo

Ein unvergeßliches Buch.

Gérard Meudal, Libération

Paul Lukas

IHN

Roman

218 Seiten. RBL 1635. 16,90 DM
ISBN 3-379-01635-7

Paul Lukas' Held, ein sympathischer Träumer, stolpert auf seinem Weg quer durch Marokko, Spanien und Portugal von einer komischen Situation in die nächste tragische. Die Reiseroute bestimmt Karen, seine große Liebe, deren Spuren er beharrlich folgt, nachschwimmt, hinterherstiefelt. Einsam, melancholisch und voller heiterer Selbstironie. Auch wenn seine Lage manchmal aussichtslos scheint, hofft er trotz nagender Zweifel auf IHN …

»Ein witziges, unterhaltsames und seltsam aufrichtiges Buch.«
(Neue Zürcher Zeitung)

»Die Rückkehr der Beat-Generation.«
(taz)

Paul Lukas, geboren 1956, war bis 1995 Mitglied der Band *Element of Crime*, veröffentlichte anschließend ein erstes Solo-Album (»The Fear Of A Singer«) und lebt heute als Musiker, Übersetzer und freier Autor in Berlin.

RECLAM-BIBLIOTHEK

Arno Meyer zu Küingdorf
Der Selbstmörder-Klub
Roman

217 Seiten. RBL 1673. 16,90 DM
ISBN 3-379-01673-X

Berlin, Sommer 1927. Die beiden Gymnasiasten Paul und Günther interessieren sich vor allem für hübsche Mädchen und wilde Poesie. Sie verachten die Erwachsenenwelt, feiern mit ihren Freunden ausgelassene Partys, auf denen sie sich gegenseitig Gedichte vorlesen, und sie haben zwei Ziele: das Leben in vollen Zügen zu genießen und jung zu sterben. Paul hat sich bereits einen alten Revolver besorgt – er ist stolz darauf, »den Tod in der Tasche zu tragen«.
Seine schönsten Gedichte schreibt Paul für Hilde, Günthers Schwester, in die er verliebt ist; sie aber fühlt sich nicht nur zu ihm hingezogen. In einer langen Nacht plant man den Abschied von der Welt. Als der Morgen naht, fallen drei Schüsse. Die Polizei findet Günther und Hildes Liebhaber tot auf. Paul wird unter Mordverdacht verhaftet und angeklagt …

»Der Selbstmörder-Klub« ist ein ebenso spannender wie poetischer Roman, der auf einem authentischen Fall beruht, eine dramatische Geschichte um Liebe und Tod, Freundschaft und Poesie.

RECLAM-BIBLIOTHEK

Gabriele Keiser
Mördergrube

Roman

226 Seiten. RBL 1638. 16,90 DM
ISBN 3-379-01638-1

»Ihren Krimi habe ich mit großem Vergnügen gelesen. Auch mein Mann war ganz begeistert.«

Ingrid Noll

Ein Haus auf dem Land mit blauen Fensterläden und einem Kirschbaum im Garten … – davon träumt Nina Lorenz, wenn sie als Arzthelferin tagein, tagaus Urinproben in Empfang nimmt, unsäglichen Krankheitsgeschichten ihr Gehör schenkt und beim Spritzen mannhafte Patienten vor dem Umkippen bewahrt.
Ihr Leben ändert sich schlagartig, als der Traum durch eine unerwartete Erbschaft wahr zu werden beginnt. Nina kündigt ihre Stelle und setzt alle Kraft und Kreativität ein, um aus der renovierungsbedürftigen Bruchbude, die sie im ländlichen Birkenbach erstanden hat, ein behagliches Eigenheim zu schaffen. Bei den Aufräumarbeiten findet sie sonderbare Gegenstände: ein nebulöses Tagebuch, eine verschlossene Truhe – Dinge, die Ninas Neugierde auf die Geschichte ihres Hauses wecken. Plötzlich stößt sie im Keller auf eine grausige Entdeckung …

Sibylle Berg
Ein paar Leute suchen
das Glück und lachen sich tot

Roman

180 Seiten. RBL 1577. 16,– DM
ISBN 3-379-01577-6

»Schnoddrig, komisch und ziemlich traurig zugleich ... ein Buch über hoffnungslos aufgeklärte Glückssucher und das unbelehrbare pochende Herz.«

Andrea Köhler in »Focus«

»All diese Geschichten, manchmal mehr Slapstick, manchmal Groteske und ganz kalt und präzise erzählt, laufen mit einer unaufhaltsamen Mechanik ab, das ist die große Qualität dieses Debüts.«

Annette Meyhöfer in »SPIEGEL extra«

»Ein postmoderner Todesartenzyklus, verdichtet zu einer bitteren Melange aus Ingeborg Bachmann, Stephen King und MTV.«

Peter Henning in »Facts«

»Sibylle Berg bringt in ihrem ersten Episodenroman das Gefühl der Leere auf den Punkt ... schnörkellos und furchterregend genau.«

Verena Auffermann in der »Süddeutschen Zeitung«

Claudia Rosenkranz

Die letzte Fiesta

Roman

192 Seiten. RBL 3003. 15,– DM
ISBN 3-379-03003-1

Wer ist Johanna Schwartz? Welches Geheimnis verbindet sie mit ihrem Neffen Georg Fehrer?
Der Roman führt in einen Hexenkessel der Emotionen: Die Journalistin Karla Sandborn fährt im gutdotierten Auftrag Johanna Schwartz' nach Spanien, um Informationen über Fehrer zu sammeln. In Pamplona, wo die berühmte Fiesta tobt, heftet sie sich an seine Fersen. Man ißt und trinkt zusammen, kommt sich nahe – ein brillant erzählter Psychothriller, ein Roman der unterschwelligen Leidenschaften treibt seinem Höhepunkt entgegen.

Claudia Rosenkranz, geboren 1948 in Marburg/Lahn. Studium der Theaterwissenschaft, Germanistik und Soziologie. Promotion. Mitherausgeberin der Anthologie *Frauen, die pfeifen*. Lebt in Gießen.

RECLAM-BIBLIOTHEK

Claudia Rosenkranz
Keiner verläßt den Raum
Roman

216 Seiten. RBL 1653. 15,90 DM
ISBN 3-379-01653-5

Sybille, eine erfolgreiche Psychotherapeutin, führt ein zufriedenes und überschaubares Leben. Sie ist ausgefüllt von ihrer Arbeit, der Beziehung mit ihrem Lebensgefährten Stephan und Abenden mit ihrer stets etwas chaotischen Freundin Margarete. Erst als sie völlig unerwartet ihre Jugendliebe, den charismatischen Robert, wiedertrifft, gerät ihre Welt ins Wanken. Zwanzig Jahre sind vergangen, und dennoch kann Sybille sich den Erinnerungen und erneut aufkommenden Gefühlen nicht entziehen. Warum will Robert sie wiedersehen, woher kennt er ihren Freund Stephan und welche Rolle spielt sie in dem Theaterstück, das er mit Hilfe von Stephan in einer verfallenen Fabrikhalle inszeniert?
Der Roman beschreibt eine verhängnisvolle Leidenschaft. Vergangenheit und Gegenwart vermischen sich zu einer bedrohlichen Atmosphäre, die am Ende in einer wahrlich klaustrophobischen Situation gipfelt.

Claudia Rosenkranz, geboren 1948, studierte Theaterwissenschaft, Germanistik und Soziologie. Lebt als freie Autorin in Gießen. 1996 erschien bei Reclam Leipzig ihr Roman *Die letzte Fiesta.*